Tom Hillenbrand

Tödliche Oliven

Ein kulinarischer Krimi

Xavier Kieffer ermittelt

Kiepenheuer & Witsch

MIX
Papier aus verantwortungsvollen Quellen
FSC® C083411

Verlag Kiepenheuer & Witsch, FSC® N001512

6. Auflage 2015

Umschlaggestaltung: Barbara Thoben, Köln
Umschlagmotiv: © plainpicture/Gallery Stock
Gesetzt aus der Apollo und der Birch
Satz: Buch-Werkstatt GmbH, Bad Aibling
Druck und Bindearbeiten: CPI books GmbH, Leck
ISBN 978-3-462-04695-3

Das Buch

Einmal im Jahr gönnt sich der Koch und Gourmet Xavier Kieffer einen Ausflug nach Italien. Gemeinsam mit seinem Schulfreund, dem Wein- und Ölhändler Alessandro Colao, fährt er in die Toskana, besucht Weingüter und Ölmühlen – und kehrt einige Tage später mit einem Laster voller Wein und Öl zurück nach Luxemburg. Diesmal geht der Trip allerdings gehörig schief. Sein Freund versetzt ihn und Kieffer findet heraus, dass Alessandro bereits Tage zuvor ohne ihn nach Italien aufgebrochen ist – und seither hat niemand etwas von ihm gehört. Der Koch macht sich auf die Suche. Aber statt Alessandro findet er eine verlassene Mühle, Tanks voll seltsam riechenden Olivenöls und bewaffnete Männer, die Öl in einen Lastwagen pumpen. Hat Alessandro krumme Geschäfte getätigt? Kann Kieffer seinen Freund finden, bevor es zu spät ist?

Der Autor

Tom Hillenbrand, geb. 1972, studierte Europapolitik, volontierte an der Holtzbrinck-Journalistenschule und war Ressortleiter bei SPIEGEL ONLINE. Seine kulinarischen Kriminalromane und Sachbücher sind SPIEGEL-Bestseller und wurden in mehrere Sprachen übersetzt. Zuletzt erschien von ihm der von der Kritik hochgelobte Kriminalroman »Drohnenland«, der lange auf der Krimi-Bestenliste der ZEIT stand.
www.tomhillenbrand.de

Weitere Titel bei Kiepenheuer & Witsch

»Teufelsfrucht« (KiWi 1204), »Rotes Gold« (KiWi 1262), »Letzte Ernte« (KiWi 1325), »Drohnenland« (KiWi 1265), »Schräge Schilder« (KiWi 1128) und – als Tom König – »Ich bin ein Kunde, holt mich hier raus« (KiWi 1293)

KiWi

1405

Für Klaus & Sabine

Prolog

Donnernd brach sich die riesige Welle auf dem Vorderdeck. Das Geräusch übertönte für einen Moment alles andere: das Fauchen des Windes, das Prasseln des Regens, das Stampfen der Dieselmotoren. Erst als es abebbte, konnte Cesare Olbi wieder den Rest des Sturmorchesters hören, in das sich nun jedoch noch ein weiterer Ton hineinmischte, ein metallischer Ton, der ihn an einen menschlichen Seufzer erinnerte. Sie singt, dachte Olbi. Sie singt eine Arie, und der Sturm begleitet sie.

Katzakis, Olbis Erster Offizier, legte den Kopf schief und lauschte ebenfalls. Dann blickte er von der Brücke hinaus in die Dunkelheit. Als er sich Olbi wieder zuwandte, waren seine Augen vor Furcht geweitet. »Ich bin mir nicht sicher, ob sie das lange aushält, Käptn.«

»Ach, das ist nichts. Sie strengt sich an, deshalb keucht sie ein bisschen. Sturmmusik.«

Katzakis war ein Hasenfuß, das hatte Olbi schon gewusst, als sie in Izmir abgelegt hatten. Außerdem besaß der Grieche zu wenig Erfahrung. Sein Patent war quasi druckfrisch; bevor er auf der Grazia II angeheuert hatte, war Katzakis die meiste Zeit auf irgendwelchen Ausflugsdampfern die Kykladen rauf- und runtergeschippert. Er hatte keine Ahnung, wie es auf hoher See zuging, auf einem richtigen Frachtschiff. Olbi hingegen fuhr seit fast dreißig Jahren Ladungen zwischen Izmir und Bari hin und her, er kannte sich aus. Ihr Schiff mochte mehr als 40 Jahre auf dem Buckel haben, und es musste zugegebenermaßen dringend in die Werft. Aber die Grazia II war für die Weltmeere konstruiert worden, sie konnte viel mehr wegstecken als dieses Stürmchen. Das Mittelmeer war letztlich eine große Badewanne, in der es ziemlich betulich zuging. Es war viel Pech und noch mehr Dummheit nötig, um hier in Seenot zu geraten.

Eine weitere, mindestens zehn Meter hohe Welle baute sich vor ihnen auf. Die Grazia II neigte sich nach vorne, dann traf der Brecher das Vorschiff. Während das Wasser über das Deck schoss, ging erneut ein lang gezogener Seufzer durch den Frachter. Olbi beobachtete seinen Ersten Offizier. Katzakis gefiel der Sturmgesang der Grazia überhaupt nicht, er hatte die Hosen gestrichen voll, das war offensichtlich. Aber zumindest versuchte er, sich nichts anmerken zu lassen und machte weiter seinen Job. Furchtlos ist er nicht, mein kleiner Grieche, dachte Olbi. Aber er hat Schneid und Schneid ist in diesem Job die halbe Miete. Pinne gerade, Bug im rechten Winkel zur Welle halten, den Rest erledigen der liebe Gott und das Schiff.

Katzakis zeigte mit dem Finger Richtung Backbord. In der Ferne war ein schwaches Licht zu erkennen. »Ist er das?«, fragte er.

Olbi schaute auf das Radar und brummte zustimmend. »Ja, das ist Demir. Sieht aus, als ob er auch nicht besser vorankommt als wir.«

Er griff nach dem Funkgerät und drückte den Sprechknopf. »Grazia I, hier Grazia II, bitte kommen.«

»Hier … zzz … razia I .. Zzz. Meine Jungs … itzen auf dem … zzz Sonnendeck … deine auch, Cesare?«

Olbi lachte dröhnend. Katzakis rang sich immerhin ein Lächeln ab. »Siehst du, Nikos? Kapitän Demir hat auch keine Angst vor diesem kleinen Orkan.«

Der Kapitän ihres Schwesterschiffs fuhr die Route schon fast so lange wie Olbi. Schade, dass Demir bald aufhören würde. Zwar war er erst 50, aber er wollte sich demnächst zur Ruhe setzen, irgendwo in Antalya, das hatte er Olbi erzählt. Der Türke hatte geerbt, ein kleines Vermögen stand vor der Auszahlung – so viel Glück hätte er auch gerne gehabt. Stattdessen würde er wohl bis zur Pensionierung zwischen Apulien und Anatolien hin- und herfahren müssen. Nun, es gab Schlimmeres.

»Hallo, Yüksel! Fürs Sonnenbaden ist es uns zu nass. Aber ich habe den Jungs gesagt, sie sollen ihre Ruten raushängen – in dieser Gegend gibt es noch Thunfische, und bei dem Regen beißen sie gut.«

Aus dem Funkgerät kam ein knirschendes Geräusch, vermutlich Demirs Lachen. »Aber … nsthaft, … Cesa … zzz … etterdienst gesehen? …. zzz …. och schlimmer. Medicane.«

Olbi schüttelte den Kopf. Jetzt fing Demir auch schon mit diesem Unsinn an. In den vergangenen Jahren waren die Frühlingsstürme im Mittelmeer heftiger geworden, aber es waren immer noch gewöhnliche Stürme. Irgendein bescheuerter Meteorologe hatte sich dafür jedoch ein neues Wort ausgedacht: Medicane, kurz für Mediterraner Hurricane. Es klang, als wirbelten neuerdings riesige Windhosen über das Mittelmeer.

»Ach was, Yüksel. Ist nur ein ganz normaler Sturm. Geht vorbei. Pass auf, wir wetten.«

»Was … zzz … wett ..?«

»Wer zuletzt in Bari ankommt, muss nicht nur das Essen im ›Al Castello Svevo‹ zahlen, wie üblich. Sondern außerdem eine Flasche richtig guten Barolo. Bist du dabei?«

»Zw … ich … zzz … ich …arte.«

»Was sagst du, Yüksel?«

»Roger. Aber, … zzzz um zwei Flaschen.«

»Warum zwei?«

»Damit ich genug … zzz … trinken hab .., während … zzz … auf dich warte.«

Olbi lachte. »Roger that!« Dann kappte er die Verbindung. »Yüksel Demir ist ein feiner Kerl und ziemlich komisch. Du kommst mit ins ›Svevo‹, Nikos, dann stelle ich ihn dir vor. In zwei, drei Stunden flaut der Sturm ab, du wirst schon sehen. Spätestens morgen Abend sind wir in Bari.«

Katzakis antwortete nicht. Stattdessen betrachtete er das Display mit den Wetterdaten.

»Was sagt der Ticker?«

»Demir hat recht, Käptn. Meteo AM hat den Sturm gerade hochgestuft. Das Zentrum liegt vor uns, sechs Kilometer, Nordnordwest. Vielleicht sollten wir versuchen, es zu umfahren.«

»Leichter gesagt als getan. Bei diesen Brechern können wir unseren Kurs schlecht ändern. Wenn uns einer von der Seite trifft …«

»Ich weiß, Käptn. Aber sobald Wolfgang etwas nachlässt, sollten wir …«

»Wolfgang? Ist das der Name des Sturms?«

»Ja, Käptn.«

Stürmen Männernamen zu verpassen, das war auch so eine dämliche Meteorologenidee. Jahrzehntelang waren sie weiblich gewesen und das zu Recht. Man konnte jeden Seemann fragen, der einmal tagelang durch schweres Wetter gefahren war, ob Stürme eher einem wütenden Mann oder einer wütenden Frau glichen – die Antwort war klar. Aber diese Typen, die Stürme nur aus den Ausdrucken ihrer Messstationen kannten, hatten eben keine Ahnung. Ein Medicane namens Wolfgang, Herrgott. Als Nächstes würde irgendein Idiot auf die Idee kommen, zu behaupten, Schiffe seien ebenfalls männlich.

Eine weitere Welle donnerte auf die Grazia II hernieder. Olbi fiel auf, dass sie sich nicht auf dem Vorder-, sondern erst auf dem Mittschiff brach. Sie war ganz eindeutig höher als die vorherigen. Wieder ächzte der Tanker, doch diesmal schien der Ton höher und länger anhaltend zu sein.

»Ganz ruhig, mein Mädchen«, murmelte Olbi, »bald ist das Schlimmste vorbei.«

Er holte sich eine Umgebungskarte auf den Schirm und uberprufte ihre genaue Position. Zwar gab es keinen wirklichen Grund zur Besorgnis, aber es wäre fahrlässig gewesen, sich nicht auf das Schlimmste vorzubereiten. Ihr Schiff stieß gerade vom Ionischen Meer in die südliche Adria vor. Östlich von ihnen lag die albanische Küste, im Westen die Apuliens. Wegen des starken Nordwinds kamen sie seit Stunden kaum von der Stelle. Der nächste Hafen, den sie von hier aus ansteuern konnten, war Durrës. Dazu hätten sie die Grazia II jedoch wenden müssen, um etwa 45 Grad, um auf einen Ostnordost-Kurs zu kommen. Das war es, was Olbis Erster Offizier vorgeschlagen hatte. Das Schiff bei diesem Seegang parallel zu den Wellen zu stellen, war jedoch mehr als riskant. Ein Brecher wie jener, der gerade über sie niedergegangen war, konnte es zum Kentern bringen.

Die Alternative bestand darin, die Grazia II auf Kurs zu halten. Olbi sah sich erneut ihre Position an. Eigentlich hätten sie sich weiter westlich befinden müssen, näher an der italienischen Küste, aber der Sturm verhinderte nicht nur ihr Vorwärtskommen, er trieb sie gleichzeitig auch nach Osten ab, und zwar erheblich.

Katzakis beobachtete ihn. »Was haben Sie vor, Käptn?«

»Wir halten Kurs. Der Sturm drückt uns nach Osten, in Richtung albanischer Küste. Wenn er nachlässt, geht es weiter wie nach Plan. Wenn er anhält, bewegen wir uns allmählich in Richtung Durrës. Das wäre ohnehin der Hafen, den wir im Notfall anlaufen würden.«

Er musterte Katzakis. Der Junge sah bleich aus.

»Aber wir haben keinen Notfall«, sagte Olbi und schaute seinem Offizier dabei in die Augen. »Und wir kriegen auch keinen.«

Dann wandte er sich ab und konzentrierte sich auf die See vor ihnen. Er bildete sich ein, dass die Wellen, die auf das Vorderdeck herniederstürzten, wieder kleiner wurden. Das Seufzen und Ächzen des Schiffes hielt unverändert an. Olbi dachte an sein Stammrestaurant in der Altstadt von Bari. Er würde die Meerbrasse bestellen. Der Koch grillte sie mit Fenchelsamen und Thymian. Davor würde er die Panzanella in Agrodolce essen, wie jedes Mal, wenn er im ›Al Castello Svevo‹ einkehrte. Er lächelte. Mit etwas Glück würde er für dieses Festmahl nicht einen Cent zahlen. Er beugte sich über den Radar.

»Siehst du Demir, Nikos? Haben wir ihn schon abgehängt?«

Statt zu antworten, zeigte der Erste Offizier mit dem Zeigefinger in Richtung Bug.

Olbi blickte hinaus, sah vor ihnen aber nichts. Er schüttelte den Kopf und suchte auf dem Radar nach ihrem Schwesterschiff, konnte es jedoch nirgendwo erkennen.

»Kann nicht sein. Wie soll er denn in so kurzer Zeit an uns vorbei …«

Aus dem Augenwinkel fiel ihm auf, dass Katzakis einige Schritt zurückgewichen war und immer noch nach vorn zeigte.

»Nikos, was zum Teufel …«

Kapitän Cesare Olbi schaute in Richtung Bug und suchte den Himmel erneut nach den Positionsleuchten des anderen Schiffs ab. Er fand keine. Erst jetzt bemerkte er, dass es daran lag, dass der Himmel verschwunden war. Dann sah er den Kamm der riesigen Welle. Instinktiv warf er seinen rechten Arm vors Gesicht. Olbi hörte ein ohrenbetäubendes Donnern, gefolgt von einem lauten Kreischen. Er war sich nicht sicher, ob es von Katzakis stammte oder von der Grazia II, die ein letztes Mal aufschrie.

1

Xavier Kieffer entnahm dem Kühlschrank etwas, das wie eine in Plastik eingeschweißte Wurst aussah. Als er die Verpackung öffnete, kam ein längliches, hellgelbes Ding zum Vorschein. Der Koch legte es auf ein Schneidebrett und griff nach seinem Chefmesser.

Der neben ihm am Pass stehende Pekka Vatanen betrachtete ihn voller Argwohn.

»Sieht aus wie Moltofill.« Der Finne drückte seinen Zeigefinger in die Substanz. Eine kleine Delle bildete sich. »Und fühlt sich auch genauso an.«

»Schmeckt hervorragend, du wirst schon sehen«, erwiderte Kieffer.

»Sicherlich eine kulinarische Offenbarung. Aber könnte ich nicht doch lieber ein Stück von deiner Rieslingspaschtéit …«

»Oh nein, Pekka. So haben wir nicht gewettet.«

Gewettet hatten sie in der Tat. Es war Freitag vor zwei Wochen gewesen, als er und Vatanen wie so oft in der Laube von Kieffers Haus in Grund gesessen und das eine oder andere Glas Wein getrunken hatten. Der Finne hatte dem Koch von seiner neuesten Eroberung erzählt, einer

Südfranzösin, die wie er beim Europäischen Parlament arbeitete. Vatanen hatte ihm versichert, er sei in lauterer Liebe entbrannt, dies sei die Frau seines Lebens. Ähnliches hört der Koch von seinem Freund jedoch alle paar Monate. Und so hatte er gewettet, dass der Finne die Französin bald in den Wind schießen würde, was dieser natürlich empört von sich gewiesen hatte.

Kieffer war sich seiner Sache sicher gewesen, denn Vatanen war ein Schwerenöter. Aber dass er seine Wettschulden nicht einmal vierzehn Tage später eintreiben konnte, hatte ihn dann doch überrascht.

Er stellte einen kleinen kupfernen Topf auf die Platte und goss etwas Wasser hinein. »Ich darf dich an unsere Abmachung erinnern, Pekka. Hätte ich verloren, hätte ich diesen verrotteten finnischen Fisch probieren müssen, wie heißt der noch gleich?«

»Hapansilakka.«

Kieffer schauderte schon bei der Vorstellung. Vatanen hatte ihm erzählt, es handele sich bei Hapansilakka um vergammelten Hering. Verschlossen in der Dose fermentiere dieser so lange vor sich hin, bis sich das Blech blähe. Manchen, so hatte der Finne ihm fröhlich erklärt, fiel wegen des strengen Fäulnisgeruchs das Frühstück bereits aus dem Gesicht, wenn sie die Dose nur öffneten.

»Ich finde, mit dem Kachkéis kommst du deutlich besser weg.«

Kieffer schnitt die gelbliche Masse in kleine Stücke und warf sie in das bereits dampfende Wasser. Dann fügte er noch etwas Butter hinzu und begann zu rühren.

Vatanen betrachtete die Sache unglücklich. »Gekochter Glibberkäse, pfui Deibel. Und den muss ich dann löffeln? Wie eine Suppe?«

»Nein. Das hier«, Kieffer zeigte mit dem Holzlöffel auf die zähe, blubbernde Masse in dem Töpfchen, »lassen wir gleich abkühlen. Und dann schmiert man den Kachkéis aufs Brot, mit Senf.«

»Käse mit Senf? Ihr Luxemburger seid ein bizarres Völkchen.«

»Ist ja wohl lange nicht so bizarr wie verrotteter Fisch.«

»Er ist lediglich ein bisschen vergoren.«

Vatanen begann, unruhig in der Küche auf und ab zu laufen. Es war fünf Uhr nachmittags, ein Vorbereitungskoch war damit beschäftigt, Gemüse zu schneiden und Soßen anzusetzen. Ansonsten war die Küche des »Deux Eglises« verwaist.

»Apropos vergoren – hast du diesen Rivaner reinbekommen, von dem wir neulich gesprochen haben, Xavier? Coteaux de Remich?«

»Ja, die Kisten sind vorhin angeliefert worden.«

»Gut.« Er fuhr sich mit der Hand durch die schütteren, semmelblonden Haare. »Wenn du mich schon zwingst, euren Gummikäse zu essen, dann möchte ich mir vorher wenigstens einen antrinken.«

»Normalerweise macht man es umgekehrt«, erwiderte Kieffer. »Erst der Kachkéis, weil er Satz gibt. Dann der Alkohol.«

»Wenn's die Tradition erfordert, verspreche ich dir, danach auch noch was zu trinken. Aber jetzt komm, ich brauche einen Schluck.«

Kieffer goss den Kochkäse in eine kleine Auflaufform und stellte diese in den Kühlraum. Dann stiegen sie die gewundene steinerne Treppe hinab, in den Schankraum. Das Restaurant »Deux Eglises«, dessen Koch und Besitzer Kieffer war, lag in Clausen, einem der Luxemburger

Unterstadtviertel. Das alte Garnisonsgebäude, das sein Spezialitätenlokal beherbergte, war nicht sehr groß, und so befand sich die Küche im ersten Stock. Als sie unten ankamen, fanden sie den Schankraum ebenfalls verlassen vor. Der Finne setzte sich auf seinen Stammplatz an der Bar. Kieffer ging hinter die Theke, nahm eine Flasche von Vatanens präferiertem Rivaner aus dem Kühler und schenkte ihnen beiden ein, bevor er ebenfalls Platz nahm.

Schlürfend sog sein Freund den Weißwein ein. »Ein ganz hervorragendes Tröpfchen. Kannst du mir davon beizeiten mal eine Kiste oder zwei mitbestellen, für meinen Hausvorrat?«

Kieffer klopfte sich eine Ducal aus der Schachtel und nickte. Wenn sein Freund dies wünschte, würde er ihm so viel Rivaner bestellen, wie er wollte – allerdings war ihm nicht ganz klar, wofür Vatanen einen Hausvorrat brauchte. Soweit er sich entsinnen konnte, war der Finne in den vergangenen zwei Wochen jeden Abend im »Deux Eglises« gewesen, hatte an seinem Lieblingsplatz an der Bar gesessen und eine Flasche Wein getrunken, als »Betthupferl«, wie er zu sagen pflegte. Gegen elf Uhr verließ Vatanen das Restaurant für gewöhnlich, mitunter wankend. Trank er danach zu Hause allein weiter? Kieffer war sich nicht sicher, ob er die Antwort auf diese Frage wissen wollte.

Er legte die Zigarette vor sich auf den Tresen. »Geht klar. Wenn du noch etwas anderes brauchst – Rotwein oder Olivenöl – dann ist jetzt die Gelegenheit.«

»Wieso? Bestellst du was?«

»Viel besser, Pekka. Ich fahre morgen an die Quelle.«

»Provence?«

»Toskana.«

Seit Jahren fuhr Kieffer einmal im Jahr nach Pistoia in der Nähe von Florenz. Dort besaß einer seiner Bekannten eine Ölmühle sowie ein paar Weinberge. Er würde gut essen, einen Haufen Weine und Öle probieren, um dann einige Tage später mit vollem Bauch und vollem Auto zurückzukehren.

Vatanen bedeutete Kieffer, ihm Rivaner nachzuschenken. »Klingt nett. Aber auch aufwendig. Ich dachte, du lässt dir fast alles liefern. Und wozu braucht ein Luxemburger Spezialitätenlokal eigentlich Olivenöl?«

Vatanen hatte nicht ganz Unrecht. Es war in den vergangenen Jahren immer schwieriger geworden, sich die Tage für diesen Trip freizuschaufeln. In seinem Restaurant war einfach zu viel zu tun. Und das Öl benötigte Kieffer für die Gerichte im »Zwou Kierchen«, wie die Einheimischen sein Lokal nannten, in der Tat kaum. Luxemburger Spezialitäten schwammen eher in Butter als in Olivenöl.

»Das Olivenöl ist für mich privat. Mein verstorbener Lehrmeister Paul Boudier, der hat mich damit angefixt.«

»Inwiefern?«

»Er war aus Südfrankreich, aus Arles. Paul hat immer gesagt, dass er es seltsam findet, dass viele Nordeuropäer sich zwar enorme Mühe mit der Auswahl ihrer Hausweine machen – selbst zum Winzer fahren und so weiter – aber ihr Olivenöl im Supermarkt kaufen. Er hatte seine speziellen Lieferanten, in seiner Küche standen bestimmt zehn verschiedene Olivenöle. Ich bring dir ein paar Flaschen mit, zum Probieren.«

»Warum nicht. Fährst du mit deinem klapprigen Lieferwagen da runter? Das dauert doch ewig.«

Kieffer schüttelte den Kopf. »Ich fahre nicht alleine,

sondern mit einem alten Schulfreund, Alessandro. Er hat einen großen Mercedes-Van.«

»Ist der auch Koch?«, fragte Vatanen.

»Nein, Weinhändler. Er beliefert halb Luxemburg. Ihm gehören da unten Weinberge, außerdem die Ölmühle. Er fährt alle paar Wochen runter, um nach dem Rechten zu sehen. Und morgen nimmt er mich mit.«

Kieffer erhob sich von seinem Barhocker. »So, ich glaube, der Kachkéis wäre jetzt gut.«

»Ich hatte irgendwie gehofft, du hättest das vergessen.«

»Träum weiter, Pekka.«

Als Kieffer einige Minuten später mit zwei Tellern aus der Küche zurückkam, war Vatanen gerade dabei, sein Weinglas neu zu füllen. Der Koch stellte einen der Teller vor seinen Freund auf die Bar. Er hatte den Kachkéis auf eine Scheibe dunkles Landbrot gestrichen und etwas Dijon-Senf danebengekleckst.

»Guten Appetit, Pekka.«

Kieffer stellte den zweiten Teller ab und biss in sein eigenes Kachkéis-Brot.

Missmutig strich der Finne Senf auf seine Scheibe und führte sie zum Mund. Mit verkniffenem Gesicht biss er ab.

»Und?«

»Es sieht nicht nur aus wie Moltofill, es kaut sich auch so«, sagte Vatanen, »verklebt einem total die Beißleiste. Aber mit dem Senf geht's.«

Er setzte das Weinglas an und trank es halb leer. Dann senfte er nochmals nach und aß weiter.

»Ist aber nicht gerade Haute Cuisine, Xavier.«

Kieffer nickte. »Das ist gar keine Cuisine. Das ist was,

das du dir abends machst, mit einem Bier dazu, wenn du in der Jogginghose Fußball guckst.«

Der Koch vertilgte den Rest seines Brotes. »Luxemburgischer geht's auf jeden Fall kaum, und jemand, der seit über zehn Jahren hier wohnt, sollte das mal probiert haben. Und jetzt gib's schon zu. Besser als euer Hapansilakka schmeckt unser Kachkéis ja wohl allemal.«

»Kann ich nicht sagen.«

»Wieso? Aber ich dachte …«

»… dass ich verfaulten Fisch esse? Freiwillig?«

Vatanen schüttelte den Kopf und biss erneut von seinem Kachkéis-Brot ab.

»Ich bin doch nicht bescheuert.«

2

Als Kieffer am nächsten Morgen aufwachte, hatte es gerade zu dämmern begonnen. Er drehte sich auf die Seite und schaute aus seinem Schlafzimmerfenster. Die kahlen Bäume in seinem kleinen Garten sahen so aus, als frören sie. Dahinter floss die Alzette entlang, schwarz und eisig, erst vor drei Wochen waren die letzten Schneereste am Ufer verschwunden. Ihn fröstelte. Er stand auf, zog sich eine abgetragene Strickjacke über und tapste die Treppe hinab, in die Küche. Als er den Kippschalter der Vibiemme umlegte, ging ein Zittern durch die riesige Espressomaschine. Kieffer hatte das Monstrum bei einer Restaurantauflösung zu einem Spottpreis erstanden, es machte viel besseren Kaffee als diese modernen Vollautomaten. Der Nachteil war, dass die Vibiemme zunächst warmlaufen musste, und das dauerte. Er kannte alte Diesel-Lkw, die schneller in Gang kamen. Kieffer setzte sich auf die Holzbank in der Essecke und schloss die Augen. Die Schulter an den warmen Heizkörper gelehnt, begann er, wieder wegzudämmern. Bevor er jedoch wieder einnicken konnte, teilte ihm die Vibiemme mit einem giftigen Fauchen und mehreren metallisch klingenden Schlägen mit, sie sei nun so weit. Der Koch stemmte sich hoch und ging zur Anrichte. Er arretierte den Siebträger, legte den Hebel um, und beobachtete, wie der Kaffee unter Dröhnen und Rasseln in die Tasse tröpfelte. Müde rieb er sich die Sandkörner aus den Augen. Ein Espresso würde an diesem Morgen nicht reichen. Deshalb wechselte er den Siebträger und wiederholte die Prozedur.

Alessandro hatte darauf bestanden, spätestens um 7.30 Uhr loszufahren. Nur so, hatte sein Freund ihm erklärt, würden sie es bis zum Abendessen nach Pistoia schaffen. »Wenn wir erst um zehn fahren, geraten wir bei Como in den Feierabendverkehr«, hatte er gesagt. Soweit Kieffer sich erinnerte, waren sie im vergangenen Jahr ebenfalls um 7.30 Uhr losgefahren und hatten dennoch drei Stunden im Stau gestanden. Aber Alessandro war der Fahrer, also bestimmte er.

Sein Schulfreund war stets sehr entschieden in diesen Dingen. Hatte Alessandro Colao sich einen Plan zurechtgelegt, war es in der Regel kaum möglich, ihn noch davon abzubringen. So war es auch dieses Mal gewesen. Der Koch erinnerte sich, wie sie vor zwei Wochen in Alessandros Weinhandlung in Esch gesessen und ihre Reise besprochen hatten.

* * *

»Erst fahren wir nach Pistoia, in mein Apartment. Und am Abend gehen wir dann zu dieser neuen Osteria nahe dem Palazzo dei Vescovi. Habe ich bei meinem letzten Besuch entdeckt. Ich wette, du hast noch nie bistecca alla fiorentina gegessen, Xavier.«

»Wie bitte? Natürlich.«

»Wenn du das Steak in dieser Osteria probiert hast, das schwöre ich dir, dann wirst du mir zustimmen, dass du vorher vielleicht irgendwas anderes gegessen hast, aber kein bistecca alla fiorentina.«

Alessandro strich sich durch den kurzgetrimmten Vollbart, danach durch seine Meckifrisur. Seine Haare waren voll und tiefschwarz, es sah aus, als trüge der Weinhändler eine Sturmhaube, die nur einen kleinen Teil seines Gesichts freiließ.

Kieffer nippte an seinem Wein. Sie standen seit Längerem an der Theke des Verkaufsraums und tranken sich durch Alessandros beachtliche Sammlung von Chiantis und Montepulcianos, um, wie sein Freund es ausdrückte, »gedanklich ins Thema reinzukommen«.

»Und dann weiter, nach La Spezia.«

»Was machen wir da?«, fragte Kieffer.

Statt zu antworten, goss Alessandro ihnen zunächst nach und suchte dann im Regal nach einer weiteren Flasche.

»Diesen Brunello di Montalcino müssen wir gleich noch probieren. Aber zu deiner Frage: Nahe La Spezia gibt es einen Typ, der hat die angeblich besten Moraiolo, und außerdem sehr gute Taggiasca.«

»Olivensorten?«

»Ja. Moment, ich hab was davon da.«

Alessandro lief an den Weinregalen vorbei, bis zur anderen Seite des Ladens. Kurz darauf kam er mit zwei Flaschen Olivenöl zurück. Er stellte sie vor Kieffer ab.

»Erst mal das hier.«

Alessandro goss etwas von dem goldfarbenen Öl in ein Schnapsgläschen. Kieffer nahm es und nippte daran. Wie sein Freund es ihm beigebracht hatte, zog er die Mundwinkel nach außen und presste die Lippen in der Mitte aufeinander. Auf Beobachter musste diese Grimasse wie ein sehr gequältes Lächeln wirken. Laut Alessandro war diese strippagio genannte Methode jedoch die einzig korrekte Art und Weise, Olivenöl zu verkosten. Mit dem Öl auf der Zunge sog der Koch durch die Mundwinkel Luft ein, wodurch sich Tröpfchen des Olivensafts in seinem ganzen Mund verteilten. Der Geruch von frisch gemähtem Gras stieg ihm in die Nase, gleichzeitig begann sein Rachen zu brennen. Er musste husten.

»Ganz schön pfeffrig, das Zeug.«

»Das sind die Moraiolo-Oliven. Wenn ihr Öl dir keine Tränen in die Augen treibt, ist es Mist. Und jetzt das Taggiasca.«

Wieder goss Alessandro einen Daumenbreit Öl in ein Gläschen. Dieses besaß eine andere Farbe, zu dem goldenen Schimmer gesellte sich ein rötlicher Ton, der das Öl kupferfarben schimmern ließ, als Kieffer das Glas gegen das Licht hielt. Erneut schlürfte er geräuschvoll. Dieses Mal musste er nicht husten. Der Geschmack des Taggiasca war völlig anders, mildsüß, mit einer fruchtigen Note.

»Ziemlich gutes Zeug. Und das kriegst du von dem Typen?«

»Das Taggiasca kommt aus Ligurien, das muss zu einer anderen Ölmühle. Man sollte die Oliven nach der Ernte nicht lang durch die Gegend fahren, dann werden sie schlecht. Aber das Moraiolo – ich will, dass er es in unserem Oleificio pressen lässt. Dann wäre es noch besser, ich könnte da mehr rausholen. Deshalb will ich mit ihm sprechen. Aber keine Sorge, du wirst dich nicht langweilen. Er betreibt einen großen Agroturismo, mit angeschlossener Käserei und anderem Zeug. Da habe ich uns einquartiert, das wird nett.«

Kieffer betrachtete Alessandro, während dieser an seinem Wein nippte. In seiner Jugend war der Italo-Luxemburger ein rappeldürrer Junge mit zu schmalen Schultern und zu großen Ohren gewesen. Mit Mitte dreißig war er dann plötzlich aufgegangen wie ein Hefezopf, neben ihm kam sich der auch nicht gerade schmächtige Koch geradezu schlank vor. Selbst die perfekt gebügelten, farbenfrohen Hemden, die Alessandro stets über der Hose trug, konnten seine Leibesfülle inzwischen nicht mehr kaschieren.

»Ich hätte jetzt Lust auf eine Zigarette«, verkündete Alessandro.

»Kein Problem.« Kieffer zog die Ducal-Schachtel aus der Tasche seiner Cordhose. »Aber hattest du Maria nicht versprochen aufzuhören?«

»Habe ich auch. Aber wenn ich mit meinem alten Kumpel Chianti trinke, darf ich doch wohl mal eine Ausnahme machen?«

Kieffer hielt ihm die Packung hin. Alessandro schüttelte den Kopf.

»So verzweifelt, dass ich diese widerlichen Dinger rauche, bin ich dann auch nicht.«

Er verschwand hinter der Bar. Neben Weinflaschen, Espressotassen, Camparigläsern und anderen Utensilien stand im Regal dahinter ein Ölkanister aus Weißblech, nach dem Alessandro nun griff. Er kniff ein Auge zu und grinste.

»Das Geheimversteck für meine Zigaretten und andere Dinge, die Maria nichts angehen.«

Die obere Metallplatte des Kanisters fehlte, stattdessen

war er mit einem Plastikdeckel verschlossen. Alessandro hielt die Dose so, dass Kieffer sie sehen konnte und entfernte den Deckel. Der Behälter war voller kleiner Gummibärchenpackungen. Alessandro verschloss ihn wieder, stellte die Büchse auf den Kopf und machte sich an deren Boden zu schaffen. Mit einer theatralischen Geste entfernte er die Bodenplatte, wie ein Zauberer, der sogleich ein Kaninchen aus dem Hut ziehen will. Statt eines Nagers kam jedoch ein Marlboro-Bigpack zum Vorschein.

Der Weinhändler zündete sich eine Zigarette an und paffte zufrieden. »Was ist mit deiner Französin? Hat sie dir das Rauchen schon auszutreiben versucht?«

»Valérie raucht selber. Und wir haben auch gar keine Geheimnisse voreinander.«

Alessandro lachte. »Das liebe ich so an dir, Xavier. Deinen trockenen nordeuropäischen Humor!«

Er trank den letzten Schluck Chianti und entfernte den Stopper, der auf der Brunello-Flasche steckte.

»Aber jetzt noch mal zu unserem Trip, solange ich mich noch daran erinnern kann. Also: Pistoia, La Spezia. Dann weiter nach Monterosso al Mare. Da gibt es dieses Fischrestaurant, wo ...«

* * *

Kieffer schaute aus dem Fenster, über die Alzette hinweg, auf die Häuser der anderen Flussseite. Er hatte noch genug Zeit. Es musste in etwa halb sechs sein, bis zu Alessandros Geschäft in Esch-sur-Alzette würde er vor dem Einsetzen des Berufsverkehrs höchstens eine halbe Stunde brauchen. Eigentlich solltest du noch im Bett liegen, dachte er, während er an seinem Kaffee nippte. Der

Wecker hatte noch gar nicht geklingelt, aber wie so oft in letzter Zeit war er bereits davor wach geworden. Ich werde allmählich alt, sinnierte er. Bald werde ich bereits morgens um fünf auf den Beinen sein, wie meine Mutter.

Kieffer trank den letzten Schluck Espresso. Ihm fiel nun auf, dass die Fenster der Häuser auf der gegenüberliegenden Flussseite bereits erleuchtet waren – noch mehr Menschen, die unter präseniler Bettflucht litten. Dann dämmerte ihm etwas. Das erste Mal an diesem Morgen schaute er auf die Küchenuhr, die hinter ihm über der Essecke hing.

Es war schon nach sieben. Fluchend sprang Kieffer auf und rannte die Treppe hinauf, ins Schlafzimmer.

3

Fünf Minuten später warf er seine Tasche in den Kofferraum des klapprigen Peugeot-Lieferwagens, der unweit seines Hauses an der Ulrichbrücke parkte. Kieffer stieg ein. Während er den Motor anließ, erhaschte er im Rückspiegel einen Blick auf einen müde wirkenden Mittvierziger. Die halblangen, ungekämmten Haare hingen dem Mann ins Gesicht, und eine Rasur hätte ihm gutgetan. Kieffer setzte den Wagen zurück und drückte das Gaspedal durch. Der Peugeot jaulte, als der Koch ihn die Montée de la Petrusse hinaufjagte.

Als er in der Oberstadt angekommen war, nahm er zunächst den Boulevard, der dem Flusslauf folgend am Rand der Schlucht entlangführte und fädelte sich dann auf die A4 Richtung Esch ein. Er war nicht der Einzige. Die meisten von Kieffers Landsleuten wären nie im Traum auf die Idee gekommen, für eine Fahrt von A nach B die öffentlichen Verkehrsmittel zu benutzen, wenn man die Strecke auch mit dem Auto absolvieren konnte. Luxemburger liebten Autos, im Vergleich zu ihnen waren die Deutschen in dieser Beziehung geradezu harmlos. Dummerweise besaßen sie jedoch keine sechsspurigen Autobahnen wie die Deutschen, weswegen das Großherzogtum stets am Rande des Verkehrskollapses stand. Ein schwerer Unfall genügte, schon steckte das halbe Land fest.

Heute schaffte es Kieffer immerhin bis Steebrécken, bevor Schluss war. Vor sich konnte er Blaulicht erkennen. Es ging nun nicht einmal mehr im Stop-and-Go voran. Dem Koch entfuhr ein Fluch. Nachdem er sich eine Ducal angezündet hatte, rief er Alessandro an. Es klingelte fünfmal, bevor er die Stimme seines Freundes vernahm.

»Pronto!«

»Morgen, hier ist Xavier«, sagte Kieffer. »Hör zu, ich …«

»Reingefallen! Dies ist nur die Mobilbox von Alessandro Colao. Bitte hinterlassen Sie eine Nachricht. Ciao!«

»Alessandro, hier ist Xavier. Hör zu, ich hab verpennt und steck noch im Stau. Ich bin gleich bei dir, ja?«

Kieffer legte auf. Ihm entfuhr ein weiterer Fluch. Er konnte nur hoffen, dass Alessandro ihn irgendwann zurückrief. Der Weinhändler war in diesen Dingen etwas eigen, neigte zu Kurzschlusshandlungen. Seine Wutanfälle waren schon auf der Schule legendär gewesen. Wenn Alessandro sich ärgerte, zum Beispiel über einen zu spät kommenden Beifahrer, konnte es durchaus sein, dass er einfach allein losfuhr, um dann vermutlich von Luxemburg bis Lucca wütend vor sich hinzuschimpfen, wie man ihm das nur antun konnte.

Etliche Ducal und über eine Stunde später verließ Kieffer die Autobahn. Alessandro hatte sich immer noch nicht gemeldet. Als er endlich vor dem weißgestrichenen Lagerhaus mit den italienischen Flaggen und dem Schriftzug »Weindepot Colao« ankam, war es bereits halb neun. Kieffer parkte, stieg aus und schaute sich um. Das Lagertor war heruntergelassen, Alessandros azurblauer Van war nirgendwo zu sehen.

»Krëtjeftnomol, tu mir das nicht an!«

Er rannte zum Eingang des kleinen Ladengeschäfts, das sich neben der Lagerhalle befand. Es war noch verschlossen. Kieffer kniete sich vor der Tür hin. Links unten fand er, was er suchte. Dort war ein Aufkleber angebracht, auf dem eine Handynummer sowie eine E-Mail-Adresse angegeben waren. Er nahm sein Telefon aus der Tasche, rief Alessandros Handynummer auf und verglich sie mit der auf dem Sticker. Wie er gehofft hatte, war es nicht dieselbe. Während sein Freund für die Auswahl und Beschaffung der Weine und Öle zuständig war, wurde das Organisatorische von seiner Frau Maria gemanagt. Er vermutete, dass es sich bei der Handynummer auf dem Aufkleber um ihre handelte. Einen Versuch war es wert. Er wählte.

»Guten Morgen, Maria Colao.«

»Morgen, hier ist Xavier. Xavier Kieffer.«

»Oh hallo, Xavier? Was gibt's?«

»Ich stehe gerade vor eurem Laden. Alessandro und ich wollten heute zusammen runterfahren, aber er ist nicht da. Allerdings bin ich auch eine Stunde zu …«

»Oh mein Gott.«

»Maria, was ist los?«

»Ich wusste nicht, dass er mit dir … aber dann wäre er doch nie alleine … ich hab' solche Angst.« Kieffer konnte hören, wie sie zu schluchzen begann.

»Wann ist er denn weg? Heute Morgen?«

»Nein, schon vor zwei Tagen.« Inzwischen konnte er Maria kaum noch verstehen.

»Ganz ruhig, Maria. Es gibt bestimmt eine einfache Erklärung dafür. Hör zu, ich komme vorbei, bin in zehn Minuten da.«

Sie schniefte. »Okay.« Dann legte sie auf.

Esch-sur-Alzette lag im Süden Luxemburgs, direkt an der Grenze zu Frankreich. Das Haus der Colaos befand sich auf der anderen Seite, in einem unscheinbaren Örtchen namens Audun-le-Tiche. Als Kieffer vor dem geklinkerten Reihenhaus hielt, wartete Maria bereits an der Haustür. Der Koch ging durch den kleinen Vorgarten, vorbei an einer Sandkiste voller Plastikschäufelchen und Eimer.

Ohne etwas zu sagen, bat sie ihn herein und führte ihn ins Wohnzimmer. Dort bedeutete sie Kieffer, sich zu setzen. Er nahm auf einer mauvefarbenen Sofagarnitur Platz. Maria setzte sich ihm gegenüber in einen Sessel, faltete die Hände in ihrem Schoß, stand dann wieder auf.

»Es tut mir leid, ich bin so eine schlechte Gastgeberin – willst du Kaffee?«

»Später. Erzähl mir lieber, was hier los ist.«

Erneut ließ sie sich in den Sessel fallen. »Kann ich … du rauchst, oder?«

Kieffer hielt Maria Ducal und Feuerzeug hin. Mit fahrigen Bewegungen zog sie eine Zigarette aus der Schachtel und zündete sie an.

»Er ist Sonntagnachmittag verschwunden, aus heiterem Himmel. Hat gesagt, er müsse dringend nach Pistoia, geschäftlich. Normalerweise sagt er mir so was eine Woche vorher.«

»Aber diesmal nicht.«

»Nein. Er rief mich an, vorgestern, und sagte, er müsse

sofort los. Wir haben uns dann am Telefon gestritten. Aber er ließ sich nicht davon abbringen.«

Kieffer nickte nur und musterte sie. Maria war Ende dreißig, haferbleich, mit tiefschwarzem Haar und einer großen, aber interessanten Nase.

»Und seitdem habe ich nichts mehr von ihm gehört.«

»Hast du ihn angerufen?«

»Natürlich. Aber bei seinem Handy geht keiner ran. Und in der Ölmühle auch nicht. Ich hab auch alle möglichen Bekannten angerufen, Geschäftspartner, Verwandte ... nichts.«

Kieffer sah, wie sich ihre Augen mit Tränen füllten. Ihn hatte Maria nicht angerufen, aber das überraschte den Koch nicht. Erstens schien sie nicht gewusst zu haben, dass Alessandro ihn bei dieser Tour mitnehmen wollte. Und zweitens hatten Maria und er nie viel miteinander zu tun gehabt. Alessandro kannte Kieffer seit seiner Kindheit. Sie sahen sich nicht allzu häufig, aber das war auch nicht notwendig – ihre Freundschaft bestand seit über dreißig Jahren und war stark genug. Maria hingegen kannte Kieffer erst seit acht oder neun Jahren. In dieser Zeit hatte er sie höchstens vier- oder fünfmal gesehen.

»Ich habe ihn vorhin auch angerufen«, sagte er.

»Was? Du hast mit ihm gesprochen?«

»Nein, es ging nur der Anrufbeantworter dran.«

Maria konnte ihre Tränen nun nicht mehr zurückhalten. Schluchzer schüttelten ihren ganzen Körper. Kieffer wusste nicht, was er tun sollte. Er war nicht sehr gut in diesen Dingen. In seinem Kopf meinte er Vatanens Stimme zu hören: »Einfach, du Tölpel. Wenn eine Frau weint, nimmst du sie in den Arm.«

Der Koch stand auf, setzte sich auf die Kante des Sessels und legte seinen Arm um Maria. Sie wich nicht zurück, aber viel zu helfen schien es auch nicht.

»Warst du schon bei der Polizei?«, fragte er.

»Ja, aber die haben mich wieder weggeschickt.«

»Wieso?«

»Weil es erst zwei Tage sind.«

Sie räusperte sich. »Kein Verdacht auf hilflose Lage oder Straftat, haben sie gesagt.«

»Wahrscheinlich ist ja auch nichts, vielleicht hat er nur Stress.«

Sie schaute ihn an. »Da ist noch was.«

»Ja?«

»Er war irgendwie anders. Schroff, geheimnistuerisch, so kenne ich ihn überhaupt nicht. Trotz all seiner Wutausbrüche und Macken ist er doch eigentlich der liebste Mensch der Welt.«

»Hat er dir denn gesagt, warum er so dringend in die Toskana muss? Die Olivenernte ist doch schon lange vorbei, oder?«

»Er hat gesagt, er hat einen neuen Kunden in Aussicht. Und wir wären bald alle unsere Sorgen los.«

»Habt ihr Sorgen?«

Sie nickte stumm.

»Geld?«, fragte er.

»Eulenberger.«

Eulenberger war ein neuer Weinhändler, drüben im Saarland. Aus Verbundenheit zu Alessandro hatte Kieffer dort noch nie bestellt. Aber befreundete Gastronomen berichteten immer wieder, das Eulenberger-Depot in Mettlach sei dabei, allen anderen Lieferanten in der Großregion den Rang abzulaufen. Angeblich war der Laden von zwei ehemaligen Unternehmensberatern gegründet worden. Eulenberger besaß nicht nur ein größeres Sortiment als Colao, Müller oder Bruckner. Er war auch billiger und verfügte über ein supermodernes computergestütztes Lagersystem mit selbstfahrenden Gabelstaplern und automatisierten Laufbändern. Dadurch lieferte Eulenberger angeblich schneller als alle anderen. Man konnte seine Weine sogar dauerhaft in Mettlach einlagern und am Abend benötigte Tropfen kurzfristig per Smartphone ordern und liefern lassen. Mit Kieffers uraltem Nokia ging das natürlich nicht, aber er verstand, warum die anderen Weinhändler in der Gegend bei der Erwähnung des Namen stöhnten.

»Nehmen die euch viele Kunden weg?«

Sie zog an ihrer Zigarette. »Fast ein Drittel. Wenn nicht ein Wunder geschieht, sind wir Ende des Jahres pleite.«

»Und Alessandro glaubte, sein neuer Kunde sei dieses Wunder? Hat er mehr darüber erzählt?«

»Nein, nichts. Er hat mich am Telefon richtiggehend abgewürgt.«

Sie kramte ein Taschentuch aus ihrer Hosentasche und schnäuzte geräuschvoll. »Wenn jemand anders sein Handy hat, dann muss ich noch mal zur Polizei. Oder bei den Carabinieri anrufen.«

»Hör zu, Maria …«

»Ja?«

»Ich könnte ihm nachfahren.«

»Das würdest du tun? Ich wäre schon selbst gefahren. Aber die Kinder …«

»Ich wollte ja ohnehin fahren. Und du hast ja keine Ahnung, wie vielen Leuten ich versprochen habe, ihnen von eurem guten Wein und Öl mitzubringen.«

Sie bemühte sich zu lächeln.

»Ich wäre dir ewig dankbar, wenn du nach ihm schaust. Vermutlich ist es nur wieder eine seiner irren Phasen, aber ich kann nicht mehr schlafen. Und ich habe kein gutes Gefühl.«

Sie stand auf und wandte sich ab, vermutlich, damit er nicht sah, dass ihr erneut die Tränen in die Augen schossen. Dann ging sie in den Flur und kam kurz darauf mit einem Schlüsselbund zurück. »Das hier sind die Schlüssel für die Ölmühle. Und die hier gehören zu unserer Wohnung in Pistoia.«

»Gut. Ich mache mich gleich auf den Weg. Mit meiner alten Klapperkiste wird das etwas dauern, aber ich sage dir Bescheid, sobald ich was weiß.«

»Du musst nicht mit deinem Auto fahren. Einen Moment.«

Sie verschwand erneut und kam mit einem Autoschlüssel zurück. »Hier. Nimm unseren. Auch nicht gerade neu, aber gut in Schuss. Die Papiere klemmen unter der Sonnenblende.«

»Maria, du musst nicht ...«

»Je schneller du in Pistoia bist, umso besser für meine Nerven. Warte, ich helfe dir noch mit den Kindersitzen.«

»Lass nur, Maria. Ich stelle sie einfach in den Vorgarten.«

Maria umarmte ihn etwas unbeholfen, dann brachte sie ihn zur Tür. Kieffer ging den Weg entlang bis zur Pforte und drehte sich dort noch einmal um. Maria war bereits im Haus verschwunden. Er betrachtete den Schlüssel in seiner Hand. Das Logo verriet ihm, dass er nach einem Mercedes suchen musste. Er kannte den Wagen. Es handelte sich um eine E-Klasse, ein ausrangiertes Trierer Taxi. Alessandro fuhr den Wagen bereits seit Ewigkeiten.

Der cremefarbene Benz stand gegenüber dem Haus. Kieffer wuchtete die beiden Kindersitze aus dem Fond und stellte sie in den Vorgarten. Dann stieg er ein. Innen bestand alles aus Nussholz und Leder, Letzteres so abgewetzt, dass seine Lederjacke dagegen neu wirkte. Als Kieffer den Zündschlüssel im Schloss drehte, begann der Dieselmotor zu nageln. Das Tachometer zeigte einen Kilometerstand von 377 283.

»Ein alter Diesel von Daimler ist für die Ewigkeit«, pflegte Alessandro zu sagen. Kieffer hoffte, dass sein Freund recht hatte. Vorsichtig tippte er das Gaspedal an und rollte die Straße entlang, Richtung Route Nationale.

4

Nahe Luzern beschloss Kieffer, eine Pause zu machen. Er kam nicht so schnell voran, wie er gehofft hatte. Zwar war das Extaxi tadellos in Schuss. Aber er quälte sich mehr durch den dichten Verkehr, als dass er fuhr. In diesem Tempo hätte er die Strecke auch mit seinem klapprigen Lieferwagen bewältigen können. An der nächsten Raststätte fuhr Kieffer ab. Nachdem er sich im SB-Restaurant einen Kaffee besorgt hatte, kaufte er eine Straßenkarte. Der Mercedes besaß zwar ein relativ neues Navigationssystem, das in einer Halterung an der Windschutzscheibe klebte, aber es war Kieffer nicht gelungen, die Adresse einzugeben. Deshalb setzte er sich mit dem Kaffee nun an einen der Plastiktische und studierte die Karte.

Pistoia lag im Norden der Toskana, etwa 30 Kilometer von Florenz entfernt. Mit dem Zeigefinger fuhr Kieffer die Route entlang, die er ab Mailand nehmen würde. Schon beim Anblick der Namen setzte sein Speichelfluss ein: Parma. Modena. Bologna. Dann weiter gen Süden, bis zu seinem Ziel. Alessandro Colaos Eltern stammten, wenn sich Kieffer richtig entsann, nicht aus der Toskana, sondern aus Süditalien. Seine Frau hingegen kam aus Pistoia. Von ihrer Familie hatte das Ehepaar einen Olivenhain und Weinberge geerbt, die in den Hügeln außerhalb der Stadt lagen. Eine nennenswerte Menge Öl oder Wein gab das Anwesen allerdings nicht her. Das Areal, hatte Alessandro ihm einmal erzählt, sei zu klein und damit zu unwirtschaftlich: »Das wäre gerade genug Saft für uns, unsere Familie und unsere besten Freunde.« Deshalb hatte Alessandro das meiste Land an einen Nachbarn verpachtet.

Ihr Geld machten die Colaos in Pistoia, soweit Kieffer wusste, vor allem mit der Ölmühle. Es gab in der Gegend viele kleinere Olivenhaine, und die meisten Bauern hatten ihre Früchte bis vor wenigen Jahren noch mit Maschinen aus der Nachkriegszeit gepresst. Erst dank Alessandro war das anders geworden. Sein Freund hatte in eine moderne Zentrifuge investiert, die das Öl schneller und sanfter aus den Früchten zog. »Niemand wollte mir seine Oliven bringen«, hatte er Kieffer grinsend erzählt, »bis sie das fertige Öl aus unserer Mühle das erste Mal probierten.«

Inzwischen lieferten viele Bauern aus der Region ihre Früchte an Alessandros Betrieb, dem Oleificio di Pistoia. Die Colaos stellten daraus sortenreine Öle her und vertrieben sie an Gourmets. Viele davon hatten Preise gewonnen, alle waren extra vergine, alle schmeckten köstlich.

Der Koch bemerkte, dass sein Magen heftig knurrte. Bevor er zu seinem Auto zurückging, kaufte er sich ein etwas traurig aussehendes Ciabatta und eine Banane – kein Mittagessen nach seinem Geschmack, aber mit etwas Glück würde er seinen Bauch später mit einem toskanischen Festmahl entschädigen können.

Es war bereits dunkel, als Kieffer in Pistoia eintraf. Während der Fahrt hatte er noch ein paarmal auf Alessandros Handy angerufen, doch niemand hatte abgenommen. In der Nähe der Piazza del Duomo hielt er an und aktivierte den Warnblinker. Er versuchte sich zu orientieren. Die kleine Wohnung der Colaos befand sich irgendwo im Stadtzentrum. Kieffer war zwar schon zweimal dort gewesen, hatte sich seinerzeit aber völlig auf Alessandros Ortskenntnisse verlassen. In der Dunkelheit war es schwierig, die Straße wiederzufinden, über eine halbe Stunde lang kurvte er durch die Sträßchen, bevor er aufgab und den Mercedes in einem Parkhaus abstellte. Zu Fuß lief er über den Domplatz, Richtung Norden. An der nächsten Kreuzung blieb er vor einer kleinen Osteria stehen und betrachtete die Kreidetafel, die davor aufgestellt war. Es gab toskanische ribollita, eine deftige Suppe. Noch mehr interessierte ihn die polenta col cavolo nero. Wenn er diese als Vorspeise bestellte, dann könnte er als Hauptgericht vielleicht das coniglio arrosto nehmen oder einfach ein bistecca alla fiorentina. Möglicherweise war dies sogar jene Osteria, von der Alessandro ihm vorgeschwärmt hatte.

Wieder lief ihm das Wasser im Mund zusammen. Kieffer widerstand jedoch der Versuchung, in das Restaurant hineinzugehen. Stattdessen kaufte er an einem Kiosk gegenüber einen Stadtplan und suchte darin die Via Paccini.

Zehn Minuten später stand er vor der Haustür. Die Wohnung der Colaos befand sich in einem buttergelben, zweistöckigen Haus mit dunkelgrünen Fensterläden. Sie war nicht sehr groß, das wusste er von früheren Besuchen. Es gab zwei Schlafsofas im Wohnzimmer, außerdem eine winzige Küche und ein noch winzigeres Bad.

Einen Moment lang überlegte Kieffer, ob er klingeln sollte, entschied sich dann dagegen und schloss die Haustür auf. Er stieg eine Steintreppe empor, bis ins zweite Obergeschoss, und öffnete die hölzerne Wohnungstür. Schon bevor er die Schwelle überschritten hatte, fühlte der Koch, dass niemand hier war. Er ging ins Wohnzimmer und schaute sich um. Allerdings war kürzlich jemand hier gewesen, das schien sicher. Auf dem Boden neben dem Couchtisch lag ein kleiner Rollkoffer. Er war offen, Hemden und Unterhosen lagen darin. Eines der Sofas war zum Bett umgeklappt worden, darauf lagen eine halb aufgeschlagene Decke und ein Kissen. Kieffer nahm eines der Hemden aus dem Koffer und hielt es prüfend vor sich; Alessandros Größe und, den sehr bunten Streifen nach zu urteilen, auch sein Geschmack.

Er ging in die kleine Küche. Sie schien unberührt, bis auf eine Espressotasse, in der sich noch etwas Flüssigkeit befand. Der Koch ging zurück ins Wohnzimmer und setzte sich auf das Sofa. Dann rief er Maria an.

»Maria Colao?«

»Hier ist Xavier. Ich bin jetzt in eurer Wohnung. Er war hier, sein Koffer ist da.«

»Warst du schon in der Mühle?«

»Nein, noch nicht, ich bin gerade erst angekommen. Ich bin mir auch nicht sicher, ob ich sie in der Dunkelheit überhaupt finde. Aber ich werde es versuchen.«

»Vielen Dank, Xavier.«

»Falls er da auch nicht ist: Gibt es irgendwelche Freunde hier unten, die ihn gesehen haben könnten? Oder einen Verwalter? Wer kümmert sich denn um die Mühle, wenn ihr weg seid?«

»Niemand, die ist das ganze Jahr geschlossen, bis zum

November, dann beginnt die Erntesaison. Die Haine und die Weinberge sind ja verpachtet, an Lucio Varese. Den habe ich schon angerufen, der hat ihn auch nicht gesehen.«

»Okay, dann fahre ich jetzt. Vermutlich sitzt er da im Büro, brütet über den Büchern und trinkt den ganzen Montalcino weg.«

Leise sagte sie: »Ich bete, dass es so ist.«

Kieffer fiel darauf keine passende Antwort ein und so verabschiedete er sich und beendete das Gespräch.

Er war müde und hungrig. Aber das Einzige, was er in der Küche fand, waren ein paar steinharte Mandelbiscotti. Er steckte die Tüte in seine Jackentasche und ging zum Ausgang. Neben dem Türrahmen fiel ihm ein Foto auf. Es zeigte Alessandro und Maria vor einer Reihe von Olivenbäumen. Kieffer nahm das Bild von der Wand und betrachtete es einen Moment. Das Foto musste im Sommer aufgenommen worden sein. Beide trugen T-Shirts, und die Oliven an den Zweigen waren noch hellgrün und erst murmelgroß. Maria wirkte auf dem Bild zehn Jahre jünger. Alessandro sah aus wie immer, nur etwas weniger füllig. Kieffer hängte das Bild wieder an seinen Platz, ging hinaus und zog die Tür hinter sich ins Schloss.

5

Es dauerte fast eine Stunde, bis Kieffer den schmalen, ungeteerten Weg fand, der sich von der Landstraße den Hang hinaufschlängelte. Um ganz sicherzugehen, fuhr er den Wagen an den Straßenrand, stieg aus und hielt Ausschau nach einem Hinweisschild, an das er sich vage erinnerte. Er fand es links des Weges, halb von Pinien verborgen. Auf einem Pfahl war eine große Blechdose befestigt, eine jener Büchsen, in denen Alessandro sein Olivenöl abzufüllen pflegte. Die Dose war weiß lackiert worden, jemand hatte mit blauer Farbe »Oleificio« daraufgepinselt.

Kieffer stieg wieder ins Auto und lenkte es den schmalen, sanft aufsteigenden Pfad entlang. Er hoffte, dass ihm niemand entgegenkam. Der Benz benötigte die gesamte Breite des Weges. Wahrscheinlich war es Unsinn, sich darüber Gedanken zu machen – der Koch schaute auf die Digitaluhr neben dem Tacho. Es war 0.17 Uhr, vermutlich war er der Einzige, der um diese Zeit noch hier oben herumkurvte. Der mit Pinien gesäumte Schotterweg schlängelte sich weiter den Hügel hinauf. Immer wieder zweigten Pfade ab. Weitere weiße Ölbüchsen wiesen Kieffer den Weg. Nach etwa einer Viertelstunde lichtete sich der Pinienwald und machte Olivenhainen Platz. Er konnte die Umrisse der von fahlem Mondlicht beschienenen Bäume erkennen, ihre dicken Stämme und knorrigen Äste. Nach einiger Zeit meinte Kieffer, die Ölmühle vor sich zu erkennen. Ein Lichtschein ging von dem Anwesen aus. Kieffer konnte nun eine dottergelbe Mauer erkennen, hinter der sich ein helles kleines Haus mit dunklen Dachschindeln erhob, das von zwei ungleich größeren Gebäuden flankiert wurde. Vor dem Tor hielt er an und stieg aus. Er nahm den Bund aus der Jackentasche, den Maria ihm gegeben hatte und probierte einen Schlüssel nach dem anderen. Keiner passte. Dann fiel ihm ein schwarzer Plastikanhänger mit einem kleinen gelben Knopf auf, der ebenfalls an dem Schlüsselring baumelte. Er drückte darauf, und das schmiedeeiserne Tor öffnete sich. Dabei quietschte es derart laut, dass Kieffer versucht war, sich die Ohren zuzuhalten. Quietschende Scharniere in einer Ölmühle, dachte er, wie absurd.

Von früheren Besuchen wusste er, was sich in den drei Gebäuden verbarg, aus denen der Oleificio bestand. Rechter Hand befand sich eine Halle, welche die eigentliche Ölmühle beherbergte. Links war das Lager, ein Fertiggebäude aus Wellblech, in dem versandfertige 20-Liter-Büchsen und -Flaschen mit Öl lagerten – man konnte mit dem Lieferwagen oder einem kleineren Lkw hineinfahren. Zwischen diesen beiden Neubauten befand sich das einzige ansehnliche Gebäude, ein verwittertes Steinhäuschen. Wozu es früher einmal gedient haben mochte, war nicht mehr zu ermitteln, vielleicht war es ein Aussichtspunkt für Soldaten oder Jäger gewesen. In dem zugigen, aus großen Granitquadern bestehenden Haus befand sich das Büro.

In keinem der drei Gebäude brannte Licht. Der Schein, den Kieffer aus der Ferne gesehen hatte, stammte von an den Außenwänden und der Mauer angebrachten Strahlern, die vermutlich von einer Zeitschaltanlage gesteuert wurden und Diebe abschrecken sollten. Nicht, dass es viel zu holen gab. Die Maschinen waren zu groß, als dass man sie hätte abtransportieren können, und Ware lagerte hier zu dieser Jahreszeit auch keine mehr. Die letzte Ernte war bereits etliche Monate her, das Olivenöl längst im Handel.

Kieffer fuhr den Benz auf den Hof und stieg aus, um das Tor der Lagerhalle zu öffnen. Dunkelheit schlug ihm entgegen. Da er keinen Lichtschalter finden konnte, fuhr er den Wagen in die Halle und nutzte das Aufblendlicht als Beleuchtung. Das Gebäude war in etwa so groß wie zwei Tennisplätze. Im hinteren Teil standen Reihen von Hochregalen, die bis auf ein paar Blechdosen und Plastikbottiche leer waren. Vorn an der Wand parkte ein Gabelstapler. Der Koch hatte gehofft, Alessandros Transporter in der Halle vorzufinden, aber er wurde enttäuscht. Damit war eigentlich bereits klar, dass sich sein Freund nicht in der Mühle aufhielt. Trotzdem würde er zumindest nachsehen, ob es in den anderen Gebäuden einen Hinweis darauf gab, dass Alessandro hier gewesen war.

Bevor er den Rest der Anlage inspizierte, stellte er das Licht des Wagens ab – er hatte keine Lust, mit leerer Batterie in der toskanischen Pampa zu stranden. Als er über den Hof lief, zog er die Schultern hoch. Es war eisig, und seine Lederjacke bot wenig Schutz vor der Kälte. Kieffers Finger wurden allmählich steif, er hatte Mühe mit dem

Schlüsselbund, als er die in dem großen Schiebetor eingelassene Tür der Ölmühle aufsperrte.

Auch hier war es zappenduster, aber nur für wenige Sekunden. Offenbar war die Halle mit Bewegungsmeldern ausgestattet. Neonröhren flammten auf und badeten die Ölmühle in kaltem Licht. Wenn Kieffer Bekannten oder Gästen vom Oleificio seines Freundes erzählte, bemerkte er oft, dass die Menschen eine völlig falsche, allzu romantische Vorstellung von Olivenmühlen besaßen. Vermutlich hatten sie im Urlaub auf Kreta oder Sizilien einmal eine aus der Bronzezeit gesehen und nahmen deshalb an, dass ihr Öl noch immer auf diese vorsintflutliche Art gewonnen wurde. In Alessandros Oleificio gab es jedoch keine Handpressen mehr, keine hölzernen Tröge und schon gar keine irdenen Amphoren, in die das Öl gefüllt wurde.

Stattdessen erstreckte sich vor Kieffer eine Hightech-Olivenölfabrik. Rechts befand sich die Anlieferung, dort kamen die Früchte zunächst in ein Gerät, das mithilfe eines Luftstroms Blätter und Stiele von den Oliven löste. Danach folgte ein Wasserbad. Kieffer ging an mehreren großen Edelstahlbottichen vorbei. Dahinter verlief ein Laufband, das vor einer großen, dunkelgrün lackierten Maschine endete. Darin befanden sich, wenn ihn seine Erinnerung nicht trog, granitene Mahlsteine. Sie waren das einzige Relikt der traditionellen Ölherstellung. Die Steine zermalmten die Früchte samt Kernen zu Brei. Die Olivenpampe wurde dann an der nächsten Station in großen Bottichen gequirlt, damit sich die winzigen Öltröpfchen von den Feststoffen lösten.

Kieffer lief weiter, fast bis zum anderen Ende der Halle. Auf Betonsockeln ruhten hier zwei stählerne Zylinder, jeder wohl an die acht Meter lang – die Zentrifugen. In ihnen wurde mit mehreren Tausend Umdrehungen pro Minute das Öl aus der Olivenpampe extrahiert. Mit der Toskanaromantik aus den Tourismusprospekten hatte das wenig gemein. Aber das Öl wurde so besser, als wenn man die Oliven lediglich presste.

Der Koch sah sich um. Er war einmal die gesamte Produktionsstraße abgelaufen, hatte jedoch keinerlei Anzeichen dafür entdecken können, dass irgendjemand hier gewesen war. Der Boden und alle Maschinen waren blitzblank, nirgendwo lag etwas herum. Trotzdem hatte er das Gefühl, dass ihm etwas entgangen war. Kieffer wollte gerade zum Ausgang zurückgehen, als sein Magen vernehmlich knurrte. Bis auf die Biscotti hatte er immer noch nichts gegessen. Inzwischen war er so hungrig, dass er möglicherweise sogar die Pommes Frites einer Fast-Food-Kette heruntergeschlungen hätte. Er war auf dem Weg hierher an einem 24-Stunden-McDonald's vorbeigekommen, hatte das Flehen und Bitten seines Magens jedoch ignoriert. In Pistoia und Umgebung gab es fantastische Restaurants, es verbot sich einfach, in der Toskana Mist zu essen. Sein Magen knurrte erneut, noch lauter als zuvor. Seufzend ging er zum Hallentor. Er dachte an die Osteria, an der er vorhin vorbeigekommen war. Er konnte das bistecca alla fiorentina fast riechen, die Kräuter, die pfeffrige Note eines Öls aus Coratina-Oliven …

…wieso roch es hier nach Olivenöl?

Dass in der Mühle stets eine Ahnung von Öl zu erschnuppern war, erschien wenig erstaunlich. Nun aber bemerkte Kieffer, dass von einer Ahnung keine Rede sein konnte – ein sehr intensiver Geruch lag in der Luft. Der Olivenölduft war viel zu ausgeprägt, als dass er von ein paar Molekülen herrühren konnte, die trotz eingehender Säuberung an den Stahlbottichen und Malaxern hängen geblieben waren.

Erneut sah er sich um. Sein Blick fiel auf drei große Tanks hinter den Zentrifugen. Dort lagerte das Olivenöl, bevor es abgefüllt wurde. Die Außenwände der Tanks waren an die zweieinhalb Meter hoch und mit nach oben spitz zulaufenden Deckeln verschlossen. Als sich Kieffer ihnen näherte, wurde der Ölgeruch stärker. Der Koch ging zu dem von ihm aus gesehen am weitesten links gelegenen Tank. An der Wand war ein Clip angebracht, an dem ein Zettel hing. Darauf stand »DNM«, ferner ein Datum. Er überlegte einen Moment. 25. März, das war vor acht Tagen gewesen. An der Außenwand des Tanks war eine schmale Stiege angebracht, über die man hinaufklettern konnte. Kieffer griff nach der Leiter und zog sich hoch. Oben angekommen, sah er, dass in den konischen Deckel eine Luke eingelassen war, die sich mittels einer Kurbel öffnen ließ. Als er sie drehte und sich die Dichtung lockerte, schlug ihm intensiver Ölgeruch entgegen. Er schaute durch die Öffnung. Der Tank war fast vollständig gefüllt, etwa einen halben Meter unter ihm schimmerte das Öl. Kieffer streckte den Arm aus und tauchte einen Finger hinein, zog ihn zurück und probierte. Es handelte sich eindeutig um Olivenöl. Als der Koch die Leiter wieder hinabgeklettert war, überlegte er, ob er noch einen weiteren Bottich inspizieren sollte, wurde jedoch von einem lauten Quietschen aufgeschreckt.

Das Tor zur Einfahrt.

Er lief zu dem großen Schiebetor an der Vorderseite der Halle und lauschte. Das Quietschen hatte inzwischen aufgehört. Stattdessen hörte er Motorengeräusche, so grollend und so laut, dass sie unmöglich von einem Pkw stammen konnten. Jemand fuhr anscheinend einen Lkw auf den Hof. Er vernahm Türenklappen und hörte Männerstimmen. Sie sagten etwas auf Italienisch, das er nicht verstand. Dann vernahm er Schritte, die lauter wurden. Kieffer wich zurück. Jemand machte sich an dem Schiebetor zu schaffen. Er lief zur anderen Hallenseite. Hinter einer der riesigen Zentrifugen ging er in Deckung, die Augen auf das Tor gerichtet.

Eine gelbe Warnleuchte an der Hallendecke begann zu blinken, surrend öffnete sich das Tor. Es gab den Blick auf zwei Männer frei, die gemächlichen Schrittes in die Halle kamen. Beide trugen Jeans und Bomberjacken. Der eine rief etwas. Daraufhin trat aus dem Dunkel ein weiterer Mann in den gleißenden Lichtschein. Er mochte Mitte dreißig sein und trug einen tadellos sitzenden, anthrazitfarbenen Anzug sowie einen schwarzen Rollkragenpulli. Der Neuankömmling musterte mit prüfendem Blick die verschiedenen Maschinen. Er hätte ein Mailänder Investor sein können, der seine industriellen Liegenschaften inspiziert, wären da nicht einige Dinge gewesen, die das unwahrscheinlich machten. Da war zunächst die Augenklappe, die das rechte Auge des Mannes verdeckte. Auch die silberne Kreole in seinem linken Ohr erschien Kieffer nicht standesgemäß. Am unpassendsten jedoch war die schwarze Halbautomatik, die der Mann in seiner Hand hielt.

Als die anderen beiden Männer sahen, dass ihr Boss, denn das war er ohne Zweifel, seine Waffe gezogen hatte, taten sie es ihm nach. Kieffer bemerkte, wie sich Schweiß in seinem Nacken bildete.

Der Mann mit der Augenklappe fragte die anderen etwas und deutete dabei zur Decke. Das wenige, was der

Koch mitbekam, ließ ihn vermuten, dass es um die Beleuchtung ging – und um die Frage, warum diese angeschaltet war. Nach einem kurzen Gespräch begannen die beiden Kerle mit den Bomberjacken nun damit, die Halle zu durchsuchen. Noch schützten Kieffer die parallel zur Vorderseite der Halle stehenden Zentrifugen, die gut drei Meter über ihm aufragten. Aber in spätestens dreißig Sekunden würden die Männer ihn erreichen und entdecken. Gehetzt sah er sich um. Er brauchte ein besseres Versteck.

Sein Blick fiel auf den Öltank, dessen Luke noch immer offen stand. Er wusste nicht, wo Alessandro da hineingeraten war, aber er war sich sicher, dass er diesen Kerlen nicht in die Hände fallen wollte. So leise er konnte, kletterte Kieffer die Stiege hinauf. Er konnte hören, wie einer der Männer seinem Kompagnon etwas zurief. Mit den Füßen voran stieg er in den Tank. Die Ellbogen auf den Rand der Luke gestützt, schaute er zurück in die Halle. Ihm blieben nur noch wenige Sekunden. Er konnte fühlen, wie sich seine Schuhe mit Olivenöl füllten. Während er sich mit der rechten Hand festhielt, tastete er mit den Füßen nach einem Halt. An der Innenwand des Tanks schien es ebenfalls Stiegen zu geben, aber es gelang ihm nicht, seinen Fuß darauf zu platzieren.

Er warf einen Blick in die Richtung, aus der die Männer kommen mussten. Als einer der beiden hinter einem Kessel auftauchte, ließ sich Kieffer rasch durch die Tanköffnung gleiten und zog die Luke über sich zu. An ihrer Innenseite befand sich ein Metallbügel, an dem er sich festhalten wollte. Der Griff war jedoch glitschig, und der Koch konnte fühlen, wie seine Finger abrutschten. Mit einem leisen »Flatsch« landete er in einem Meer aus Öl.

In diesem Moment erkannte Kieffer seinen Fehler. Der

Bottich war zwar nicht sehr tief, aber tief genug, dass sich selbst im aufrechten Stand mindestens zwei Handbreit Olivenöl über seinem Scheitel befanden. Der Koch war ein guter Schwimmer, und so hatte er geglaubt, sich in der Brühe notfalls lange genug über Wasser – genauer gesagt über Öl – halten zu können, bis die Männer die Halle wieder verließen. Aber irgendetwas zog ihn unerbittlich nach unten. Verzweifelt ruderte Kieffer mit den Armen. Auf welcher Seite befand sich die Leiter? Er hatte die Orientierung verloren, es war dunkel und seine Augen waren voller Öl.

Kurz kam Kieffer an die Oberfläche und holte Luft, bevor er wieder unterging. Der Auftrieb, dachte er. Ich hätte in Physik besser aufpassen sollen. Wasser hat fast die gleiche Dichte wie ein Mensch. Deshalb kann man darin schwimmen. Öl ist viel leichter als Wasser. Und deshalb geht ein Mensch darin unter wie ein Stein.

Kieffer paddelte mit den Beinen, ruderte mit den Armen. Er versuchte es mit Rücken- und Bauchlage, doch es war, als wolle man mit einer Bleiweste eine Poolrunde absolvieren. Nach einiger Zeit gelang es ihm, eine Routine zu entwickeln. Er stellte sich aufrecht hin, ging in die Knie und stieß sich vom Boden des Tanks ab. Der Schwung reichte aus, um kurz die Oberfläche zu durchstoßen und Luft zu holen, bevor er wieder versank. Immer wieder stieß der Koch sich ab, zehnmal, zwanzigmal, seine Beinmuskulatur begann zu brennen. Es wurde von Mal zu Mal schwerer, die Oberfläche zu erreichen. Dann verkalkulierte er sich. Kieffer fühlte, wie Olivenöl in seine Nase schoss. Er strampelte nun unkontrolliert, wusste nicht mehr, wo oben und unten war. Sterne tanzten vor seinen Augen.

Dann bekam er plötzlich wieder Luft. Es dauerte einen Moment, bis er begriff, dass er auf dem Boden des Tanks saß, umspült von Olivenöl, das ihm aber lediglich bis zur Brust reichte. Nun hörte er ein schlürfendes Geräusch, wie von einer Pumpe, und spürte einen leichten Sog, der von der Mitte des Beckens zu kommen schien. Jemand saugte das Öl ab. Der Mann mit der Augenklappe stahl Alessandros Öl.

Kurz darauf war der Tank fast leer. Kieffer lauschte. Er konnte in der Ferne das Donnern des Dieselmotors hören, als der Lkw gestartet wurde. Dann entfernte sich das Geräusch. Er hörte ein Klacken, und die Beleuchtung draußen in der Halle erlosch. Zuvor waren durch das Bullauge in der Luke noch einige Lichtstrahlen in das Innere des Tanks gelangt, nun sah er überhaupt nichts mehr. Kieffer tastete sich an der Stahlwand des Bottichs entlang. Nach einiger Zeit fand er die Stiege. Er griff nach den von einem Ölfilm überzogenen Sprossen, rutschte jedoch immer wieder ab. Mehrfach knallte er auf den stählernen Tankboden. Einmal schaffte er es bis nach oben, aber bei dem Versuch, den Rand der Lukenöffnung zu greifen, rutschte er erneut ab. Nachdem Kieffer eine Zeitlang mit schmerzendem Rücken auf dem Boden gelegen hatte, setzte er sich, das ölige Haupt gesenkt, an die Tankwand. Ertrinken würde er hier drin nicht. Stattdessen würde er verdursten. Und er konnte nichts tun, außer hier auszuharren und zu hoffen, dass vielleicht irgendwann jemand zufällig vorbeikäme. Wahrscheinlicher war allerdings, dass die Burgerbude, an der er vorhin vorbeigekommen war, einen Gabin-Stern verliehen bekam.

6

Kieffer zog seine öltriefende Lederjacke aus. Es war stockfinster und niemand sah ihm zu, aber er vermutete, dass sein Anblick erheiternd gewesen wäre. Seine Kleidung, seine Hände, der Boden, die Wände – alles war mit einem Ölfilm überzogen. Nur mit Mühe konnte er sich länger als zehn Sekunden auf den Beinen halten, es war eine unfreiwillige Slapsticknummer, die er da am Boden des Tanks aufführte. Als er sich endlich aus seiner Jacke geschält hatte, rutschte Kieffer erneut aus und schlug der Länge nach hin. Er beschloss, liegen zu bleiben. Die Jacke schob sich der Koch unter den Kopf. Dann wartete er, dass der Schlaf kam.

Kieffer war schon fast weggedämmert, als ihn ein Geräusch aufschreckte. Jemand machte sich an der Außenseite des Tanks zu schaffen. Durch das kleine Butzenfenster der Luke über sich konnte er einen Lichtschein sehen.

»Hallo? Hallo, ist da jemand? Zu Hilfe!«

Niemand antwortete ihm.

»Ich bin hier drin! In dem Öltank!«

Er hörte, wie jemand die Sprossenleiter hinaufkletterte. Dann schwang die Luke auf, Kieffer meinte eine behandschuhte Hand zu sehen. Sie schob etwas durch die Öffnung. Ein Seil kam ihm entgegen, entrollte sich, baumelte über ihm. Der Koch kroch auf allen vieren zu dem Seil, das eher ein Tau war. Es bestand aus Hanf, jemand hatte mehrere Knoten hineingemacht. Auf halber Höhe war ein Paar alter Gartenhandschuhe befestigt worden. Kieffer zog sich mit letzter Kraft an dem Seil hoch, bis er aufrecht stand

»Wer ist denn da?«

Wieder bekam er keine Antwort. Kieffer streifte die Handschuhe über und begann, an dem Seil emporzuklettern. Seine öligen Schuhe rutschten immer wieder ab, doch irgendwann schaffte er es. Als er Kopf und Oberkörper durch die Luke gestemmt hatte, suchte er die Halle nach seinem Retter ab. Es war niemand zu sehen. Vorsichtig kletterte er die Leiter hinunter. Als er zum Ausgang lief, zog er eine Ölspur hinter sich her. Wie ein spätnachts aus dem Pub heimkehrender Joyce'scher Quartalssäufer torkelte Kieffer über den glatten Betonboden, mit den Armen rudernd, immer wieder das Gleichgewicht verlierend. Auch die Flüche, die er dabei ausstieß, hätten einem besoffenen Dubliner zur Ehre gereicht.

Kieffer trat hinaus auf den Hof und steuerte das Bürogebäude an. Er würde eine riesige Sauerei anrichten, aber das war ihm inzwischen egal. Die Tür war unverschlossen. Er zog sie hinter sich zu und begann, sich die schmierigen Kleidungsstücke vom Körper zu reißen. Das eigentliche Büro befand sich im Obergeschoss, unten standen lediglich ein Tisch und ein paar Stühle, an denen die Saisonarbeiter ihre Vesper zu verzehren pflegten. An den Wänden hingen Arbeitskleidung, Besen und andere Utensilien, in einem Regal standen ein paar Öl- und

Weinflaschen. Der Koch fand einen Blaumann, der ihm passen könnte. Nachdem er sich am Waschbecken mit einem Stück Seife notdürftig gesäubert hatte, schlüpfte er hinein und stieg die Treppe hinauf, ins Obergeschoss.

Das Büro war dunkel und verlassen. Allerdings war der Computer an. Kieffer setzte sich an den kleinen hölzernen Schreibtisch. Links und rechts von ihm erhoben sich Stapel vergilbten Papiers, dem Anschein nach Rechnungen und Lieferscheine. Dazwischen standen ein Flachbildschirm und eine speckige Tastatur. Statt einer Benutzeroberfläche sah er weiße Kommandozeilen auf blauem Hintergrund. Ein Cursor blinkte hektisch. Er klickte probeweise auf der Computermaus herum, aber nichts passierte.

Kieffer stieß mit dem Fuß gegen etwas. Er schaute zwischen seinen Beinen hindurch und erblickte den eigentlichen Rechner, einen grauen Plastikquader. Das Gerät stand unter dem Tisch, aber nicht an der Seite, sondern quer im Fußraum. Kieffer kniete sich daneben. Computer waren für ihn ein noch größeres Mysterium als Frauen, er war froh, wenn er seine Rechnungen getippt und versandt bekam. Was stimmte mit diesem PC nicht? Ihm fiel auf, dass auf dem Steinboden unter dem Schreibtisch etliche Schrauben lagen. Er nahm eine und hielt sie gegen den Computer. Sie schien zu passen. Jemand musste die Schrauben gelöst haben, um das Gehäuse des Rechners abnehmen zu können. Er hob es probeweise an, und tatsächlich saß die metallene Verschalung nur locker auf dem Stahlrahmen und ließ sich mühelos entfernen. Darunter befanden sich allerlei Platinen, deren Funktion ihm schleierhaft war. Einer der Steckplätze war leer, ein loses Kabel hing heraus.

Kieffer stand wieder auf und schaute sich nochmals die Schrift auf dem Monitor an:

ERROR #0234; DISK NOT READY.

»Die Festplatte«, entfuhr es ihm. »Irgendwer hat die verdammte Festplatte geklaut.«

Kieffer durchwühlte den Rest des Büros, fand jedoch nichts Auffälliges. Er blickte auf eine Uhr, die hinter dem Schreibtisch an der Wand hing. Es war inzwischen fast drei Uhr morgens. Der Koch stieg die Treppe hinunter. Er hatte immer noch nicht die leiseste Ahnung, wo Alessandro abgeblieben war. Nach der Begegnung mit den Bewaffneten befürchtete er allerdings das Schlimmste. Er erwog, zur örtlichen Polizei zu fahren, aber wie sollte er denen die Sache erklären? Besser er sprach zunächst mit Maria. Er hatte das Gefühl, dass er dies besser persönlich tun sollte. Denn alles, was er bisher herausgefunden hatte, deutete darauf hin, dass Alessandro nicht auf einer spontanen Sauf- und Fresstour war und von selbst wieder auftauchen würde – falls er überhaupt noch lebte. Immerhin würde die Luxemburger Polizei die Sache nun nicht mehr abtun können, weil es keine Hinweise auf ein Verbrechen gab. Kieffer kannte eine der Kommissarinnen der Police Grand-Ducale, er würde sie anrufen, sobald er wieder in Luxemburg war. Die Frage war, was er Joana Galhardo Lobato erzählen sollte. Er hatte nichts gefunden, keine Spuren, keine Hinweise, die erklärten, wieso Alessandro verschwunden war und warum irgendwelche Gangster sein Öl abpumpten.

Als er am Fuße der Treppe ankam, sah er seine auf dem Boden liegenden Kleidungsstücke. Um den Klamottenhaufen hatte sich eine beachtliche Ölpfütze gebildet. Einen Moment überlegte er. Dann griff er sich eine leere

Weinflasche sowie einen kleinen Plastikeimer. Kieffer spülte beide aus und stellte sie auf den Boden. Aus dem Klamottenhaufen suchte er sein ruiniertes Flanellhemd heraus und begann, es über dem Eimer auszuwringen. Das auf diese Weise gewonnene Öl transferierte er in die Flasche, verkorkte sie und steckte sie in eine der Overalltaschen. Zum Schluss stopfte Kieffer seine Kleidungsstücke in einen Müllsack und ging damit zurück zum Auto.

7

Kieffer war versucht, sich in Alessandros kleiner Wohnung einige Stunden aufs Ohr zulegen, entschied sich jedoch dagegen. Die Kerle, die die Festplatte mitgenommen hatten, wollten offensichtlich irgendwelche Beweise aus dem Weg schaffen. Er wusste zwar nicht, was für welche, aber es war durchaus denkbar, dass der Mann mit der Augenklappe und seine Kumpane auch der Wohnung der Colaos einen Besuch abstatteten. Kieffer hatte wenig Lust, diesen Burschen nochmals zu begegnen. Es erschien ihm deshalb sicherer, sofort abzureisen.

Kurz vor Mailand war Kieffer allerdings derart müde, dass er an einem Rasthof anhalten musste. Er fuhr auf den Parkplatz, klappte den Sitz so weit wie möglich zurück und schloss die Augen. Normalerweise konnte er so nicht schlafen, aber diesmal war er nach wenigen Sekunden weg.

Als er wieder aufwachte, war eine gute Stunde verstrichen, es ging auf acht Uhr. Kieffer stieg aus und streckte seine steifen Glieder. Er bemerkte, dass ihn einige Leute vom Gehsteig gegenüber argwöhnisch musterten. Als er an sich hinabsah, ahnte er warum. Sein abgetragener

Blaumann war voller Ölflecken, außerdem saß er an der Hüfte zu eng, Ärmel und Beine waren zu kurz. Dazu trug er verbeulte Halbschuhe ohne Socken. Und seine halblangen Haare glänzten vermutlich, nun ja, ölig.

Kieffer versuchte, ein unbeteiligtes Gesicht zu machen, als er an den Gaffern vorbeilief. In der Gaststätte des Rasthofs trank er einen doppelten Espresso. Dann probierte er, ob sein Handy noch funktionierte. Tatsächlich schien es das Ölbad überstanden zu haben, was an ein Wunder grenzte. Kieffer vermutete, dass dies bei einem dieser neumodischen Smartphones nicht der Fall gewesen wäre. Er wählte. Eine mürrische Stimme meldete sich.

»Lobato, Police Judiciaire.«

»Madame Lobato, guten Morgen. Xavier Kieffer.«

Er kannte die junge Kommissarin von den Ermittlungen zu einem Mordfall, in den er vor einiger Zeit hineingeschlittert war. Zwar hatte er auch Kontakt zu einem höherrangigen Kriminaler der Police Grand-Ducale, Didier Manderscheid, aber Kieffer konnte den Kerl nicht ausstehen. Lobato gefiel ihm etwas besser. Sie war zwar unfreundlich, aber immerhin nicht so stinkend faul wie ihr Chef.

»Monsieur Kieffer. Was ist denn jetzt schon wieder?«

»Schon wieder? Es ist doch schon ziemlich lange her, dass wir … aber Sie haben recht, es ist was passiert.«

»Jemand tot?«

»Ich hoffe nicht. Es geht um einen Freund von mir, aus Esch. Er ist spurlos verschwunden.«

Lobato seufzte ungehalten. »Geben Sie eine Vermisstenanzeige auf.«

»Nicht so einfach. Ihre Kollegen sagen, ohne konkrete Anhaltspunkte gehe das nicht.«

»Da haben meine Kollegen ja auch recht. Erwachsene Menschen dürfen solange verschwinden, wie sie möchten.«

»Es gibt aber vielleicht Hinweise auf ein Verbrechen.«

»Und zwar?«

»Ich würde Ihnen das lieber persönlich erzählen.«

Ein weiterer Seufzer.

»Hören Sie, Monsieur Kieffer …«

»Ist klar, nicht Ihr Beritt, solange keine Leiche da liegt. Ich will auch nur Ihre Einschätzung, was zu tun ist, sonst nichts. Ich habe es seiner … seiner Frau versprochen. Und zu Abend essen müssen Sie ohnehin, oder?«

»Auf ein Bier, meinetwegen. Im Mudam Café, um halb neun?«

»Okay. Vielen Dank, Madame Inspecteur … premier?«

»Neuerdings Inspecteur-chef.«

»Gratuliere.«

»Äddi, Monsieur Kieffer.« Dann legte sie auf.

Irgendwie schaffte es der Koch durch die Schweiz, ohne Alessandros Mercedes in einer Alpenschlucht zu versenken. Ab Colmar kannte er die Strecke aus dem Effeff, wie auf Autopilot fuhr er die Autoroute entlang. Immer wieder fielen ihm beinahe die Augen zu. Eigentlich hatte er nach seiner Rückkehr sofort zu Maria fahren wollen, aber nun war ihm klar, dass er vorher zumindest zwei, drei Stunden schlafen musste.

Der Wunsch sich hinzulegen, war inzwischen derart übermächtig, dass er fast alles andere verdrängte. Und so dauerte es etwas, bis Kieffer das Polizeiauto bemerkte. Es klebte vermutlich bereits seit geraumer Zeit an seinem Heck. Das Blaulicht war eingeschaltet, der Beifahrer hielt eine Kelle aus dem Fenster und bedeutete ihm, rechts ranzufahren. Fluchend setzte Kieffer den Blinker und fuhr am nächsten Rastplatz ab. Er bugsierte den Wagen in eine Parkbucht und wartete. Zwei französische Gendarmen mit grimmigen Gesichtern entstiegen dem Polizeiwagen. Einer der beiden hielt eine seltsame Apparatur in der Hand, die den Koch an eine Teigspritze erinnerte. Er kurbelte das Fenster herunter.

»Guten Tag«, schnarrte einer der Beamten. »Haben Sie uns nicht bemerkt?«

»Verzeihen Sie, Monsieur. Ich bin schon eine Weile unterwegs. Brauche wohl eine Pause.«

»Die Papiere, bitte.«

Kieffer händigte dem Mann seinen Führerschein sowie die Fahrzeugpapiere aus. Der Beamte nahm sie entgegen und musterte stirnrunzelnd den Führerschein des Kochs.

»Sie sind Luxemburger. Das ist nicht Ihr Fahrzeug?«

»Nein, geliehen, von einem Freund. Ebenfalls Luxemburger, wohnt aber im Département Moselle, deshalb das französische Nummernschild.«

»Ihr Auspuff qualmt ziemlich. Fahren Sie rot?«

Rot fahren, »rouler en rouge«, war der Begriff, mit dem Franzosen die weitverbreitete Angewohnheit ihrer Landsleute beschrieben, statt Diesel billigeres, weil nicht mit hohen Steuern belastetes Heizöl in ihre Tanks zu füllen. Nicht erst seit der Wirtschaftskrise war diese Praxis weitverbreitet. Vor allem alte Autos wie Alessandros Benz fuhren auch mit Heizöl tadellos – man durfte sich nur nicht dabei erwischen lassen. Um dieser Art der Steuerhinterziehung Herr zu werden, wurde das Heizöl rot eingefärbt, daher der Begriff »rouler en rouge«.

»Ich habe gestern getankt, und vorhin noch mal, reguläres Diesel.«

»Hmm. Wir werden sehen. Öffnen Sie mal den Tank.«

Kieffer stieg aus und tat wie ihm geheißen. Es hatte ohnehin keinen Sinn, sich zu sträuben. Je schneller die Sache erledigt war, umso schneller kam er nach Hause. Er schraubte den Tankdeckel ab und machte eine einladende Geste, woraufhin der zweite Gendarm einen dünnen Plastikschlauch auf die Teigtülle steckte und ihn vorsichtig in den Tank einführte. Als er damit fertig war, zog er die Spritze auf.

Etwas nervös war der Koch schon. Wer sagte denn, das Alessandro nicht tatsächlich mit rotem Öl fuhr? Zuzutrauen war es ihm allemal. Kieffer beobachtete, wie sich die Spritze langsam mit einer öligen, durchsichtigen Flüssigkeit füllte. Erleichtert stellte er fest, dass nicht einmal die Ahnung eines Rotschimmers zu sehen war.

Der Gendarm hielt die halbvolle Spritze hoch.

»Der ist sauber.«

Der andere Gendarm nickte grimmig und gab Kieffer seine Papiere zurück.

»Gute Fahrt, Monsieur.«

»Vielen Dank.«

Dann beobachtete er, wie die beiden in ihr Auto stiegen und davonfuhren. Kieffer genehmigte sich noch eine Ducal und stieg dann ebenfalls wieder ein. Als er endlich wieder in Luxemburg war, fuhr Kieffer direkt in die Unterstadt, in sein Wohnviertel Grund. Er parkte den Benz an der Ulrichbrücke, im Parkverbot, aber nicht so unverschämt, dass man ihn gleich abschleppen würde. Maria Colao verständigte der Koch per SMS; er kündigte an, er werde am Abend bei ihr vorbeischauen.

Zu Fuß bog Kieffer in die Tilleschgass ein, eine schmale gepflasterte Straße, gesäumt von kleinen Häusern. Kaum eines war jünger als 200 Jahre. Direkt hinter der links von ihm gelegenen, lückenlosen Häuserreihe floss die Alzette. Rechter Hand erhob sich der Bockfelsen, fünfzig Meter über seinem Kopf thronten die Häuser der Oberstadt. Der Koch lief bis zur Nummer 27a und schloss die Tür auf.

Zu Hause angekommen, nahm er zunächst eine heiße Dusche. Danach ging er sofort ins Bett – nicht ohne sich zuvor zu vergewissern, dass sein Wecker diesmal gestellt war. Er schlief sofort ein. Als Kieffer gegen 18 Uhr geweckt wurde, fühlte er sich erheblich besser. In der Küche warf er die Vibiemme an. Während er auf das Fauchen wartete, betrachtete er die verkorkte Flasche, die vor ihm auf dem Tisch stand. Er holte ein Schnapsgläschen aus dem Regal und füllte es mit dem Olivenöl aus dem Oleificio.

Zunächst hielt er es gegen das Licht der Küchenlampe. Der Inhalt schimmerte grünlich-golden, sah man von ein paar Fusseln und anderen Schwebstoffen ab, die beim Auswringen des Hemds hineingeraten waren. Kieffer schnupperte. Was er roch, haute ihn nicht gerade vom Hocker. Alessandros Öle waren normalerweise ausgezeichnet – stets fruchtig, oft pfeffrig, so wie das Moraiolo, das er kürzlich im Laden der Colaos probiert hatte. Dieses Öl hingegen schien sehr mild zu sein. Er setzte das Schnapsgläschen an und nahm einen Schluck. Der Koch bewegte das Öl prüfend im Mund hin und her, bevor er es schluckte. Wenig Frucht, keine Schärfe – ein durchgehend uninteressantes Öl. Er fand es fast ein wenig muffig, aber das mochte auch an dem etwas unorthodoxen Extraktionsprozess liegen. Verdorben oder völlig missraten war das Zeug jedoch keineswegs, es schmeckte in etwa wie jenes Olivenöl, was man für vier oder fünf Euro in jedem Supermarkt bekam.

Die Espressomaschine polterte. Kieffer stand auf und entlockte ihr einen Milchkaffee. Er wollte gerade nippen, als sein Handy klingelte.

»Kieffer?«

»Hallo, Leibkoch, hier ist Pekka. Ich würde gerne eine Bestellung bei dir aufgeben.«

»Was für eine? Deinen Rivaner habe ich bereits geordert. Nächste Woche kommt der.«

»Nein, es geht um das Olivenöl. Ich habe ein paar Kollegen auf dem Kirchberg von deiner Tour erzählt.«

Auf dem Kirchberg, im Nordosten von Luxemburg-Stadt, saßen verschiedene EU-Institutionen, darunter die Verwaltung des Europäischen Parlaments, bei der Vatanen arbeitete.

»Da kamen gleich Begehrlichkeiten auf«, fuhr der Finne fort. »Ein paar waren interessiert. Also, wenn ihr noch Platz im Laster habt, dann bring ruhig ein paar Kanister extra mit.«

»Daraus wird leider nichts, Pekka.«

Er erzählte seinem Freund von dem verpatzten Trip nach Italien.

»Klingt in der Tat besorgniserregend. Und jetzt? Redest du mit der Polizei?«

»Bisher nicht offiziell. Ich fühle erst mal bei Lobato vor.«

Der Finne gluckste. »Ist das nicht diese Motorradbraut, die kleine Portugiesin?«

»Ich würde sie auf 1,75 schätzen, Pekka.«

»Also eine langbeinige Portugiesin! Wird ja immer besser. Ich erinnere mich an sie. Bei der würde ich auch gerne mal vorfühlen.«

»Es geht mir lediglich um Alessandros Verschwinden.«

»Das Erschreckende ist, dass ich dir das sogar abnehme. Wie wäre es, wenn du morgen bei mir vorbeikommst, und mir das Ergebnis deiner gemeinsamen Ermittlungen mit Kommissarin Knackarsch erzählst?«

»Ich komme mittags bei dir im Büro vorbei.«

»Prima.«

»Okay. Was ich dich außerdem immer schon mal fragen wollte …«

»Brauchst du doch Tipps wegen der Maus, hmm? Ich helfe gerne.«

»Nein, vielen Dank. Was ich wissen wollte ist: Sprichst du nur hinter dem Rücken der Frauen so über sie? Oder immer?«

»Kommt drauf an.«

»Das erklärt vermutlich die hohe Absprungrate.«

»Nein, Xavier daran liegt es nicht. Bei manchen ja, bei manchen nein. Bei manchen nein, aber situativ dann doch ja. Ich werde dir das gerne mal auseinandersetzen, aber erst, wenn der Rivaner eingetroffen ist. Ohne den geht's nicht, die Sache ist etwas kompliziert. So, jetzt muss ich aber Schluss machen. Gleich startet eine ziemlich wichtige Telefonkonferenz zur abnormalen Kurvatur von Früchten und Gemüsen.«

»Ich dachte, das wäre passé? Hattest du mir nicht mal erzählt, Bananen dürften jetzt so krumm sein, wie sie wollen?«

»Und Gurken auch, korrekt. 2008 haben die Mitgliedstaaten die entsprechende Richtlinie außer Kraft gesetzt, von wegen bürokratischer Wahnsinn aus Brüssel und so weiter.«

»Aber?«

»Aber nun wird darüber nachgedacht, die Regulierung der Kurvatur wieder einzuführen. In stark verbesserter Form natürlich.«

»Klingt fantastisch.«

»Und spannend dazu. Bis morgen.« Dann legte Vatanen auf.

8

Gegen halb sieben verließ Kieffer das Haus und holte den Wagen. Hinter seiner Scheibe steckte ein Strafzettel. Als er zurücksetzte, rammte er beinahe einen grünen BMW, der auf der anderen Straßenseite parkte – er war die Dimensionen des großen Benz nicht gewohnt und musste mehrmals vor- und zurücksetzen, um an dem anderen Auto vorbeizuzirkeln. Kieffer begann den Mercedes mit jener Inbrunst zu hassen, die er ansonsten für durchgebratene Steaks und verschnittenen Rotwein reservierte. Er würde froh sein, wenn er nachher bei Maria seinen Peugeot zurückbekam.

Der Koch fuhr die Rue de Tour Jacob entlang und gelangte von Grund in das etwas weiter nördlich gelegene Unterstadtviertel Clausen. Rechts erhob sich der Fels, links verlief die Alzette, über ihm schwebte die Eisenbahnbrücke. Die Faubourgs genannten Stadtteile der Luxemburger ville basse waren nicht immer so trendy gewesen wie seit einigen Jahren. Früher hatten hier ausschließlich Arbeiterfamilien gewohnt, besser gesagt gehaust, zwischen Leimsiedereien und Manufakturen. All das, was man in der feinen Oberstadt nicht haben wollte, hatte man damals in die Unterstadt gestopft. Inzwischen waren die übel riechenden Gewerbe Restaurants und Bars gewichen. Das Bahnaquädukt hingegen war geblieben, wie eh und je rollten die Züge den Einwohnern Clausens über die Köpfe hinweg.

An der alten Mousel-Brauerei fuhr er über eine kleine Brücke. Kurz darauf bog Kieffer in die Rue Jules Wilhelm ein. Die kleine Straße schlängelte sich am Hang des Kirchbergs entlang. Ein paar Häuser klebten an der Felswand, darunter erstreckte sich Clausen mit seinen kleinen mittelalterlichen Türmchen und Giebeln. Nach etwa hundert Metern tauchte links das Restaurant auf. In der Dämmerung sah man zunächst den Schein der beiden blauen Laternen, die auf Granitpfeilern links und rechts der Einfahrt aufgepflanzt waren. Dahinter lag das gedrungene Garnisonsgebäude. Über dem Eingang stand in schmiedeeisernen Lettern: »Deux Eglises«.

Der Koch parkte und lief auf den Eingang zu. Eigentlich hatte er hier nichts verloren. Seine Souschefin Claudine erwartete ihn erst übermorgen zurück, und eine Stimme in seinem Hinterkopf merkte an, es sei schlechter Führungsstil, sich erst abzumelden, um dann unangekündigt aufzutauchen. Es sah nach Kontrollmanie aus. Wie sollte Claudine lernen, den Laden allein zu schmeißen, wenn er sie das nicht zumindest ein, zwei Tage lang versuchen ließ?

All das mochte richtig sein. Aber die Versuchung, einmal zu schauen, was seine Leute ohne ihn so trieben, war einfach zu groß. Außerdem wollte er Claudine etwas fragen, zumindest war das der Vorwand, den er sich zurechtgelegt hatte.

Er trat ein und sah sich um. Nur ein Viertel der Tische

war besetzt, zu wenig für diese Uhrzeit. Kieffer überlegte kurz. Wenn er sich richtig erinnerte, war gerade Sitzungswoche. Ein Großteil der Luxemburger EU-Beamten weilte folglich in Brüssel oder Straßburg, um in irgendwelchen Parlamentsausschüssen über die Milchquote zu diskutieren oder vielleicht über die optimale Kurvatur von Cornichons. Der Kirchberg war während der Sitzungswoche ziemlich verwaist – und damit auch das »Deux Eglises«.

Jacques, der Kellner, sah ihn verdutzt an, fragte aber nicht nach, als Kieffer an der Bar vorbeiging und die gewundene steinerne Küchentreppe ansteuerte. Kieffer hatte sie halb erklommen, da erblickte er Claudine, die kopfschüttelnd am Pass stand, dem Abnahmeplatz, wo alle angerichteten Speisen vor dem Servieren ein letztes Mal kontrolliert wurden. Er blieb stehen und beobachtete sie.

Als sie einen Schritt nach links tat, konnte Kieffer sehen, was sich auf den Tellern befand: dreimal Bouchée à la Reine, Königinpastete, ein Luxemburger Klassiker. Die Bouchées sahen genau so aus, wie er es von seinen Leuten verlangte. Der Koch fühlte Stolz in sich aufkeimen. Zwar handelte es sich nicht um ein schwieriges Gericht, dennoch musste man sich mit dem Anrichten beeilen. Sobald das Geflügelragout in die Vol-au-Vents gefüllt worden war, begann der Blätterteig nämlich matschig zu werden. Hier hatte seine Brigade jedoch alles richtig gemacht, zumindest sah es aus einigen Metern Entfernung so aus. Claudine schien anderer Meinung zu sein.

»Was ist das denn? Pierre!«

Von hinten kam ein junger Koch an den Pass. Pierre war Kieffers neuer Saucier, ein guter Junge, vielleicht etwas verträumt. Er schaute Claudine fragend an.

Ohne aufzusehen zeigte sie auf die Pastetchen. »Die Füllung. Prüfen.«

»Was ist mit der Füllung?«

»Weiß ich noch nicht. Deshalb möchte ich sie probieren.«

Pierre legte den Kopf schief und schaute verständnislos. »Ja, dann mach doch.«

»Wie denn? Soll ich's den Gästen vom angerichteten Teller runterfressen? Was glaubst du, wo wir hier sind, in der Frittenbude? Bring mir endlich die Füllung!«

Pierre zuckte zusammen und verschwand. Kurz darauf tauchte er wieder auf, in der Hand einen Stieltopf. Claudine tauchte einen Löffel hinein und ließ das Ragout heruntertropfen. Kieffer sah nun, was das Problem war. Die Masse floss nicht vom Löffel, sie kleckste zäh hinab, ein bisschen wie Kachkéis.

Claudine probierte. Ohne ein weiteres Wort nahm sie einen Teller nach dem anderen und ließ die kleinen Königinnen im Mülleimer verschwinden.

»Aber Claudine …«

»Roux machen! Meine Fresse! Erstes Lehrjahr!«

»Aber die Roux war okay.«

»Und warum schmeckt dein Ragout dann wie Kleister?«

»Ich, ich …«

Sie warf die Arme zur Decke. Dann schaute sie den jungen Koch durchdringend an. Kieffer wusste was jetzt kam. Fast tat der Junge ihm leid, aber nur fast.

»Grundregel, wenn man Mehlschwitzen mit Fonds angießt?«

»Äh, die Brühe sollte nicht zu heiß sein?«

»Leider falsch. Null Punkte, Pierre! Klar kann der Fond heiß sein. Aber dann muss die Roux …?«

»Kalt sein?«

»Genau. Und wenn die Roux heiß ist …?«

»Muss der Fond k-kalt sein?«

»Du bist ein verdammtes Genie, Pierre. Und nun sieh zu, dass ich frisches Ragout bekomme.«

Kieffer musste schmunzeln. Dann ging er die Treppe hinauf.

»Gudden Owend, Claudine.«

»Xavier, was machst du denn hier? Ich dachte, du bist in Italien.«

»Lange Geschichte. Kurz gesagt war der Trip ein totales Desaster, deshalb bin ich früher zurück.«

»Und jetzt? Willst du einsteigen?«

»Nein, erst übermorgen, wie vereinbart.«

Er nickte mit dem Kopf in Richtung des Postens, an dem Pierre hektisch eine Mehlschwitze rührte. »Ich hab den Eindruck, hier läuft alles.«

Claudine murmelte etwas, aber Kieffer konnte sehen, dass sie ihm nicht richtig zuhörte. Offenbar hatte sie schon wieder etwas entdeckt. Sie zog einen Vorbereitungskoch am Ärmel.

»Hey! Wie hab ich gesagt, sollst du mir das Gemüse würfeln?«

»Brunoise.«

Sie griff nach einigen der kleinen Karottenwürfel auf dem Brett.

»Ja, aber das hier ist Macédoine. Mach sie kleiner.«

Kieffer legte ihr eine Hand auf die Schulter.

»Ich muss gleich weiter, wie ich sehe, kommst du hier bestens zurecht. Mach keine Gefangenen. Aber eine Sache wäre da noch.«

»Was denn, Chef?«

»Komm mal mit nach vorn.«

Als sie wieder am Pass standen, stellte Kieffer die Olivenölflasche aus Pistoia vor sie auf die Platte.

»Probier das mal.«

»Was ist das?«

»Blindverkostung.«

Claudine öffnete die Flasche und goss etwas von dem Öl auf einen Löffel. Zunächst schnupperte sie.

»Olivenöl.«

Dann schob sie den Löffel in den Mund. Nach einigen Sekunden schluckte sie. »Ein mildes Öl. Zum Braten.«

»Warum zum Braten?«

»Für mehr taugt es nicht. Wenn ich wetten müsste, würde ich sagen, dass es sich um ein Supermarktöl handelt. Ein Extra Vergine, das in Wahrheit keins ist. Unteres Mittelmaß, wenn überhaupt.«

Kieffer dankte ihr. Claudine war zu einer ähnlichen Einschätzung gelangt wie er selbst. Aber wieso hatte Alessandro mehrere Tanks voll von dieser zweitklassigen Plörre in seiner Ölmühle? Und warum stahl jemand dieses Zeug?

9

Das Musée d'Art Moderne Grand-Duc Jean, kurz Mudam, lag höchstens zweihundert Meter Luftlinie vom »Deux Eglises« entfernt. Dazwischen befanden sich jedoch der steile Hang des Kirchbergs und die meterdicken Mauern des alten Fort Thüngen. Kieffer musste also, wie so oft in Luxemburg-Stadt, einen Umweg fahren: die Milliounewee genannte Serpentine am Hang hinauf, um die Philharmonie herum und dann wieder in Richtung Mudam. Er parkte den Wagen an der Avenue Kennedy und lief auf das Museum zu, ein modernes Gebäude aus cremefarbenem Granit, über dem eine immense Glaskonstruktion thronte. Eine knallrote Ducati-Rennmaschine parkte direkt neben dem Eingang – Lobato war offenbar bereits da. Er betrat das Mudam, ging vorbei am Empfang, in die Haupthalle. Sie war mindestens zehn Meter hoch und hatte etwas von einer Kathedrale. Durch die gläsernen Aufbauten schien von allen Seiten Licht in den riesigen Raum. Von der Decke baumelten mehrere menschliche Figuren aus einem Kieffer unbekannten Material, vielleicht Bauschaum. Sie sahen aus wie Geschäftsleute oder Banker, ihre Gesichter waren fein modelliert, sie trugen Kleidung und hatten Haare.

Eine Tafel erklärte ihm, der chinesische Künstler wolle mit der Installation etwas über den Zustand des postmodernen Kapitalismus sagen. Kieffer trat näher an eine der Figuren heran. Sie war über drei Meter groß, er reichte ihr nicht einmal bis zur Hüfte. Die Figur trug einen dunklen Anzug mit Nadelstreifen, dazu eine blutrote Krawatte. Sie grinste derart breit, dass ihre Mundwinkel fast die Ohrläppchen berührten. Der offene Mund war ausgehöhlt und innen schwarz angepinselt, statt Zähnen enthielt er Dutzende angefeilter Zimmermannsnägel.

Kieffer wandte sich ab und lief in die nächste Halle. In ihr befand sich das Café. Dank der voll verglasten Decke bekam man hier selbst während des scheußlichen Luxemburger Winters ein bisschen Licht und Luft, ohne dabei frieren zu müssen. Jazziger Hip-Hop wehte herüber. Am anderen Ende des Raumes sah er einen DJ hinter zwei Plattentellern stehen. Es waren vielleicht zwanzig Leute anwesend, kaum einer saß. Die meisten standen in Grüppchen herum, unterhielten sich und tranken Bier aus der Flasche. Kaum einer der Cafébesucher war älter als 25, die meisten trugen sehr bunte Turnschuhe und T-Shirts von Bands, deren Namen Kieffer noch nie gehört hatte. Er fühlte sich plötzlich sehr alt.

Lobato saß auf einer Designer-Chaiselongue in der Ecke. Kieffer fragte sich, wie alt die Kommissarin wohl war. Die raspelkurzen schwarzen Haare ließen sie sehr jung wirken. Der abgeklärte Gesichtsausdruck, mit dem sie die anderen Gäste taxierte, ließ Kieffer hingegen vermuten, dass Lobato möglicherweise älter war, als er bisher angenommen hatte. Die Kommissarin trug eine Endurojacke und enge schwarze Jeans. Kieffer hob die Hand zum Gruß und ging zu ihr hinüber.

»Gudden Owend, Kommissärin.«

»Hallo.«

»Soll ich uns erst mal was zu trinken besorgen? Ein Bier? Einen Crémant?«

»Lieber eine Biocola.«

Kieffer ging zum Tresen und holte die Getränke. Nachdem er gegenüber von Lobato in einem aufblasbaren Sessel Platz genommen hatte, sagte er: »Ganz schön hip hier. Kommen Sie öfter her?«

»Manchmal.«

Kieffer bemühte sich, Lobatos Miesepetrigkeit zu ignorieren und setzte sein Chefkochlächeln auf. »Verstehe. Soll ich gleich loslegen?«

»Bitte.«

»Mein Freund Alessandro Colao betreibt einen Wein- und Olivenölhandel in Esch. Groß- und Einzelhandel, außerdem besitzt er eine Ölmühle in der Nordtoskana, wo er die Früchte verschiedener Bauern und Kooperativen presst und abfüllt. Einmal im Jahr fahren wir zusammen runter. Besuchen ein paar Weingüter, testen Öle, essen viel zu viel. Nach drei, vier Tagen fahren wir dann mit einem vollen Laster zurück nach Luxemburg.«

Sie ignorierte den Becher, den Kieffer ihr gebracht hatte und trank die Cola direkt aus der Dose. »Und jetzt ist dieser Colao verschwunden? Unter welchen Umständen?«

»Ich würde sagen: unter mysteriösen. Er ist ohne mich gefahren, zwei Tage vor dem vereinbarten Termin, ohne mir was zu sagen. Auch seiner Frau hat er nur erzählt, er müsse ganz dringend nach Italien. Und seitdem ist er verschwunden.«

»Wie ich Ihnen schon sagte, Monsieur Kieffer, Leute

verschwinden manchmal. Nach Italien fahren ist nicht verboten, soweit ich weiß. Vielleicht ist er vor seiner Frau geflohen, Eheprobleme.«

»Sie sagt nein.«

»Das heißt ja nichts.«

Er überlegte kurz und nippte an seinem Bier. »Nein, vermutlich nicht. Aber dann bin ich ihm nachgefahren.«

»In die Toskana?«

»Ja, ich war in seiner Wohnung in Pistoia, außerdem in der Ölmühle. In der Wohnung war er definitiv, da lag seine Tasche, aber er selbst war nirgendwo zu finden.«

»Wird das eine ihrer kleinen Privatermittlungen, Monsieur Kieffer?«

»Eine meiner kleinen …?«

»Tun Sie nicht so. Bei der Police Grand-Ducale haben Sie einen gewissen Ruf.«

Er musterte sie. Sie hatte sehr große braune Augen, und der Rest war auch nicht übel. Dennoch konnte er nicht verstehen, was Vatanen an ihr fand. Die Frau war so warmherzig wie ein Stockfisch, womit er dem Fisch vermutlich Unrecht tat.

»Nach Italien fahren«, sagte er, »ist nicht verboten, soweit ich weiß.«

Er bemerkte den Anflug eines Lächelns – ein wenig eisig zwar, aber immerhin. »Sie können machen, was Sie wollen, zumindest solange es keine Ermittlungen gibt. Und bisher haben Sie mir nichts erzählt, was auf ein Verbrechen schließen lässt, oder auch nur ansatzweise ›mysteriös‹ ist.«

»Ich war ja auch noch nicht fertig.« Er erzählte ihr von den bewaffneten Männern in der Ölmühle und von seinem Sturz in den Tank.

»Vielleicht waren es Öldiebe. Dafür allerdings etwas weit im Norden.«

»Wie bitte? Öldiebe?«

Sie zuckte mit den Achseln. »Die Leute klauen alles. Das Metall von Leitplanken, die Goldumrandung von Taufbecken oder eben Olivenöl. Ich habe mal gehört, dass es in Süditalien organisierte Banden gibt, die mit dem Tanklaster vorfahren und das Öl abpumpen, mit vorgehaltener Waffe. Vielleicht waren das solche Typen.«

»Aber warum kommen die im April? Das ist doch seltsam.«

»Was daran ist seltsam?«

»Die Olivenernte läuft von November bis Februar. Die Früchte werden noch am Tag der Ernte gepresst. Im April ist das Öl längst abgefüllt und verkauft, denn wenn es rumsteht, wird es ja nicht besser.«

»Sie meinen also, es hätte gar kein Öl in den Tanks sein dürfen?«

»So ist es. Die waren nicht ohne Grund bei dieser Ölmühle, während deren Besitzer zufällig gerade zwei Tage vorher in die Toskana gekommen ist. Vielleicht haben sie Alessandro gekidnappt, oder … oder …«

»Waren Sie bei den Carabinieri?«

»Nein, wieso?«

»Der Polizeichef hat recht, Sie sind wirklich unverbesserlich. Vielleicht, weil Sie Zeuge eines Einbruchs mit anschließendem Diebstahl waren? Ist auch in Italien eine Straftat.«

Er drehte die Bierflasche in der Hand. »Ich dachte, ich überlasse das lieber seiner Frau. Madame Colao ist schließlich die Eigentümerin der Ölmühle, quasi. Ich wollte erst mit ihr sprechen.« Er zögerte einen Moment, bevor er fortfuhr.

»Frau Kommissärin, Alessandro steckte vermutlich in finanziellen Schwierigkeiten. Und er hat seiner Frau gesagt, er habe einen neuen Geschäftspartner in Italien, der seine Probleme lösen würde.«

»Und jetzt meinen Sie bestimmt, dass es die Mafia ist.«

»Könnte doch sein, oder?«

»Könnte. Oder auch nicht. Ein bisschen Öl zu klauen, das ist wahrscheinlich unter deren Würde.« Sie verschränkte die Arme vor der Brust. »Was genau soll ich denn jetzt tun?«

»Sagen Sie mir, was Sie machen würden, wenn es Ihr Freund wäre.«

»Das Problem ist, dass es die Luxemburger Polizei erst interessieren wird, erst interessieren darf, wenn es so aussieht, als ob Ihr Freund tatsächlich Opfer eines Verbrechens geworden ist. Wenn Sie denen die Geschichte mit der Mühle erzählen, wird das der Sache vielleicht mehr Gewicht verleihen. Aber besser wäre, Sie könnten sagen, dass die Italiener bereits eine Ermittlung laufen haben.«

»Also erst in Italien den Einbruch anzeigen, dann hier zur Wache?«

»So würde ich vorgehen. Mehr kann man zunächst nicht machen.«

Sie nahm noch einen tiefen Zug aus ihrer Dose, dann zerdrückte sie diese. Es knackte vernehmlich. »Ich muss jetzt los.«

»Vielen Dank für Ihre Zeit, Madame Lobato.«

Sie standen auf, Kieffer hielt ihr die Hand hin. Zögernd nahm Lobato sie, nur um sie so schnell wie möglich wieder loszulassen. Die Kommissarin stemmte die Arme in die

Seiten und bewegte die Mundwinkel ein wenig nach oben, immerhin schon zum zweiten Mal an diesem Abend.

»Ihre Geschichte von den Olivenöl-Mafiosi hat übrigens eine Lücke, Monsieur Kieffer.«

»Oh. Und die wäre?«

»Wie sind Sie aus diesem Tank eigentlich allein wieder rausgekommen?«

»Gar nicht. Es war zu glitschig. Jemand hat mir ein Seil runtergelassen.«

»Und wer soll das gewesen sein?«

»Das«, sagte Kieffer und seufzte, »würde ich auch gerne wissen.«

10

Kieffer ging zurück zu Alessandros Wagen und stieg ein. Das Treffen mit Maria würde unangenehm werden. Der Koch wartete, bis ein gerade vor ihm ausparkender BMW verschwunden war und trat dann aufs Gas, bevor sich die Lücke im Verkehr wieder schloss. Sein Wagen machte einen Satz nach vorn, fast wäre Kieffer auf die Gegenspur geraten. Fluchend riss er das Steuer herum. Mit seinem Lieferwagen wäre ihm das nicht passiert – wenn man bei dem aus Versehen zu kräftig aufs Gas trat, passierte überhaupt nichts.

Eine halbe Stunde später erreichte der Koch das Haus der Colaos. Er stieg aus, ging zur Haustür und klingelte. Maria öffnete ihm sofort, vermutlich hatte sie schon länger auf ihn gewartet. Sie sah müde und abgekämpft aus. Kieffer fiel zudem auf, dass sie eine Kette um den Hals trug, die vorher nicht da gewesen war. Daran war ein schwerer goldener Kruzifixanhänger befestigt.

»Komm rein«, sagte sie leise.

Kieffer folgte ihr ins Wohnzimmer. Maria drehte sich um und schaute ihn ängstlich an.

»Allmächtiger, du hast ihn nicht gefunden. Hast du irgendwas …«

»Setz dich lieber, Maria.«

Sie nickte matt und ließ sich auf dem Sofa nieder. Kieffer setzte sich ihr gegenüber.

»Er war in der Wohnung, da lagen seine Hemden. Aber ich habe ihn da nicht angetroffen, und auch nicht in der Ölmühle. Dafür waren andere Leute da.« Kieffer erzählte ihr von den Gangstern. Sie nahm alles auf, beinahe ohne Regung. Erst, als er ihr beschrieb, wie ihn das quietschende Tor gerettet hatte, brach sie in Tränen aus.

»Maria, es wird alles gut. All das heißt nicht, dass ihm etwas zugestoßen sein muss.«

»Der Türöffner«, schluchzte sie.

»Was ist damit?«

»Es gibt nur zwei. Einen hab ich dir gegeben, den anderen hatte Alessandro, verstehst du?«

»Du meinst, wenn diese Kerle einen Öffner hatten …«

»… müssen sie ihn von Alessandro haben.«

Sie hatte recht. Und die Wahrscheinlichkeit, dass sie Alessandro den Schlüssel lediglich abgenommen und ihn dann hatten laufen lassen, war gering. Kieffer fühlte, wie sein Magen krampfte.

»Du musst noch mal zur Polizei, Maria. Ich habe mit einer Kommissarin von der Police Judiciaire gesprochen, die ich kenne. Informell, ich habe sie um Rat gefragt.«

»Und?«

»Sie sagt, du sollst als Erstes die italienische Polizei verständigen und dort Anzeige erstatten. Dann zur Police Grand-Ducale.«

»Okay.«

»Ich habe noch zwei Fragen.«

»Frag.«

»Was für Öl war das in den Tanks?«

»Ich habe keine Ahnung. Vielleicht hat er es für jemanden zwischengelagert?«

»Um diese Jahreszeit?«

»Ich weiß es nicht.«

»Maria?«

»Ja?«

»Du bist keine sehr gute Lügnerin.«

Sie begann wieder zu weinen. Kieffer nahm sie in den Arm. Dann sagte er leise: »Er hat da irgendein krummes Ding gedreht, in der Mühle.«

»Das befürchte ich auch – dieses Gerede von dem neuen Kunden, der alles richtet! Ich weiß wirklich nicht genau, was Alessandro da unten gemacht hat. Aber das Geschäft mit Olivenöl ... es gibt viele schmutzige Tricks.«

»Wie zum Beispiel?«

»Nicht immer ist drin, was draufsteht.« Sie setzte ein schiefes Lächeln auf. »Ich glaube, viel von dem billigeren italienischen Öl kommt in Wahrheit aus Spanien.«

»Verstehe. Irgendjemand hat die Festplatte aus dem Büro der Mühle geklaut. Kann es sein, dass da irgendwelche Beweise drauf waren?«

»Keine Ahnung, Xavier. Da werden ein paar E-Mails und Lieferscheine gespeichert gewesen sein – vielleicht noch andere Daten. Aber eigentlich befindet sich alles, was wichtig ist, auf dem Computer in unserem Laden, in Esch. Ich ...«, sie rieb sich die Tränen aus den Augen, »ich kann später mal nachschauen, aber zurzeit fehlt mir die Kraft. Die Weinhandlung habe ich schon zugesperrt und seit Tagen nicht mehr betreten. Ich schaffe das alles nicht. Was wird jetzt bloß?«

»Hab Mut, er taucht wieder auf. Erinnerst du dich noch an die Geschichte mit der Statue?«

Sie schniefte. »Ja, natürlich, er erzählt sie immer wieder gerne.«

Auf ihrer Schule hatte es eine Statue aus Gips gegeben, die in der Haupthalle stand. Irgendein Schüler hatte sie Jahre zuvor im Kunstunterricht angefertigt, sie war mannshoch und stellte Michel Lentz dar, den Luxemburger Dichter und Verfasser der Nationalhymne »Ons Heemecht«. Um das zu erkennen, musste man allerdings die Plakette am Sockel lesen. Denn in Wahrheit sah das Ding aus wie der Gipsabdruck einer Giacomettifigur, bei dem alles schiefgegangen war.

Eines Tages hatten sie beschlossen, einem der Lehrer einen Streich zu spielen. Es sollte gegen Monsieur Schmit gehen, den Physiklehrer. Noch heute hielt Kieffer Schmit für einen der unerfreulichsten Menschen, die er je kennengelernt hatte. Der Mann war völlig humorlos gewesen und dazu ein Despot. Schmit hatte mit Vorliebe die schwachen Schüler gepiesackt, duckte sich aber gleichzeitig vor stärkeren. Der Mann hatte Kieffer an den Lehrer aus Pink Floyds »The Wall« erinnert, den anderen ging es ähnlich. Und so beschlossen sie, Alessandro, Pierre, Jerôme und er eines Tages, dass Schmit eine Lektion benötigte.

Als Schüler und Lehrer eines Morgens die Schule betraten, mussten sie feststellen, dass von dem Gips-Lentz nur noch der Sockel und die Füße in der Halle standen. Der Rest war verschwunden. Kurze Zeit später fand man den Dichter: Er baumelte, mit einer Schlinge um den Hals, von einem Leuchter im Treppenhaus. Um seine Schultern hing ein Schild. Darauf stand: »Ein Schülertraum wird wahr: M. Schmit hängt!«

Es war verdammt schwierig gewesen, die Statue da

hochzubekommen, sie hatten die halbe Nacht dafür gebraucht. Die Schülerschaft stimmte darin überein, dass dies der beste Scherz war, den das Lyzeum je erlebt hatte. Schmit sah das anders, und er war nicht allein. Nicht nur ein Lehrer war beleidigt worden, sondern außerdem ein Mann, der quasi als Nationalheiliger galt. Der Direktor sah sich genötigt, Anzeige gegen Unbekannt zu erstatten.

Die Polizei rückte an und nahm ganze Klassen ins Gebet. Es dauerte nicht lange, dann hatten sie die Viererbande gefunden. Sie alle bekamen Verweise, nur Alessandro nicht. Er war der Einzige, der es irgendwie schaffte, sich aus der Nummer herauszureden. Zwar hatte man ihn spätabends in der Nähe der Schule gesehen, doch er erfand aus dem Stegreif eine Geschichte, laut der er mit dem Rad zur Notapotheke habe fahren müssen, um ein Medikament für seine schwerkranke Schwester Nicoletta zu besorgen. Alessandro schaffte es sogar, seine kerngesunde Schwester noch rechtzeitig mit dieser Geschichte zu impfen, bevor die Polizei sie befragte. Das war typisch für Alessandro. Er war wie ein Aal und konnte sich stets aus allem herauswinden.

»Wie damals bei der Statue. So wird es auch dieses Mal sein, Maria«, sagte Kieffer. »Es sieht vielleicht hoffnungslos aus, aber Alessandro findet einen Weg. Vielleicht versteckt er sich einfach irgendwo, du wirst schon sehen.«

Kieffer fand nicht, dass er sehr überzeugend geklungen hatte, aber Maria lächelte dankbar. Sie möchte das gerne glauben, dachte er. Mir geht es genauso.

Er legte die Autoschlüssel auf den Tisch. »Ich muss dann weiter. Soll ich vielleicht auf dem Rückweg mal in eurem Laden vorbeischauen?«

»Warum denn?«

Um zu überprüfen, ob noch alles da ist, dachte er bei sich. Wer in einem Büro die Festplatten klaut, tut das vielleicht auch in dem anderen. Er sagte jedoch nichts in diese Richtung, denn er wollte Maria nicht noch mehr beunruhigen.

»Wegen dieses mysteriösen Geschäftspartners. Und wegen des Öls. Vielleicht finde ich was.«

»Okay, ja, mach das.«

Sie stand auf und holte einen Schlüssel. Er nahm ihn und verabschiedete sich.

11

Kieffer war froh, seinen rostigen Lieferwagen wiederzuhaben. Nachdem er sich eine Ducal angesteckt und eine B52s-Kassette eingelegt hatte, fuhr er los. Es war nun bereits nach 23 Uhr und die Straßen waren leer. Zehn Minuten später bog er in die Rue Victor Hugo ein. Die Weinhandlung befand sich in der nächsten Querstraße. Er wollte bereits abbiegen, aber irgendetwas veranlasste ihn zu bremsen. Manchmal wusste Kieffer nicht so genau, warum er tat, was er tat. Auch in diesem Fall war ihm zunächst schleierhaft, weshalb er mitten auf der Straße anhielt. Hatte er etwas aus den Augenwinkeln gesehen, etwas das ihn irritiert hatte? Vorsichtig setzte er den Peugeot ein Stück zurück. Und da war es: Auf der rechten Seite parkte auf dem Trottoir ein BMW. Das allein wäre nicht weiter verwunderlich gewesen, aber Kieffer meinte, sich an das Metallicgrün des Autos zu erinnern. Wo hatte er den Wagen schon einmal gesehen?

Nein, nicht einmal. Zweimal.

Ein BMW in genau dieser Farbe hatte in Grund geparkt, seinetwegen hatte Kieffer in der großen Mercedeslimousine mächtig kurbeln müssen, um aus seiner Parklücke herauszukommen. Und als er vorhin vom Mudam zu Maria gefahren war, da hatte ein BMW vor ihm geparkt, der, soweit er sich richtig erinnerte, ebenfalls grün gewesen war. Der Koch setzte einen weiteren Meter zurück und reckte den Kopf nach rechts, um das Nummernschild des Autos erkennen zu können. Es war keines aus Luxemburg – stattdessen erkannte er ein blaues »I« für Italien sowie ein »MI« für Mailand.

Kieffer parkte auf der anderen Straßenseite. Dann öffnete er den Kofferraum. Hinter einer Kartoffelkiste und einer gepackten, aber seit Wochen unbenutzten Sporttasche fand er, was er suchte: einen Kuhfuß, den er mitunter zum Aufstemmen vernagelter Wein- oder Champagnerkisten verwendete. Das Ding war aus Eisen und wog mindestens drei Kilo. Derart bewaffnet ging er zum Weindepot. Als er sich dem Gebäude näherte, bemerkte er einen fahlen Schein, der durch die Fenster drang. Er schlich zur Vordertür. Sie war verschlossen. Vorsichtig steckte er den Schlüssel in den Schlitz und drehte ihn. Beinahe lautlos sprang das Schloss auf. Kieffer horchte. Von weiter hinten meinte er ein Rascheln und das Klackern einer Tastatur zu hören. Auch als er die Klinke herunterdrückte und die Tür öffnete, verursachte er keinerlei Lärm. Der Koch umfasste das Eisen. Er würde sich wie eine Katze an den Kerl heranschleichen und dann …

Als er die Tür halb geöffnet hatte, ertönte über ihm blechern klingende Musik. Es musste die elektronische Türglocke sein, und Kieffer wusste sofort, dass Alessandro dieses Ding ausgesucht hatte.

»Azzurro, il pomeriggio è troppo azzurro e lungo per meeee!«, knödelte es aus einem Lautsprecher. Kieffer entfuhr ein Fluch. Aus dem hinteren Teil des Gebäudes war

Fußgetrappel zu hören. So schnell er es im Halbdunkel vermochte, lief der Koch zwischen Weinregalen und Werbeaufstellern hindurch, in Richtung Büro. Der Computer war an, auf dem Boden lagen Papiere verstreut. Die Tür des Hinterausgangs stand offen und Kieffer meinte, eine Bewegung zu sehen. Er hechtete hindurch und sah den Einbrecher, wenn auch lediglich von hinten. Der Kerl besaß eine gedrungene Gestalt, seine Kleidung war schwarz, eine Strickmaske verbarg den Kopf. Der Einbrecher rannte in Richtung des grünen BMWs, Kieffer folgte ihm. Der Mann hatte einen seltsam watschelnden Gang, das Rennen schien ihm Mühe zu bereiten. Auf den ersten hundert Metern machte der Koch deshalb Boden gut und war zuversichtlich, den Kerl zu erwischen, bevor dieser seinen Wagen starten konnte. Kieffers Lunge sah das völlig anders. Sie erinnerte ihn nun daran, dass für die zwei Päckchen Ducal, die er täglich in Rauch verwandelte, ein Preis zu entrichten war. Nach weiteren hundert Metern blieb ihm die Puste weg. Zwar rannte er weiter, aber der Kerl war nun bereits um die nächste Ecke. Kurz darauf hörte Kieffer einen Motor aufheulen. Als er um die Ecke kam, fuhr der BMW bereits los. Wütend warf Kieffer sein Kuheisen nach dem Auto. Mit einem Klirren barst die rechte Seitenscheibe, Glassplitter stoben in alle Richtungen. Es nutzte nichts, der Wagen beschleunigte weiter, und einige Sekunden später war er in der Dunkelheit verschwunden.

Kieffer lief zurück zum Geschäft der Colaos. Er überlegte, ob er die Polizei rufen sollte. Das ließ sich wohl kaum vermeiden, aber zunächst würde er sich ein wenig in dem Laden umsehen. Durch den immer noch offen stehenden Hintereingang betrat er das Gebäude und schaltete zunächst das Licht an. Der Verkaufsraum sah nicht so aus, als habe man ihn durchsucht. Der Koch überprüfte die Kasse. Sie war verschlossen.

Das Büro hingegen war gründlich gefilzt worden. Mehrere Aktenordner lagen auf dem Boden verstreut, die Schubladen des Schreibtischs standen offen. Der Eindringling hatte die gerahmten Landschaftsfotos aus der Toskana, die an den Wänden hingen, abgenommen und auf den Boden gestellt. Vermutlich hatte er nach einem versteckten Safe gesucht, aber hinter den Rahmen verbargen sich lediglich Rechtecke, etwas weißer als der Rest der Tapete. Der Computer war ebenfalls an. Er schien zu funktionieren, offenbar hatte sich dieser Einbrecher nicht an der Festplatte zu schaffen gemacht wie jener in Pistoia. Kieffer ließ sich in den ledernen Schreibtischsessel fallen und klickte ein bisschen herum, öffnete das E-Mail-Programm sowie die Buchhaltungssoftware, fand jedoch nichts. Das musste allerdings nichts heißen, denn die Finanzsoftware der Colaos war ihm unbekannt, und wie man das Archiv eines E-Mail-Postfachs oder gar das Dateiverzeichnis einer Festplatte durchsuchte, wusste er auch nicht. Er wünschte, Pekka oder seine überaus computerkundige Freundin Valérie wären hier.

Unruhig rutschte der Koch auf dem Sessel hin und her. Der Adrenalinschub der Verfolgungsjagd war einer enormen inneren Unruhe gewichen – er brauchte dringend eine Zigarette. Kieffer kramte das Ducal-Päckchen aus der Seitentasche seines Cordjacketts. Ohne hinzuschauen, hielt er eine Hand unter die auf den Kopf gestellte Schachtel und klopfte mit der anderen auf deren Unterseite. Doch nichts passierte. Fluchend riss er das Päckchen ganz auf, nur um festzustellen, dass es leer war.

Nervös fuhr der Koch mit den Händen über die Schöße seines Jacketts. Er musste nachdenken, musste überprüfen, ob es hier nicht doch irgendeinen Hinweis auf den Grund für Alessandros seltsame Italienreise gab, den er bislang übersehen hatte. Aber zuerst musste er rauchen, ansonsten würde er sich nicht konzentrieren können.

Ihm fiel der Ölkanister hinter der Bar ein. Er konnte Alessandros Stimme hören: »Das Geheimversteck für meine Zigaretten.«

Er ging in den Verkaufsraum, schaltete das Licht ein und suchte hinter der Theke nach der Dose. Sie stand noch immer im Regal. Kieffer griff danach. Den Deckel, unter dem sich die kleinen Tütchen mit den Gummibärchen verbargen, ließ er zu. Stattdessen drehte der Koch die Dose auf den Kopf. Der Falz des Bodenblechs saß nicht sehr fest, man musste lediglich eine Scherenklinge oder einen anderen schmalen Gegenstand in die Ritze zwischen Dosenwand und Bodenblech drücken. Der Koch griff sich einen Brieföffner und drückte ihn hinein. Die Bodenplatte klackerte, als sie auf die Schreibtischplatte fiel. In Alessandros Geheimfach fand Kieffer, was er suchte: eine Schachtel Marlboro sowie ein Einwegfeuerzeug. Als er die Zigarettenpackung herausfischte, fiel ihm auf, dass die Innenwand der Dose mit Papier ausgekleidet war. Jemand hatte mehrere DIN-A4-Blätter einmal längs gefaltet, eingerollt und dann in die Dose gesteckt.

»Das Geheimversteck für meine Zigaretten und andere Dinge, die Maria nichts angehen.«

Kieffer zündete sich eine Zigarette an, lehnte sich an die Bar und entfaltete das Papier. Insgesamt handelte es sich um sechs Blätter. Alle besaßen denselben Briefkopf: »Lorenzi Istituto di analisi alimentari«, dazu eine Adresse in Rom. Eine der Seiten zeigte das Faksimile eines handschriftlich ausgefüllten Formulars, das wie ein Frachtbrief oder Lieferschein aussah. »Nave: Grazia«, stand darauf, außerdem ein Datum, und »Olio Monopoli«.

Die anderen Blätter waren voller Zahlenreihen, vermutlich handelte es sich um irgendeine chemische Analyse. Zumindest nahm der Koch das an – alles war auf Italienisch abgefasst, er verstand kaum ein Wort. Selbst wenn die Dokumente Deutsch oder Französisch gewesen wären, hätte Kieffer wohl nichts mit diesem Chemikerchinesisch anfangen können – »acido cis-9-ottadecenoico« war ihm in jeder Sprache ein Mysterium. Auf die erste Seite hatte jemand mit Kugelschreiber »castello rosso« geschrieben – rote Burg? Er verglich die Handschrift mit der auf einem der Blöcke auf dem Schreibtisch. Sie gehörte ohne Zweifel Alessandro.

Kieffer glättete die zusammengerollten Seiten mit der Hand, steckte sie in das Faxgerät, das in einer Ecke des Raumes stand, und drückte auf »Kopie«. Erst, als er damit fertig war, wählte er die 113.

12

»Willst du noch einen, Xavier?«

Pekka Vatanen zeigte auf Kieffers leere Espressotasse. »Und vielleicht einen Nachtisch? Wir sind schließlich nicht auf der Flucht.«

Der Koch musterte die anderen Gäste. Es ging bereits auf halb drei zu, und doch saßen immer noch viele der fonctionnaires zusammen und ließen keinerlei Motivation erkennen, zu ihrem Arbeitsplatz zurückzukehren. Falls sie ähnlich üppig gespeist hatten wie er, konnte Kieffer es den Beamten nicht einmal verdenken – die Restaurants im Gebäude des Europäischen Gerichtshofs gehörten vermutlich zu den besten Kantinen Luxemburgs. Kieffer hatte zunächst einen vorzüglichen Salat mit geräucherter Entenbrust und Orangenfilets gegessen, danach ein Filetsteak mit Sauce Choron, glasierten Babykarotten und knusprigen Fritten. Für einen Nachtisch war in seinem Magen eigentlich kein Platz mehr, einerseits. Andererseits … er schaute sich die Kuchen in der auf der Bar stehenden Vitrine an. Die Tarte Tatin sah sehr ordentlich aus, der Zwetschgenkuchen noch besser.

»Ja, danke, ich nehme noch einen Espresso«, sagte er »und Quetscheflued mat Klappschmant.«

Kieffer deutete auf die anderen Gäste. »Macht ihr immer so lange Mittagspause?«

»Wieso lange?«

»Na ja, mehrere der Gäste waren schon hier als wir kamen«, er deutete diskret auf eine füllige Südeuropäerin an einem der Cafeteriatischchen, die sich ein Eclair schmecken ließ. »Die da bekam ihr Essen, als wir uns gerade erst anstellten.«

»Normalerweise bescheiden wir uns mit anderthalb Stunden – höchstens! Aber diese Woche ist irgendein wichtiges COREPER-Treffen in Brüssel.«

Als er Kieffers fragenden Blick bemerkte, fügte Vatanen hinzu: »Der COREPER ist der Ausschuss der Ständigen Vertreter der Mitgliedsländer bei der Union. Die bereiten gerade den nächsten EU-Gipfel vor, fast alle wichtigen Leute fahren dahin, aus Straßburg, Luxemburg und so weiter. Und je weniger Chefs hier sind«, er prostete Kieffer mit seinem Cappuccinobecher zu, »umso ausgedehnter die Mittagspause. Ein Naturgesetz des Angestelltendaseins.«

»Bei euch Beamten vielleicht. Die Kirchberg-Banker machen vermutlich nur halb so lang Mittag.«

»Darum sind die ja auch dauernd unterzuckert und haben in der Folge all ihr Geld verspekuliert. Und nun müssen sie sparen, können gar keine Mittagspause mehr machen. Also noch mehr Unterzuckerung, und nun verzocken sie auch noch unser Steuergeld, ein Teufelskreis.«

Kieffer wandte sich seinem Zwetschgenkuchen zu. Zunächst transferierte er ein wenig Schlagsahne in seinen Kaffeebecher, dann probierte er den Kuchen. Er schmeckte so gut, wie er aussah.

»Der ist hervorragend, Pekka, du solltest auch ein Stück essen. Nachher triffst du sonst noch irgendeine falsche Entscheidung, weil du zu wenig Zucker und Muße hattest.«

»Gegen deinen Sarkasmus bin ich unempfindlich«, entgegnete der Finne, »du wolltest mir übrigens noch erzählen, was du bei deinem italienischen Freund gefunden hast.«

Kieffer nickte und griff nach dem Rucksack, den er unter dem Barhocker deponiert hatte. Er griff hinein, holte die Flasche mit dem Olivenöl heraus und stellte sie vor Vatanen auf die Bar. Der Innentasche seines Cordjacketts entnahm er die Papiere, die er in Alessandros Geheimversteck gefunden hatte.

Der Koch entkorkte die Ölflasche und zeigte auf Vatanens Kaffeelöffel. »Probier mal.«

»Muss das sein? Jetzt wo ich weiß, wie du an das Zeug gekommen bist … ich bevorzuge eigentlich Olivenöl aus erster Pressung.«

»Pekka …«

»Außerdem überschätzt du meine kulinarischen Kenntnisse. Ich kann dir nicht sagen, ob das gutes oder schlechtes Öl ist. Du solltest dich lieber an einen Experten wenden.«

Der Koch schob die Papiere zu Vatanen hinüber. »Mir scheint, dass Alessandro genau das schon getan hatte.«

Der Finne beugte sich über die Papiere. »Mein Italienisch ist genauso schlecht wie deins, aber … das sind Laborberichte, stimmt's?«

»Vermutlich, da steht was von einem ›istituto di analisi alimentari‹, also wohl ein Labor für Lebensmittelanalysen. Sagen dir diese Zahlenwerte etwas?« Der

Koch hoffte, dass Vatanen etwas mit den Daten anfangen konnte. Schließlich befasste sich der Finne seit 15 Jahren mit der Gemeinsamen Agrarpolitik.

Mit gerunzelter Stirn blätterte Vatanen durch die zerknitterten Seiten. »Das sieht für mich aus wie ein Standardtest, um die Zusammensetzung eines Nahrungsmittels aufzuschlüsseln. Hier steht was von ›olea europaea‹, also Olivenbaum. Was bei der Untersuchung rausgekommen ist, kann ich dir allerdings nicht sagen. Ich bin Ökonom, und hierfür brauchen wir einen Chemiker.«

Er fuhr mit dem Finger die Zahlenkolonnen entlang. Als er am Ende der letzten Seite angekommen war, sagte er: »Na schau mal einer an.«

»Was?«

»Hier steht: ›La direttiva 136/66/CEE e il regolamento CE 2568/91 non sono stati rispettati‹.«

»Irgendwelche EU-Gesetze?«

»Nicht irgendwelche. Das sind die EU-Richtlinie sowie die Durchführungsverordnung für Olivenöl. Und hier steht wohl, dass beide nicht eingehalten wurden.«

Vatanen erhob sich. »Komm, auf geht's. Drüben im Schuman, da sitzt ein promovierter Chemiker. Dem zeigen wir das.«

»Aber ich habe meinen Kuchen doch noch gar nicht aufgegessen.«

Der Finne stemmte in gespielter Entrüstung die Arme in die Hüften. »Ja, wie lange willst du denn noch Mittagspause machen? Unglaublich, diese Luxemburger! Kein Arbeitsethos, stecken alle bis zum Hals in der Schlagsahne.«

Der Koch nahm den Kuchen in die Hand, biss noch zweimal ab und lief dann kauend hinter seinem Freund her. Wenn man Vatanen um einen Gefallen bat, konnte es mitunter ziemlich lange dauern, bis der etwas phlegmatische EU-Beamte Ergebnisse lieferte. Wenn der Finne ausnahmsweise einmal so viel Verve an den Tag legte wie heute, wollte Kieffer ihn lieber nicht bremsen.

Sie verließen das Gebäude, in dem sich die Kantine befand und überquerten die Avenue Kennedy, um in den südlichen Teil des Europaviertels zu gelangen. Von der anderen Straßenseite blickte Kieffer kurz zurück. Der neue Sitz des Europäischen Gerichtshofs war ein riesiges quadratisches Gebilde, das über dem Boden zu schweben schien. Diesen Effekt hatten die Architekten erzielt, indem sie das ganze Bauwerk auf zehn Meter hohe Stelzen gestellt hatten. Wie der Gerichtshof hatten fast alle in Luxemburg ansässigen EU-Institutionen in den vergangenen Jahren neue Gebäude bekommen – die Übersetzer residierten nun in schlanken, goldenen Zwillingstürmen, der Rechnungshof in einem farbenfrohen Büroquader. Auch der Rest des Europaviertels sah völlig anders aus als noch Ende der Neunzigerjahre, überall erhoben sich inzwischen Neubauten. Die Stadtplaner hatten alles auf den Kopf gestellt, lediglich eine alte Bausünde war übrig geblieben: das Bâtiment Robert Schuman, in dem Vatanen arbeitete. Bei dem Bürohaus handelte es sich um einen Klotz aus schmutziggrauem Sandstein. Die meisten Fensterläden waren heruntergelassen, es schien, als habe das Gebäude seine Augen niedergeschlagen, weil es sich so schämte. Und in der Tat wäre das Schuman schon unter normalen Umständen alt und hässlich gewesen. Seit es jedoch von dem funkelnagelneuen Mudam, der imposanten Philharmonie und einem kürzlich eröffneten Designhotel umzingelt wurde, wirkte es wie eine

Ruine. Sie stiegen die Treppe zum Haupteingang empor und betraten die Lobby. Muffiger Bürogeruch schlug ihnen entgegen. Nach langwierigen Verhandlungen mit dem Pförtner bekam der Koch einen Gastausweis ausgehändigt und durfte zusammen mit seinem Freund nach oben fahren. Im fünften Stock stiegen sie aus. Vatanen lief schnurstracks den Gang entlang, bis zu einer Tür, an der »Dr. Pierre Lullinger« stand. Er klopfte und trat ein. Kieffer folgte ihm.

Lullingers Büro war nicht sehr groß, aber voll. Die Wände waren mit gerahmten Fotos der Luxemburger Fußball-Nationalmannschaft zugepflastert, in einer Vitrine lagen zwei signierte, blau-weiße Trikots. Ein Regal beherbergte eine beachtliche Sammlung von Teddys und anderen Plüschfiguren – es schien sich um die Maskottchen großer europäischer Vereine zu handeln. Kieffer erkannte den Chelsea-Vogel und den HSV-Dino. Lullinger selbst sah nicht so aus, als spiele er Fußball. Er war ein schmaler Mann ohne erkennbare Muskeln, dafür mit einer sehr sichtbaren Plauze. Hinter ihm hing ein großes Poster. Es zeigte einen Spieler beim Torschuss. Kieffer fiel auf, dass es neben den ganzen Devotionalien der Roten Löwen, wie die Luxemburger ihre Mannschaft nannten, auch einige von Borussia Dortmund gab. Wie die meisten Luxemburger Fußballfans hatte Lullinger ein ausländisches Ersatzteam, das ab und an auch mal gewann.

»Guten Tag, Doktor«, sagte Vatanen. »Darf ich vorstellen: Mein Freund Xavier Kieffer, Koch und Inhaber des ›Deux Eglises‹ unten am Hang.«

Lullinger erhob sich. »Moien! Ich kenne Ihr Restaurant«, sagte er auf Luxemburgisch. »Bei Ihnen gibt's noch die guten Sachen. Huesenziwwi, Wäinzoossiss, Rieslingspaschtéit …«

»Ich sehe schon, ihr werdet euch blendend verstehen. Der Doktor ist übrigens ein genauso großer Fußballfan wie du«, seine Rechte vollführte eine Halbkreisbewegung, »auch wenn er es gut verbirgt.«

Kieffer gab Lullinger die Hand. »Moien, enchantéiert!« Er zeigte auf das Poster mit dem Torschützen. »Lucien Konter, richtig? Olympische Spiele 1948?«

Lullinger drehte sich um und nickte enthusiastisch. »Sein zweites Tor in dem Spiel. Pass von Feller, glaube ich, in der 61. Minute.«

Sie hatten damals haushoch gewonnen. Es war, wenn sich Kieffer korrekt erinnerte, der höchste Sieg gewesen, den Luxemburg bei einem internationalen Turnier jemals erzielt hatte.

Weil sie Lëtzebuergesch gesprochen hatten, war Vatanen nicht mitgekommen. »Was für ein Spiel war das?«

»Olympia, Brighton, erste Runde, sechs zu null für Luxemburg«, sagte Kieffer.

»Ich habe keine Ahnung von Fußball, aber verliert ihr nicht normalerweise eher sechs zu null? Eigentlich immer, oder?«

»Nicht, wenn wir gegen Afghanistan spielen.«

Vatanen wollte etwas erwidern. Lullinger legte den Kopf schief. »Vorsicht jetzt. Du bist mit zwei Roten Löwen in einem fast leeren Bürogebäude. Niemand wird dich schreien hören.«

Der Finne machte eine beschwichtigende Geste. »Ist ja gut. Wir kommen auch eigentlich nicht wegen eurer großartigen Mannschaft.«

»Sondern?«

»Sondern um mit dir über Chemie zu sprechen.«

»Das ist auf jeden Fall unverfänglicher. Worum geht es genau?«

»Ich habe Olivenöl … erworben«, sagte Kieffer. »Und nun habe ich Zweifel an der Qualität.«

»Was für eine sollte es denn haben?«, fragte Lullinger.

»Eigentlich die höchste, extra vergine.«

»Warum bestehen daran Zweifel?«

Kieffer holte die Flasche und den Laborbericht aus dem Rucksack und hielt Lullinger beides hin. Der Beamte griff nach der Lesebrille, die an einem Band um seinen Hals hing, setzte sie auf und überflog die Seiten. Dann entkorkte er die Flasche. Lullinger zögerte einen Moment und schaute sich um, als suche er nach etwas. Er öffnete die Schiebetür der Glasvitrine mit den Devotionalien und stöberte darin herum. Kurz darauf holte er ein kleines Schnapsglas hervor, auf dem das BVB-Logo aufgeklebt war.

Lullinger pustete hinein und füllte dann etwas Olivenöl in das Glas. Der Chemiker nahm einen Schluck und schmatzte prüfend. »Haut mich nicht vom Hocker. Aber ob es extra vergine ist, kann ich nicht sagen. Dafür würde man einen Experten brauchen.«

Kieffer und Vatanen sahen sich an. »Aber ich dachte, dieser Laborbericht würde vielleicht …«, begann Kieffer. Lullinger bedeutete ihnen, sich auf ein kleines Sofa an der Wand zu setzen. Nachdem er an seinem Schreibtisch Platz genommen hatte, sagte er: »Olivenöl ist ein bisschen kompliziert. Extra vergine ist die höchste Güteklasse. Aber was extra natives Öl genau auszeichnet, also extra vergine, das ist nirgendwo exakt definiert.«

»Mir war klar, dass es sich dabei um irgendeinen vermutlich uralten, tradierten Begriff handelt. Aber ich dachte, es gäbe heutzutage irgendwelche chemischen Grenzwerte, die von der EU nachträglich festgelegt worden sind.«

»Nein, es ist genau andersrum.«

»Verstehe ich nicht«, sagte Vatanen.

»Ich auch nicht«, sekundierte Kieffer.

»Früher, zu Urgroßmutters Zeiten, da gab es lediglich Olivenöl. Es war mal besser, mal schlechter. Aber dann kam die Agrarpolitik der Europäischen Gemeinschaft, und man einigte sich auf Gütegrade.«

»Du willst uns erzählen, extra vergine ist eine Brüsseler Erfindung?«, sagte Vatanen.

»Ja, eine der besseren. Extra vergine gibt es seit 1960. Damals gab es allerdings noch keine so ausgefeilten Testverfahren wie heute. Deshalb legte man ein paar einfache Regeln fest. Extra vergine bedeutet, dass das Öl aus gesunden, fachmännisch geernteten Oliven stammt, die binnen 24 Stunden nach der Ernte gepresst werden. Der einzige wichtige chemische Grenzwert ist der Säureanteil, der muss unter einem Prozent liegen.«

»Dann wäre ja so ziemlich jedes Öl extra vergine.«

»Wenn man in den Supermarkt geht, könnte man diesen Eindruck haben, nicht wahr? Aber die eben genannten Voraussetzungen reichen nicht für extra vergine. Die eigentliche Qualitätshürde ist eine Geschmacksprobe, so hat es die EG seinerzeit festgelegt, und das gilt bis heute. Olivenöl ist letztlich nicht extra vergine, weil es irgendwelche Grenzwerte erfüllt – sondern weil es bestimmte Geschmacksvariablen aufweist.«

»Und die wären?«

»Pfeffrig, fruchtig, bitter.«

»Wieso denn das?«, fragte Vatanen. »Mein Supermarktöl schmeckt immer ganz mild und überhaupt nicht bitter.«

Kieffer erinnerte sich an Alessandros Öl von neulich, von dem er hatte husten müssen.

»Dann ist dein Supermarktöl vermutlich nicht sehr gut«, brummte er. »›Wenn es glatt runtergeht, taugt es nichts‹, sagt mein Freund Alessandro immer.«

Lullinger tippte auf den Bericht. »Ich kann in der Analyse dieses Labors nichts Auffälliges erkennen, aber das mag daran liegen, dass ich sie nur überflogen habe und Olivenöl nicht mein Spezialgebiet ist. Ich müsste mal Rücksprache mit diesen Typen in Rom halten. Wenn ihr aber wirklich wissen wollt, was mit eurem Öl ist, dann müsst ihr es professionell verkosten lassen. Es gibt, genau wie bei Kaffee oder Tee, speziell ausgebildete Tester. Die probieren das Öl, meistens mehrere Tester parallel, unter festgelegten Bedingungen. Nur so erfährt man, ob das Zeug extra vergine ist, nur vergine oder lampante.«

»Lampante? Klingt nach Lampenöl.«

»Genau das ist auch gemeint. Lampante ist nicht für den menschlichen Verzehr geeignet.«

Sie bedankten sich bei Lullinger. Kieffer gab dem Chemiker seine Handynummer und bat ihn, sich zu melden, wenn er noch etwas über die chemische Zusammensetzung des Öls herausfand. »Kommen Sie bei mir im Restaurant vorbei. Dann revanchiere ich mich und wir reden über Fußball.«

»Das mache ich bestimmt!«

Sie verabschiedeten sich, Vatanen brachte Kieffer zum Lift. »Ich hoffe, das war irgendwie hilfreich. Hast du schon eine Idee, wo du so einen Gaumenakrobaten findest?«

»Ehrlich gesagt: nein. Aber wenn es jemanden gibt, der sich mit Verkostungen aller Art auskennen sollte, dann ist es Valérie.«

13

Valérie zu erreichen, gestaltete sich mitunter schwierig. Kieffers Freundin war Gastrokritikerin, aber nicht irgendeine. Sie war die Chefredakteurin und Eigentümerin des legendären Pariser Restaurantführers Guide Gabin, dessen in blaues Leder gebundene Büchlein alljährlich die gastronomische Szene in Angst und Schrecken versetzten. Nur der Gabin vergab jene begehrten Sterne, die den mit ihnen garnierten Gaststätten bescheinigten, zu den Besten der Besten zu gehören. Kieffer hatte selbst viele Jahre in Sternerestaurants gearbeitet, erst im »Renard Noir«, nahe Châlons-en-Champagne, später in den Pariser Lokalen »La Houle« und »La Clef d'Argent«. Deshalb wusste er, dass das Leben eines Restauranttesters weitaus weniger erstrebenswert war, als die meisten Leute annahmen. Zwar speiste man als Gabin-Inspektor besser als irgendjemand sonst, und zwar tagein, tagaus. Aber man musste eine beachtliche Zahl von Restaurants besuchen, mitunter zwei am Tag. Oft lagen diese Tempel der Haute Cuisine nicht in Großstädten, sondern außerhalb, in kleinen Dörfern oder abgeschiedenen Edelhotels. Folglich war Valérie Gabin ständig auf Reisen.

Kieffer saß in dem kleinen Büro des »Deux Eglises« und griff zum Telefon. Er hatte den Versuch aufgegeben, mit ihrer Reiseplanung Schritt zu halten. Er war nicht einmal sicher, ob sich Valérie momentan in der gleichen Zeitzone wie er aufhielt. Zwar besaß er die Nummer ihres Privathandys, das stets eingeschaltet war – aber da er sie bereits des Öfteren in Japan oder China aus dem Bett geklingelt hatte, versuchte er es zunächst auf dem Diensthandy. Es war aus. Er probierte nun doch ihre Privatnummer, doch auch dort meldete sich nur die Mailbox. Seufzend öffnete er seine Schreibtischschublade und kramte ein zerfleddertes Adressbuch hervor, in dem er die Nummer von Valéries Vorzimmer notiert hatte.

»Le Guide Gabin, Büro von Madame Gabin«, meldete sich eine sehr unfreundlich klingende Frauenstimme. Kieffer kannte das schon. Aimée Pouchard, Valéries Assistentin, war an und für sich eine äußerst liebenswürdige Frau, ihr Groll war rein professioneller Natur. Er wollte gar nicht wissen, wie viele Köche, Restaurantbesitzer oder Möchtegern-Kulinariker jeden Tag bei ihr vorstellig wurden, um La Gabin irgendein Lokal anzuempfehlen oder sich über eine angeblich ungerechte Beurteilung zu beschweren. Pouchard hatte deshalb Abwehrmauern errichtet, so hoch und so dick wie die der alten Luxemburger Festungsanlagen. Man musste schon froh sein, wenn sie überhaupt abnahm.

»Guten Morgen, Aimée.«

»Ah, Xavier«, ihre Stimme klang nun deutlich weicher, geradezu erfreut. Vermutlich hatte sie einen weitaus schwierigeren Kunden erwartet. »Guten Morgen. Ich dachte schon …«

»… dass ich ein wütender Koch bin?«

»Ja, wegen der Vorwahl. Wir haben einen Ihrer Landsleute auf der Watchlist. Seitdem er das spitzgekriegt hat, ruft er hier mehrmals in der Woche an.«

»Auf der Liste für einen Stern mehr oder einen weniger?«

»Einen mehr. Aber ich darf Ihnen nicht verraten, um welches Restaurant es sich handelt.«

Der Gabin behandelte die Vergabekriterien der begehrten Sterne wie ein Staatsgeheimnis. Vermutlich war es einfacher, Informationen aus dem Zentralkomitee der Chinesischen KP zu bekommen als aus der Avenue de Breteuil. In diesem Fall hatte sich Valéries Assistentin jedoch verplappert. Luxemburg war ein winziges Land, und Kieffer kannte fast alle dort ansässigen Topköche, ferner die meisten Sterneaspiranten. Darunter waren nicht allzu viele, die den Mut – oder vielleicht eher die Dämlichkeit – besaßen, vor der Sternevergabe den Guide Gabin zu terrorisieren. Er tippte auf einen Laden in Luxemburg-Stadt, dessen Koch in dieses Schema passte.

»Ich bin auch gar nicht neugierig, Aimée. Viel mehr würde mich interessieren, wo ich Valérie heute erreichen kann.«

Sie lachte. »Ja, *das* kann ich mir vorstellen. Vielleicht versteckt sie sich? Derzeit ist sie auf jeden Fall noch in der Luft.«

»Wann landet sie denn und wo? Ist sie dann in unserer Zeitzone?«

»In Brüssel. Ist dort nachmittags mit Guy De Clercq verabredet.«

Kieffer wusste nicht, wer dieser De Clercq war und er fragte auch nicht nach. Stattdessen sagte er: »Vielen Dank, dann versuche ich es später noch mal auf ihrem

Handy. Und falls Sie heute noch einmal eine +352-Vorwahl im Display sehen, können Sie sicher sein, dass es der andere Luxemburger ist.«

Kieffer verabschiedete sich und legte auf. Nachdem er sich eine Zigarette angezündet hatte, saß er einige Minuten regungslos an seinem Schreibtisch und dachte nach. Seine Beziehung zu Valérie war schon immer etwas unbeständig gewesen, sie sahen sich eigentlich nur an den Wochenenden und auch das galt keineswegs als ausgemacht. Manchmal kam sie nach Luxemburg-Stadt, öfter fuhr er nach Paris. Zuletzt waren die Abstände zwischen ihren Treffen länger geworden, ohne dass er genau hätte sagen können, warum das so war.

Kieffer steckte sich eine weitere Ducal an. Vielleicht täte ihnen ein gemeinsamer Urlaub gut. Sollte er Valérie das vorschlagen? Er überlegte, sie zu fragen, ob sie heute Abend mit ihm ausging. Bis Brüssel waren es mit dem Auto schließlich nur zwei Stunden, sie könnten in eine schöne Brasserie gehen oder zu einem Konzert. Oder war das vielleicht zu überfallartig? Mitunter war sie da schwierig. Er fühlte sich etwas ratlos. Vermutlich machte er sich einfach zu viele Gedanken.

Der Koch drückte die Zigarette in dem wuchtigen, übervollen Ricard-Aschenbecher aus, der auf seinem Schreibtisch stand und begann, die E-Mails durchzusehen. Es waren nur Rechnungen und Werbung für Gastrobedarf. Der Koch wollte bereits aufstehen, um in der Küche nach dem Rechten zu sehen, als ihm Aimée Pouchards Worte durch den Kopf gingen: »Sie ist mittags mit Guy De Clercq verabredet.«

In eine Suchmaschine tippte Kieffer den Namen ein. Auf dem Bildschirm erschienen mehrere Fotos eines sehr gut aussehenden Mannes um die vierzig, mit kastanienfarbenen Locken und braunen Hundeaugen. Es gab mehrere Zeitungsartikel über ihn – Guy De Clercq schien ein Brüsseler Lokalmatador zu sein. Ihm gehörten mehrere Restaurants in der Stadt, allesamt spektakulär eingerichtete Themenbistros in den schicksten Vierteln: Marolles, Dansaert, Châtelain. Er war kein Koch, sondern ein Managertyp. Einem Pressebericht zufolge hatte De Clercq »die Geheimformel für erfolgreiche Szenegastronomie« entdeckt und zog nun einen Laden nach dem anderen hoch.

Kieffer klickte sich durch die Treffer. Sterne hatten De Clercqs diverse Showrestaurants keine. Vermutlich würden sie auch nie welche bekommen, aber das war wohl auch nicht sein Ziel. Dieser Mann, das konnte man aus den Fotos herauslesen, wollte Geld verdienen und Spaß haben. Darauf deuteten auch die vielen Models und Starlets hin, mit denen De Clercq sich ablichten ließ. Der Koch steckte sich eine weitere Zigarette in den Mund und betrachtete ein Foto, das den Mann in einem Nachtclub zeigte. Krafttraining, mindestens dreimal wöchentlich, vermutlich mit einen Personal Trainer. Dazu kam ein Teint, der kaum vom Brüsseler Wetter herrühren konnte. Die Lockenmähne hingegen war echt, aber fein onduliert. Kieffers Mundwinkel zogen sich verächtlich nach unten, als er ein Streichholz an seine Ducal hielt und ein kleines Wölkchen auspaffte.

»Fatzke«, brummte er. Dann klickte er das Fenster zu und ging in die Küche.

14

Den Rest des Vormittags verbrachte Kieffer damit, boeuf à la mode vorzubereiten. Dieses Gericht, das die Luxemburger Biwwelamoud nannten, war derzeit eines der beliebtesten auf seiner Abendkarte. Der Koch hatte keine Erklärung für die plötzliche Popularität dieses Klassikers, aber es sollte ihm recht sein, denn das boeuf ließ sich gut vorbereiten. Man setzte eine Rinderschulter zusammen mit Möhren, Sellerie, Zwiebeln und Gewürzen in eine gusseiserne Form und goss zwei Flaschen Riesling an. Danach marinierte das Ganze eine Weile vor sich hin. Wenn man das mürbe Fleisch nach einigen Tagen aus der Kasserolle holte, kochte sich das Biwwelamoud quasi von selbst.

Seine Mutter, daran konnte Kieffer sich noch erinnern, hatte das Gericht noch auf die traditionelle französische Art zubereitet – mit Pferdefleisch anstelle des Rinds. Geschmacklich war das möglicherweise die bessere Variante, zudem die fettärmere, aber den Mägen seiner Gäste war Pferd nicht mehr zuzumuten. Selbst die fast alles verzehrenden Luxemburger waren in diesen Dingen empfindlich geworden. Lediglich ein französischer Anwalt hatte sich neulich bei ihm beschwert, nirgendwo bekomme man mehr ein vernünftiges steak de cheval. Der Mann hatte Kieffer erklärt, der eigentliche Skandal sei nicht, dass Tiefkühllasagnen neuerdings Pferdefleisch enthielten – sondern dass in Entrecôte Bercy und französischem Sauerbraten keines mehr drin sei.

Der Koch hatte gerade die letzte Kasserolle in den Kühlraum gebracht, als das Küchentelefon klingelte. Es war Jacques, der Kellner.

»Du hast Besuch, Xavier.«

»Und zwar?«

»Eine kesse Politesse.«

»Lobato?«

»Ja, ich glaube, das war ihr Name.«

»Moment, ich komme runter.«

Hastig wusch er sich am Spülbecken seine nach rohem Fleisch und Knoblauch riechenden Hände und legte die fleckige Küchenschürze ab, bevor er die Treppe zum Schankraum hinunterstieg. Unten erwartete ihn der neugierig dreinblickende Jacques. Er zeigte auf den Tisch nahe des Eingangs, an dem Joana Lobato Platz genommen hatte.

»Neue Flamme?«, raunte der Kellner.

»Was? Nein, wie kommst du drauf?«

Jacques grinste anzüglich. »Du warst doch neulich schon abends mit ihr im Mudam. Da liegt der Verdacht nahe.«

Kieffer war nicht überrascht. Luxemburg-Stadt war ein Dorf, und rechnete man von den rund hunderttausend Einwohnern alle Ausländer und Zugezogenen ab, verblieb eine sehr überschaubare Gruppe Alteingesessener. Diese bildeten eine Art klandestines Netzwerk, jeder kannte jeden und jeder wusste alles über den anderen. Gegenüber den Ausländern plauderte man nicht, sondern wahrte stets Diskretion. Dafür tratschte man untereinander umso hemmungsloser. »Wer hat's dir erzählt? Jacques? Der Barmann?«

»Nee, der nicht. Aber mein Bruder ist der DJ.«

Ohne ein weiteres Wort ließ Kieffer den Kellner stehen und ging zu der Kommissarin hinüber. Ihre streichholzlangen schwarzen Haare standen empor, so als habe sie in eine Steckdose gegriffen. Vermutlich lag es an dem Motorradhelm, der auf ihrem Oberschenkel ruhte, statische Elektrizität. Falls nicht, dann war es eine ziemlich gewagte Frisur, zumal für eine Beamtin. Kieffer grüßte sie und setzte wieder sein Chefkochlächeln auf. Immerhin grüßte sie zurück, auf ein freundliches Gesicht musste er allerdings wie üblich verzichten.

»Was kann ich für Sie tun, Madame Kommissärin? Möchten Sie etwas trinken?«

»Nein. Das heißt …«, sie rieb sich mit dem Handrücken das rechte Auge, »vielleicht einen Kaffee?«

In der Tat sah Lobato so aus, also ob sie etwas Koffein vertragen könnte. Sie hatte Ringe unter den Augen. Da sie ohnehin einen olivfarbenen Teint besaß, wirkten die Ringe noch dunkler. Sie sieht ein bisschen aus wie eines dieser Erdmännchen, dachte er.

»Espresso?«

»Ja.«

»Doppelt?«

»Bitte.«

Kieffer ging hinter die Theke und füllte einen Siebträger mit Kaffee. Nachdem er den Kaffee vor ihr abgestellt hatte, setzte er sich auf den Stuhl gegenüber und wartete.

»Ich komme wegen Ihres verschwundenen Freunds und hätte da noch ein paar Fragen«, sagte sie.

»Wieso jetzt Sie? Ich dachte, Ihre Kollegen aus Esch machen das.«

»Monsieur Kieffer, wir wissen noch nichts Definitives, aber es sieht nicht gut aus. Die Carabinieri haben gestern Abend Alessandro Colaos Lieferwagen gefunden, in der Nähe von Conversano. Das liegt etwas östlich von Bari.«

»In Apulien? Das ist aber sehr weit weg von seiner Ölmühle in Pistoia.«

»Über sechshundert Kilometer«, sagte Lobato.

»Und dort hatte jemand den Wagen abgestellt?«

»Nein, er stand auf einem Schrottplatz.«

»Verstehe ich nicht.«

Sie nippte an ihrem Kaffee. »Müssen Sie auch nicht. Sind Ermittlungsgeheimnisse.«

»Aber nicht Ihre, sondern die der Italiener. Ich kenne Alessandro seit fast 40 Jahren. Wenn Sie es mir erzählen, kann ich besser helfen.«

Lobato kniff die Augen zusammen, so als wäge sie ab, wie weit sie ihm trauen könne. Dann sagte sie: »Da gibt es offenbar ein Industriegebiet, mit diesem Schrottplatz. Die Guardia di Finanza vermutet, dass er von Autoschiebern genutzt wird. Und von der Ndrangheta.«

»Von der Mafia? Wozu?«

Sie schaute ihm in die Augen. »Um Dinge verschwinden zu lassen.«

»Oder Menschen?«

»Wissen wir nicht. Gestern hat die italienische Polizei bei einer seit Längerem geplanten Razzia den Schrottplatz gestürmt. Colaos Viano sollte gerade in die Presse.

Im Laderaum hat man Blutspuren gefunden. Deshalb haben die Italiener uns kontaktiert.«

»Ist es Alessandros Blut?«

»Es sieht so aus. Es waren aber nur ein paar Tropfen – er könnte noch am Leben sein, aber aufgrund der Umstände muss man das Schlimmste annehmen. Wir müssen jetzt so schnell wie möglich rekonstruieren, was in den Tagen vorher passiert ist. Vielleicht können wir ihn noch lebend finden.«

Kieffer wollte ihr gerne glauben, aber sein Bauchgefühl sagte ihm, dass sein Freund bereits tot war. Aus Lobatos Gesicht meinte er herauslesen zu können, dass sie zu demselben Schluss gekommen war.

»Ich helfe, wo ich kann. Was wollen Sie wissen?«

»Wann genau ist Colao in Esch losgefahren?«

»Soweit ich weiß, am Sonntagnachmittag. Maria müsste das genau …«

»… die ist nicht vernehmungsfähig.«

»Was ist mir ihr?«

»Sie hatte heute Morgen einen Nervenzusammenbruch. Liegt in einer Klinik in Metz.«

Kieffer entfuhr ein leiser Fluch.

»Sie waren doch schon mehrfach in Pistoia. Wie lief diese Tour normalerweise ab?«

»Wir fuhren stets morgens los. Dann haben wir immer nahe Mailand Rast gemacht, bei Autogrill in Lainate, falls das wichtig ist. Wenn Alessandro am Sonntag aber erst nachmittags los ist, wäre er wohl gegen Mitternacht angekommen. Vermutlich ist er nach seiner Ankunft zunächst in die Wohnung gefahren, Via Paccini 14.«

»Sie waren auch dort?«

»Ja, am Dienstagabend, ziemlich spät. Seine Tasche

lag noch auf dem Boden, vermutlich liegt sie immer noch dort.«

Er sah, wie die Polizistin ein Büchlein hervorholte und sich in einer kleinen, peniblen Handschrift darin Notizen machte.

»Die Mühle liegt nicht allzu weit entfernt«, fuhr er fort. »Er könnte am selben Abend noch dort gewesen sein, oder vielleicht am Morgen. Wie es dort aussah, habe ich Ihnen schon berichtet. Außerdem erwähnte er eine neue Osteria am Palazzo. Da wollte er mit mir hin – vielleicht war er stattdessen alleine dort, ist allerdings nicht sehr wahrscheinlich.«

»Warum nicht?«

»Statt wie geplant, mit mir zu fahren, ist er ja offensichtlich sehr überhastet allein aufgebrochen. Das hätte er nicht getan, wenn es nicht dringend und eilig gewesen wäre. Ich vermute, dass er in solch einer Situation nicht den Nerv gehabt hätte, stundenlang in einem Restaurant zu tafeln.«

Sie nickte. »Name des Restaurants?«

»Weiß ich leider nicht.«

»Weitere Dinge, die Ihnen aufgefallen sind?«

»Nein, doch warten Sie. Die Sache mit dem Schlüssel.«

»Mit welchem Schlüssel?«

Der Koch machte Anstalten, sich zu erheben. »Kommissärin, gehen Sie ein Stück mit mir? Wir können währenddessen weiterreden.«

»Erinnern Sie sich denn besser, wenn Sie dabei laufen?«, fragte Lobato.

»Nein, aber wenn ich rauche. Und hier drin darf ich ja neuerdings nicht mehr.«

»Wenn's sein muss.«

Sie verließen das »Deux Eglises« durch den Vordereingang und gingen die schmale Rue Jules Wilhelm hinab. Rechts von ihnen erhob sich der Hang des Kirchbergs, links unter ihnen lag das Unterstadtviertel Clausen, auf das sie nun zusteuerten.

»Maria hatte mir einen Öffner für das Tor der Ölmühle gegeben, so einen mit Funksender. Die Kerle, die nach mir dort ankamen, hatten anscheinend auch so einen. Darüber hat sich Alessandros Frau sehr aufgeregt.«

»Warum?«

»Sie sagte, davon existierten nur zwei. Folglich müssten diese Mafiosi oder was auch immer sie waren, Alessandro seinen Toröffner, den er ja vermutlich dabeihatte, abgenommen haben.«

»Nicht unplausibel. Und weiter?«

»Danach weiß ich nicht weiter. Es ist mir zum Beispiel schleierhaft, wie sein Auto nach Apulien gekommen ist. Auf unserer Reiseroute lag das auf jeden Fall nicht, wir wollten eigentlich noch weiter nach La Spezia. Und wenn jemand den Wagen verschwinden lassen wollte, wäre er damit ja wohl kaum durch halb Italien gefahren, oder?«

»Vermutlich nicht. Wahrscheinlicher ist, dass er den Wagen selbst dort hingefahren hat. Hatte Colao anderswo weitere Olivenhaine oder Weinberge, vielleicht in Apulien?«

»Nein, nur die in der Toskana. In erster Linie war er Händler, nicht Winzer oder Bauer.«

Am Ende der Rue Wilhelm bogen sie nach links ab und liefen nun an der Alzette entlang, in Richtung des alten Mansfeld-Schlosses. Kieffer zündete sich noch eine Ducal an.

»Dieser mysteriöse Geschäftspartner, den Colao gegenüber seiner Frau erwähnt hat – wissen Sie, wo der ansässig war? Könnte er der Grund für die Fahrt nach Süden gewesen sein?«

»Ich weiß nicht, wer dieser Geschäftspartner war. Wieso sind Sie sich eigentlich so sicher, dass er selbst da runtergefahren ist? Nach Bari, meine ich?«

»Auf der Autostrada muss man Maut entrichten. Mit Colaos Kreditkarte wurde am 2. April auf der A1 südlich von Rom ein Mautticket gelöst, für eine Fahrt bis Bari. Wir wissen natürlich nicht, ob das Colao selbst war und ob es sich bei dem Fahrzeug um sein Auto handelte, aber es ist ziemlich wahrscheinlich. Denn einige Wochen zuvor war er laut seiner Kreditkartenabrechnung schon einmal dort.«

»Dann müsste ihm in Apulien etwas zugestoßen sein, und nicht in Pistoia.«

»Ist zumindest eine Möglichkeit.«

Sie hatten inzwischen die Rives de Clausen erreicht, eine Ansammlung von Kneipen und Restaurants, die in den Gebäuden der alten Mousel-Brauerei untergebracht war. Lobato und Kieffer durchschritten das steinerne Eingangsportal und liefen an den noch geschlossenen Lokalen vorbei.

»Viel mehr fällt mir nicht ein, Kommissärin. Das Einzige wären noch diese Papiere aus Alessandros Büro.«

Lobato blieb stehen. Ihre schmalen schwarzen Augenbrauen zogen sich zusammen.

»Was denn bitte für Papiere?«

»Die aus seinem Geheimfach. Eine chemische Analyse eines Olivenöls, durchgeführt von einem römischen Labor.«

Sie bleckte die Zähne und machte einen Schritt auf ihn zu. »Das erzählen Sie uns erst jetzt?«

»Sie haben ja nicht danach gefragt.«

Breitbeinig stand sie vor ihm, den Oberkörper leicht nach vorne gereckt. »Das ist wieder mal typisch! Geheime Dokumente, und Sie erwähnen das so en passant? Unterschlagung von Beweismitteln ist das!«

Kieffer merkte, wie er wütend wurde. »Nein, wenn es irgendwas ist, dann ist es Verschlampen von Beweismitteln. Ich habe die Streifenhörnchen, die nach dem Einbruch in der Weinhandlung aufgetaucht sind, extra auf das Dokument hingewiesen – es lag auf dem Schreibtisch, ich hatte es in einer Süßigkeitendose gefunden, wo er sonst seine Kippen versteckt. Ihre Kollegen mussten es nur noch eintüten. Was kann ich dafür, wenn ihr Dorfpolizisten das nicht hinkriegt?«

Er bemerkte, dass er ebenfalls einen Schritt nach vorn gemacht hatte, sie standen nun fast Zehenspitze an Zehenspitze, Lobatos wutverzerrtes Gesicht war höchstens noch eine Zigarettenlänge von seinem entfernt.

»Dorfpolizisten? Das nimmst du sofort zurück, Freundchen. Und die Streifenhörnchen auch!«

»Nur wenn du das mit der Unterschlagung zurücknimmst!«

Er konnte sehen, wie es in ihrem Gesicht arbeitete.

»Okay«, sagte sie.

»Entschuldigung«, sagte Kieffer.

Sie traten beide einen Schritt zurück und liefen weiter, bis zu jener Stelle, wo man von den Rives auf einen kleinen Uferweg gelangte, der den Fluss entlang Richtung Grund führte. Lobato ging neben ihm her, den Kopf gesenkt, die Hände in den Taschen ihrer Endurojacke.

»Die Dokumente sind bestimmt irgendwo bei den … den Asservaten«, sagte er. »Und falls nicht: Ich habe mir eine Kopie gemacht.«

Sie warf ihm einen weiteren bösen Blick zu, sagte aber nichts.

»Ich habe einen befreundeten Agrarexperten darauf angesetzt, der war aber zunächst auch ratlos. Es ging aber definitiv um Olivenöl und obendrüber stand, wenn ich mich richtig entsinne, der Name eines Schiffs.«

»Und das hieß?«

»Grazia, glaube ich.«

»Was soll das sein? Ein Schiff, das Olivenöl transportiert?«

»Keine Ahnung.«

Inzwischen waren sie fast an der Wenzelsmauer angelangt, einer alten Befestigungsanlage in Grund. Der Fluss floss unter dem Bollwerk hindurch, rechts und links von ihnen erhoben sich die steilen Felswände der Alzetteschlucht.

»Vermutlich war das Öl nicht koscher«, brummte Kieffer.

»Was heißt das?«

»Bei Olivenöl wird sehr viel betrogen. Schlechtes Öl wird zu gutem, marokkanisches zu italienischem. Etikettenschwindel.«

»Was stand noch in dem Laborbericht?«

»Ich kann kein Italienisch. Irgendwo war noch ›Olio Monopoli‹ vermerkt.«

»Ölmonopol? Bezieht sich das auf die Oliven? Gibt es jemand, der da eine monopolartige Stellung hat?«, fragte Lobato.

»Ich habe keine Ahnung.«

An der Wenzelsmauer wechselten sie die Flussseite. Noch ein paar Hundert Meter, vorbei an der Abbaye de Neumünster, dann würden sie sein Wohnhaus erreichen. Lobato blieb abrupt stehen.

»Ich muss jetzt zurück, ich habe vor dem Restaurant geparkt. Gehen Sie heim?«

»Ja, mittags hat das Lokal zu.« Er musterte sie. »Von mir aus können wir auch weiter ›du‹ sagen. Zumindest während des gegenseitigen Anbrüllens hat das doch ganz gut funktioniert.«

Ihre Lippen wurden schmal. »Ich bin mir nicht sicher, ob das eine gute Idee ist.«

Lobato drehte sich um und begann, zurück in Richtung Clausen zu laufen. Kieffer sah der Kommissarin hinterher. Er konnte den Kies unter ihren Bikerstiefeln knirschen hören. Nach einigen Schritten drehte sie sich noch einmal um.

»Danke«, sagte sie leise. Dann lief die Kommissarin weiter. Nach wenigen Schritten war sie hinter der Wenzelsmauer verschwunden.

15

Gegen 17.30 Uhr versuchte Kieffer nochmals, seine Freundin zu erreichen, hatte aber kein Glück. Eine Stunde später verließ er den Grillposten, an dem er gerade ein Dutzend Wäinzoossiss goldbraun gebraten hatte und ging zu dem Speisenaufzug, der sich unweit der Treppe befand. Der Koch betrachtete die große Tafel, die dort hing. Auf ihr waren bunte Magnete in einem Gittermuster angeordnet. Jede Farbe bildete eine horizontale Linie. Zuoberst blau für die Vorspeisen, darunter grün für Zwischengänge, dann rot für Hauptgerichte und ganz unten gelb fürs Dessert. Die Magnete waren außerdem in der Vertikalen durchnummeriert. Unter ihnen steckten Bestellzettel. So konnten Claudine und er jederzeit auf einen Blick sehen, welche Tische welche Gerichte bekamen und wie weit sie in der Menüfolge waren. Derzeit hingen kaum Zettel an der Magnettafel. Das war normal für diese Uhrzeit – die frühen Abendesser, nach Kieffers Erfahrung vor allem EU-Leute vom Kirchberg, bekamen gerade den Hauptgang serviert. Der zweite Ansturm würde erst gegen halb neun erfolgen, wenn jene Gäste eintrafen, die es für absurd hielten, vorher ans Abendessen zu denken. Zu dieser Gruppe gehörten vor allem Franzosen, Italiener und Spanier, während die Frühesser mehrheitlich Deutsche und Skandinavier zu sein schienen. Ihm fiel auf, dass er Pekka Vatanen heute noch nicht gesehen hatte. Kieffer stieg die Treppe hinunter und schaute an der Bar nach. Der Finne war nicht an seinem Platz.

Der Koch fühlte sich immer noch unruhig. Er konnte nicht genau sagen, woher das Gefühl rührte. Eine Zigarette würde vielleicht helfen. Durch die Hintertür verließ er das Restaurant, setzte sich auf der leeren Sommerterrasse in einen der Korbstühle, und zündete sich eine Ducal an. Nach einigen Zügen war ihm klar, dass seine innere Unruhe wohl nicht mit seinem Nikotinspiegel in Zusammenhang stand. Das Gefühl der Rastlosigkeit schien eher stärker als schwächer zu werden. Wenn er genau überlegte, hatte es ihn schon den ganzen Tag geplagt, zunächst nur ganz unterschwellig. Nun wurde es jedoch von Minute zu Minute präsenter, drängte sich immer mehr in den Vordergrund. Kieffer stand auf und begann, auf der Terrasse auf und ab zu laufen.

Hatte es mit Alessandros Verschwinden, mit seinem möglichen Tod zu tun? Nein, es war etwas anderes. Kieffer drückte die halb aufgerauchte Zigarette in einem Aschenbecher aus, der neben der Terrassentür stand und schaute in Richtung Oberstadt. Er konnte den von Flutlichtern hell erleuchteten Bockfelsen sehen, die Nôtre Dame mit ihren drei Spitzen, das Türmchen der Spuerkeess. Irgendetwas hatte er vergessen, etwas Wichtiges, dessen war er sich sicher. Eine große Gesellschaft vielleicht? Kopfschüttelnd ging er zurück ins Restaurant und schaute in das Reservierungsbuch, das hinter der Bar lag. Doch er fand darin nichts Besonderes, nur ein paar Zweier- und Vierertische, Routinezeug.

Kieffer wollte gerade wieder in die Küche hinaufsteigen, als ein Mann das Lokal betrat. Der Koch kannte ihn – es war Jeeva, der tamilische Rosenverkäufer. Offenbar lief das Geschäft heute Abend nicht besonders: Jeeva hatte zwei riesige Sträuße dabei, er kam damit kaum durch die schmale Tür des »Deux Eglises«.

In diesem Moment fiel Kieffer ein, was er vergessen hatte. Er griff nach dem Küchentelefon hinter der Bar.

»Ja?«, fragte die Stimme am anderen Ende. Sie gehörte seiner Souschefin.

»Claudine, ich muss dringend weg.«

»Jetzt?«

»Ja, jetzt sofort. Kriegt ihr das hin? Das Reservierungsbuch ist eh fast leer heute.«

»Eigentlich«, bemerkte sie, »hättest du ja heute ohnehin Urlaub gehabt.«

»Ja, ach, ja klar. Äddi, dann.«

»Äddi, Xavier.«

Er legte auf und lief auf Jeeva zu, der gerade von Tisch zu Tisch ging und sich eine Abfuhr nach der anderen einhandelte. Als er den Koch auf sich zukommen sah, lächelte er breit.

»Gute Abend, Chef. Geht Ihne gut?«

»Nicht übel, Jeeva. Und selbst? Läuft das Geschäft?«

Der Mann nickte in Richtung der beiden Rosensträuße. Einer war rot, einer weiß. »Geht so, Chef.«

»Jeeva, ich glaube, deine Verkäufe werden gleich erheblich anziehen.«

»Was meine damit, Chef?«

»Dass heute dein Glückstag ist.«

Eine halbe Stunde später schoss Kieffer die Autobahn entlang, Richtung Brüssel. Er warf einen Blick nach hinten, auf die Ladefläche. Dort lagen die beiden Rosensträuße, die er Jeeva abgekauft hatte, sowie zwei weitere, die der Mann noch in seinem Fahrradanhänger gehabt hatte. Insgesamt mussten es an die 200 Stück sein. Während er Arlon passierte, überlegte Kieffer fieberhaft, was er noch benötigte. Er konnte schlecht einfach mit den ganzen Rosen in Valéries Hotel auftauchen. Sie war viel zu clever, um darauf hereinzufallen und würde sofort erraten, dass dies eine Last-Minute-Aktion war. Nein, er brauchte noch etwas anderes. Es musste so wirken, als habe er diese Überraschungsparty seit Wochen geplant.

Kieffer fluchte leise. Dass er Valéries Geburtstag vergessen hatte, war schlimm genug. Aber er war nicht einmal stutzig geworden, als Aimée Pouchard ihn mit der Nase darauf gestoßen hatte.

»Mich würde interessieren, wo ich Valérie heute erreichen kann.«

»Ja«, hatte die Sekretärin geantwortet, »*das* kann ich mir vorstellen. Vielleicht versteckt sie sich?«

Er überlegte, wen er in Brüssel kannte. Ein ehemaliger Kollege aus seiner Lehrzeit in der Champagne, Jules Bernaert, betrieb ein Bistro in der Innenstadt, nahe den Galeries Saint-Hubert. Doch soweit Kieffer sich erinnerte, war das »Gros & Gras« eine reine Tagesbar und hatte abends geschlossen.

Möglicherweise war genau das die Lösung.

Er rief die belgische Auskunft an und ließ sich die Nummer des »Gros & Gras« geben. Es klingelte sechs oder sieben Mal, bevor sich eine mürrische Stimme meldete.

»Ja? Wir haben schon zu.«

»Jules? Bist du das?«

»Wer ist denn da?«

»Xavier Kieffer.«

»Oh, Xavier. Das ist lange her. Was kann ich für dich tun?«

»Du musst mir das Leben retten, Jules.«

16

Zwei Stunden später bog Kieffer von der Rue du Fossé aux Loups in eine schmale Gasse hinter der Opéra de la Monnaie ein. Valérie war häufig in Brüssel, und er wusste, dass sie stets im »Le Presbytère« abstieg, einem Designhotel, das sich in dieser Straße befand. Er schaute auf seine Uhr. Es war kurz nach halb zehn. Er trat durch die Doppeltüren in die Eingangshalle des ehemaligen Klosters. Dezente Ambientmusik wehte ihm entgegen, der Concierge nickte ihm freundlich zu.

»Guten Abend, Monsieur.«

»Guten Abend. Ich möchte jemand abholen. Könnten Sie Ihrem Gast Valérie Gabin bitte ausrichten, dass die bestellte Limousine eingetroffen ist?«

Der Concierge blinzelte, dann nickte er.

»Natürlich.«

Er griff zum Telefon und wählte. Dabei hielt er die Hand vor die Muschel, sodass Kieffer nicht hören konnte, was er sagte. Der Mann hörte zu, musterte ihn zweifelnd, sprach einige Sätze. Nachdem er aufgelegt hatte, wandte er sich wieder Kieffer zu.

»Sie kommt.«

Wenige Minuten später erschien eine verwundert dreinblickende Valérie Gabin in der Lobby. Seine Freundin sah nicht so aus, als habe sie vorgehabt, heute Abend noch irgendwohin zu gehen. Sie trug zerschlissene Jeans und ein T-Shirt mit einem bunten Mandalamotiv. Ihre kastanienbraunen Haare steckten unter einer Baseballkappe. Als sie Kieffer sah, öffnete sie den Mund, sagte aber nichts. Dann lachte sie.

»Du spinnst!«

»Alles Gute zum Geburtstag, Val.«

Sie machte einige Schritte auf ihn zu und gab ihm einen Kuss auf die Nasenspitze.

»Jetzt hast du es echt geschafft, mich zu überraschen. Meine Handys hatte ich alle ausgestellt, damit mich niemand anruft und mir sagt, wie alt ich jetzt schon bin. Ich wollte noch ein bisschen lesen und dann gleich ins Bett, bin etwas zerknittert von meinem Flug.«

»Tja, daraus wird nichts. Ich würde vorschlagen, du holst dir eine Jacke.«

»Wo gehen wir denn hin?«

»Überraschung.«

Kurz darauf verließen sie Hand in Hand das Hotel und liefen in Richtung der Galeries Saint-Hubert. Neben dem Eingangsportal befand sich das »Gros & Gras«.

»Das ist es.«

»Sieht aber irgendwie geschlossen aus. Die Läden sind runter.«

»Ist es auch. Aber nicht für uns.«

Kieffer klopfte an den Rollladen. Kurz darauf hörte man drinnen Schritte. Knirschend hoben sich die Läden und gaben den Blick auf das kleine Lokal frei. Jules hatte das Bistro von einem alteingesessenen Gastronomen übernommen, es befand sich seit über hundert Jahren an dieser Stelle. Seitdem war das Lokal nicht mehr renoviert worden, genauer gesagt hatten die diversen Besitzer einer ungeschriebenen Tradition folgend Reparaturen stets so lange wie möglich hinausgezögert und dann immer nur das Nötigste getan – einen kaputten Stuhl ausgewechselt, aber nicht das ganze Mobiliar; einzelne Teller ersetzt, aber nie das Service. Nun waren Möbel, Geschirr und Besteck bunt durcheinandergewürfelt, das meiste stammte vermutlich von irgendwelchen Brüsseler Antikflohmärkten. Doch obwohl kein Stein zum anderen passte, fügte sich das Sammelsurium irgendwie dennoch zu einem großen Ganzen zusammen.

Kieffer musterte Valérie. Sie schien, soweit er das beurteilen konnte, entzückt. Jules erwartete sie am Eingang, lächelnd verbeugte er sich und machte eine ausladende Handbewegung. »Es ist mir eine Ehre, Madame. Bitte treten Sie näher.«

Valérie Gabin ging hinein. Kieffer blieb neben seinem Kollegen stehen.

»Danke, Jules«, flüsterte er.

»Warte, bis du die Rechnung kriegst. Das wird richtig teuer für dich.«

In der Mitte des Bistros war ein einzelner Tisch eingedeckt. Auf den umliegenden hatte Jules alte Kandelaber aus Silber gestellt, in denen zahllose Kerzen brannten. Dazwischen standen Dutzende, teils seltsam geformte belgische Bierflaschen. In jeder steckte eine von Jeevas Rosen.

»Das ist ja schräg«, sagte Valérie.

Kieffer trat von hinten an sie heran und legte einen Arm um sie. »Gefällt es dir?«

Sie umfasste seine Hüfte und schmiegte sich an ihn. »Es ist toll. Vor allem die vielen Rosen.«

Nachdem sie Platz genommen hatten, verschwand Jules in der Küche.

»Wie hast du mich eigentlich gefunden? Mein Plan war, mich an meinem vierzigsten Geburtstag zu verkriechen. Deshalb bin ich auch nicht zurück nach Paris gefahren. Wer weiß, wer mir da vor meiner Wohnung aufgelauert hätte.«

»Ich habe meine Spione.«

»Aimée! Diese Verräterin.«

Er schmunzelte. »Dazu kann ich leider nichts sagen.«

Jules näherte sich mit der Vorspeise. Es war nicht ganz einfach gewesen, ihn dazu zu überreden, seinen Feierabend anheimzugeben und eine Soirée privée für einen Exkollegen aus grauer Vorzeit auszurichten. Als Kieffer Jules jedoch offenbart hatte, für wen er kochen sollte, war alles plötzlich ganz einfach gewesen. Einen Stern würde das »Gros & Gras« zwar nie bekommen, aber dass er die Chefin des legendären Guide Gabin an ihrem Geburtstag mit belgischen Spezialitäten bekocht hatte, war eine Geschichte, die Jules Bernaert noch seinen Enkeln würde erzählen können.

Als Erstes gab es eine Vorspeisenplatte mit Krevettenkroketten, Dorschbäckchen in Blätterteig und gebratener Entenstopfleber in Rosinensoße. Kieffer vermutete, dass außer den croquettes de crevettes nichts von alledem auf der regulären Karte stand. Offenbar wollte Jules es wirklich wissen. Kieffer sollte es recht sein.

Der Hauptgang war noch besser. Es gab coucou de malin, Mechelner Kuckuck in Spekulatiussoße mit frittierten Selleriescheiben. Während sie aßen, erzählte Valérie ihm von ihren letzten Stationen. Sie war in New York gewesen und hatte danach ein Drei-Sterne-Restaurant in Santiago de Chile besucht.

»Da gibt es Sternerestaurants?«

»Aber ja. Manche sagen sogar, chilenische Küche sei das nächste große Ding.«

»Hm. Und jetzt Brüssel. Was hast du hier zu tun?«

»Ach, nur etwas Kontaktpflege. Morgen geht's endlich heim. Und bei dir?«

Kieffer erzählte ihr von seinem verpatzten Italientrip.

»Das tut mir so leid. War er ein guter Freund von dir?«

»Wir machen seit Jahren diese Toskanatour, und ich kaufe meinen gesamten Wein bei ihm. Ansonsten sehen wir uns nicht so oft. Aber Alessandro ist einer von den ganz wenigen, die ich seit der Grundschule kenne und zu denen ich bis heute Kontakt habe. Das ist etwas Besonderes, vierzig Jahre … es gibt nicht viele, mit denen man eine so lange gemeinsame Geschichte hat.«

»Ich verstehe, was du meinst. Wenn man sich nach so langer Zeit noch versteht, das ist schon fast ein Wunder.« Sie blickte in ihr Weinglas. »Solche Freunde hab' ich gar nicht.«

»Gar keine?«

»Zu oft umgezogen, zu oft das Internat gewechselt. Dann war ich in den USA … ich hab überall nette Leute kennengelernt, aber so eine Person, die das alles überdauert hätte, die hab ich nicht.«

»Ich jetzt wohl auch nicht mehr.«

»Ist es denn sicher, dass er …«

»Nein, ist es nicht. Joana Lobato sagt, sie hätten seinen Wagen gefunden, Hunderte Kilometer südlich von seiner Ölmühle. Darin waren Blutspuren.«

Ihre grünen Augen verengten sich. »Lobato? War das nicht die Kommissarin, mit der wir damals nach dem Tod dieses Luxemburger Fondsmanagers zu tun hatten?«

»Genau die.«

»Du hast einen besondern Draht zu ihr, stimmt's?«

»Ich kenne sie, aber einen Draht ... nein. Lobato ist sehr speziell, und ich glaube, sie mag mich nicht. Aber sie hat mich zu Alessandro befragt, weil ich ja schon da unten war, bevor er offiziell als vermisst galt.«

»Und wie genau ist die da jetzt involviert?«

»Na, weil sie fürs Morddezernat arbeitet. Das ist Luxemburg, Valérie. Da gibt es weniger Mordermittler, als ich Finger an einer Hand habe.«

Er hatte den Eindruck, dass sie noch etwas zu Lobato sagen wollte, aber in diesem Moment kam Jules mit dem Dessert. Es gab, unvermeidlicherweise, belgische Schokoladenvariationen, außerdem eine Cuberdon-Praline mit Maracujasoße und etwas, das der Koch als »espuma framboise« bezeichnete. Kieffer fand, dass Jules nun doch ein bisschen zu dick auftrug.

Als sie fertig gegessen hatten, gähnte Valérie.

»Sorry, das ist total unromantisch, aber die Zeitverschiebung steckt mir noch in den Knochen.«

»Macht nichts. Ich sage Jules, dass wir gleich gehen.« Zu dem an der Bar stehenden Koch gewandt, fügte er an: »Vermutlich ist er gar nicht unglücklich darüber, uns endlich loszuwerden.«

Jules Bernaert deutete eine Geste des Protests an, schloss dann jedoch die Vordertür auf und verabschiedete sie. Arm in Arm schlenderten sie die menschenleere Rue de L'Ecuyer hinab und bogen dann in die Gasse hinter der Oper ein. Als sie die Lobby betraten, nickte ihnen der Concierge freundlich zu. Vor dem Fahrstuhl war sich Kieffer nicht ganz sicher, wie es nun weitergehen würde. Irgendwo in seinem Hinterkopf konnte er das meckernde Lachen Pekka Vatanens hören, der sich über seine Unbeholfenheit mokierte.

Seine Freundin drückte den Liftknopf. Die Tür glitt auf. Sie schien sein Zögern zu bemerken. Valérie lächelte verschmitzt, und stupste ihm mit dem Zeigefinger gegen die Brust.

»Was ich dich immer schon mal fragen wollte, Xavier …«

»Ja?«

»Warst du eigentlich schon mal mit 'ner 40-Jährigen im Bett?«

»Ich … also … nein, soweit ich weiß …«

»Willstes mal ausprobieren?«

Ohne seine Antwort abzuwarten, zog sie ihn in den Fahrstuhl.

17

Als Kieffer am nächsten Morgen erwachte, lag Valérie nicht mehr neben ihm. Seine Freundin war anders als er eine Frühaufsteherin, vermutlich saß sie bereits seit sechs Uhr im Frühstücksraum vor ihrem Laptop. Als Kieffer dort zwanzig Minuten später nachsah, fand er sie tatsächlich in einer Ecke des riesigen Saals auf einem Sofa sitzend, mit einem Tabletcomputer auf den langen, übereinandergeschlagenen Beinen.

»Guten Morgen.«

»Hallo, Xavier. Sorry, ich musste schon was arbeiten.«

Er holte sich Schokoladencroissants und Kaffee, bevor er sich zu ihr setzte. Eine Weile kaute er still, während sie weiter über ihr Tablet wischte. Dann sagte er: »Kennst du dich eigentlich mit Olivenöl aus, Val?«

»Geht so, wieso? Wegen deinem Freund?«

»Ja. Kurz vor seinem Verschwinden hat er anscheinend eine chemische Analyse eines Öls in die Finger bekommen. Vielleicht hat er sie auch selbst erstellen lassen, keine Ahnung.«

Er erzählte ihr von den Papieren in der Blechdose und von seinem Besuch bei dem Luxemburger EU-Chemiker.

»Und dieser Lullinger meinte, die tatsächliche Qualitätsprüfung werde von menschlichen Testern durchgeführt. Wenn ich also wissen wollte, was genau es mit dem Öl auf sich hat, müsste ich zu so einem Experten gehen, hat er gesagt.«

Sie nickte und legte ihr Tablet beiseite. »Das stimmt. Wir machen solche Tests manchmal für unsere Feinschmeckermagazine. Es gibt dafür Tasting Panel, sie bestehen aus acht Leuten. Diese Testerrunde verkostet die Öle. Alles ist festgelegt: Temperatur, Ölmenge und so weiter. Dann tragen sie ihre Einschätzungen auf Fragebögen ein – vor allem ob das Öl die drei Qualitätskriterien aufweist …«

»… fruchtig, bitter, pfeffrig …«

»… genau. Selbst wenn ein Öl chemisch gesehen einwandfrei ist, kann es da noch durchrauschen, so wie viele Supermarktöle. Die sind fast alle lampante, wie das so schön heißt.«

»Und kennst du einen von diesen Olivenölexperten? Einen, mit dem ich mal sprechen könnte?«

Sie lächelte ihn an. »Ich kenne nicht nur einen, ich kenne sogar *den* Olivenölexperten.«

»Und wie heißt der Mann?«

»Ulisse di Pietro.«

»Ulisse? Also Odysseus? Extravaganter Vorname.«

»Das ist nicht das Einzige, was an Ulisse extravagant ist. Er ist ein ziemlicher Tausendsassa, außerdem ein bisschen wahnsinnig.«

»Inwiefern?«

»Er war mal Chefredakteur einer italienischen Wirtschaftszeitung, ist da mit seinen Enthüllungsgeschichten aber derart vielen Leuten auf die Füße getreten, dass man ihn abserviert hat. Jetzt ist er Mitte fünfzig, schreibt Bücher, macht Lokalpolitik, hat eine Professur an der Universität von Bologna und gibt einen Newsletter heraus, der sich mit Olivenöl und Wein befasst. Er ist außerdem einer der Leitwölfe dieser Slow-Food-Bewegung.«

»Und wann schläft er?«

»Keine Ahnung, ich sagte ja, er ist ein Irrer. Ach ja, und er hat sieben Kinder, kannst du dir das vorstellen?«

»Von wie vielen Frauen?«

»Mindestens drei, von denen ich weiß.«

»Kannst du mir seine Nummer geben? Und mich vielleicht ankündigen?«

»Klar, Süßer. Aber …«

»Ja?«

»Sollte das nicht besser alles die Polizei machen?«

»Es könnte sein, dass er noch am Leben ist, Val. Die Chance ist gering, aber ich habe es seiner Frau versprochen. Wenn sich später rausstellt, dass ich noch irgendwas zu Alessandros Rettung hätte beitragen können und es nicht getan habe, werde ich mir das nie verzeihen.«

»Und außerdem hältst du die Luxemburger Polizei für inkompetent.«

»Nein, aber sie ist klein und was sollen die schon tun? Der Grund für Alessandros überhastete Abreise, für sein Verschwinden, das alles ist vermutlich nicht in Luxemburg zu finden, sondern in Italien. Und es geht um Olivenöl. Da können kulinarische Kenntnisse nicht schaden. Vielleicht finde ich etwas, das die Polizei übersieht.«

»Ich meine ja nur. Mach bitte keinen Scheiß, Xavier.«

»Mach ich nicht, versprochen. Ich will erst mal nur mit deinem Spezi sprechen. Das dürfte ja nicht allzu gefährlich sein.«

»Und dann?«

»Lasse ich ihn das Öl probieren, das ich bei Alessandro in den Tanks gesehen habe.«

»Dazu müsstest du nach Bologna. Warst du schon mal da?«

»Nein, noch nie. Lohnt es sich?«

»Oh ja. Bologna, la Grassa – die Fette. Ich weiß nicht, ob Ulisse dir weiterhelfen kann, aber hungrig wirst du auf jeden Fall nicht zurückkommen. Dafür wird er schon sorgen.«

Nach dem Frühstück verabschiedeten sie sich voneinander. Valérie küsste ihn artig auf die Nasenspitze, wie sie es stets zu tun pflegte, und versprach, ihn an einem der nächsten Wochenenden in Luxemburg zu besuchen, falls ihr Terminkalender es zuließ. Dann stieg sie in ein Taxi und verschwand.

Kieffer machte sich ebenfalls auf den Weg. Er hatte sich gerade in seinen Lieferwagen gesetzt und kramte im Handschuhfach zwischen verknitterten Quittungsblöcken, leeren Ducal-Schachteln und allerlei anderem Unrat nach einer Musikkassette für die Rückfahrt, als sein Handy klingelte.

»Kieffer, hallo?«

»Gudde Moien, hier ist Pierre Lullinger vom Europäischen Parlament. Störe ich gerade?«

»Moien. Überhaupt nicht. Ich nehme an, es geht um diese chemische Analyse.«

Kieffer ließ von dem Handschuhfach ab und begann stattdessen, nach seinen Zigaretten zu suchen.

»Ja, richtig. Ich könnte Ihnen jetzt was zu diesem Öl sagen.«

»Schießen Sie los, Pierre.«

»Es ist chemisch betrachtet eine ganz schreckliche Brühe, mit an Sicherheit grenzender Wahrscheinlichkeit kein extra vergine. Der Säuregehalt ist gerade noch im Rahmen, aber jemand hat dem Öl E140 beigemischt.«

»Das ist was?«

»Chlorophyll.«

»Und warum würde man so etwas tun?«, fragte Kieffer, während er sich eine Ducal ansteckte.

»Um etwas grün zu färben, das von Natur aus nicht grün ist. Spuren eines Phenyldiazenylanilins waren ebenfalls drin, ein weiterer Farbstoff.«

»Sie meinen, das ist gar kein Olivenöl? Sondern irgendein anderes mit Farbstoff?«

»Teilweise vermutlich, allerdings kann ich Ihnen nicht sagen, was für eines.«

»Müsste man das nicht aus der chemischen Struktur ersehen können?«

»Nicht unbedingt. Diese Typen sind Profis und nicht blöd. Also nehmen sie mieses Olivenöl und mischen ihm gerade so viel anderes Öl bei, dass wir Chemiker es nicht eindeutig nachweisen können – also 10, 15 Prozent Beimischung. Beliebt ist Haselnussöl. Das ist dem Olivenöl chemisch so ähnlich, dass man es kaum aufspüren kann. Genaueres hätte vielleicht das Labor sagen können, in dem die Tests durchgeführt wurden. Wer weiß, ob die Analyse, die uns vorliegt, vollständig ist.«

»Hätte sagen können? Was meinen Sie damit?«

»Ich habe dort angerufen. Es ging keiner ran. Dann habe ich bei einem italienischen Kollegen nachgefragt, der das Labor eigentlich kennen müsste. Tat er auch, war offenbar eines der fünf Toplabors für Lebensmittelanalysen in Italien. Es gab dort allerdings einen schweren Chemieunfall, vor drei Tagen. Eine Explosion, der ganze Laden ist abgebrannt.«

»Wie bitte? Und wurde jemand verletzt?«

»Nein, es passierte anscheinend nachts. Als die Feuerwehr kam, war schon nichts mehr übrig.«

Kieffer war einen Moment lang sprachlos. Dass dieses Labor und vermutlich alle dort gespeicherten Aufzeichnungen und Proben einem Feuer zum Opfer gefallen waren, konnte kein Zufall sein.

»Ich danke Ihnen, Monsieur Lullinger. Das hat mir sehr geholfen.«

»Keine Ursache – ich war aber ehrlich gesagt nicht ganz fertig.«

»Oh, Verzeihung. Was haben Sie denn noch gefunden?«

»Oben auf der ersten Seite stand der Name eines Schiffs, ›Grazia‹, und eine Zollnummer. Der Kahn ist offenbar ein Tanker, der unter türkischer Flagge Olivenöl aus der Türkei nach Italien schippert.«

»Wissen Sie, für welche Firma und wohin?«

»Ja, das steht in der EU-Zolldatenbank. Moment, ich habe es mir ausgedruckt. Das Schiff fuhr von Izmir nach Bari. Der Besitzer der Fracht heißt Monopoli Foods und sitzt in Newark, New Jersey.«

»Wieso landet eine amerikanische Firma türkisches Olivenöl in Italien an?«

»Ich habe nicht den geringsten Schimmer, Monsieur Kieffer. Aber für mich riecht es komisch.«

»Und wie. Gibt es noch weitere Dinge, die Ihnen aufgefallen sind?«

»Nein, das war's. Wir sehen uns dann in Ihrem Restaurant.«

»Das wäre mir eine große Freunde. Bringen Sie Ihre ganze Familie mit, dann koche ich Ihnen alles, was Sie wollen.«

»Ich nehme Sie beim Wort. Und jetzt muss ich in eine Sitzung, viel Glück mit Ihrem Öl. Äddi!«

»Äddi, Monsieur.«

Kieffer ließ das Telefon sinken. Ein Tanker aus der Türkei, offenbar aufgehübschtes, minderwertiges Öl, eine Firma in den USA und eine Menge Leute, die offenbar daran arbeiten, alles und jeden, der mit dieser Geschichte in Zusammenhang stand, verschwinden zu lassen. Er war sich inzwischen ziemlich sicher, dass die Männer, die in Alessandros Oleificio gewesen waren, ein corpus delicti hatten beseitigen wollen. Das Gleiche galt vermutlich für jenes abgebrannte römische Labor, das die Analyse des Öls durchgeführt hatte. Der Koch schüttelte den Kopf. Fehlte eigentlich nur noch, dass jemand das Schiff versenkte, in dem das Öl transportiert worden war.

Er rauchte auf, ließ den Peugeot an und machte sich auf den Heimweg. Während der Fahrt dachte er weiter über die seltsame Geschichte nach. Möglicherweise hingen all diese Dinge auch überhaupt nicht so zusammen, wie er sich das vorstellte. Es gab beispielsweise keinen Beweis dafür, dass das Öl in Alessandros Tanks tatsächlich von der Grazia stammte oder dass sich die Analyse des Lorenzi-Labors auf das – mit Ausnahme der Flasche, die Kieffer gerettet hatte – verschwundene Öl bezog. Er wusste immer noch zu wenig darüber, wie das Geschäft mit dem Olivenöl funktionierte. Er hoffte, Valéries Bekannter mit dem seltsamen Vornamen würde ihm weiterhelfen können.

18

Kurz bevor Kieffer Luxemburg erreichte, begann es zu regnen. Statt die Unterstadt anzusteuern, fuhr er in die Oberstadt und stellte seinen Wagen in einem Parkhaus am Boulevard Royal ab. Luxemburg war gerade wieder einmal dabei, sich zu häuten, viele öffentliche Gebäude wurden renoviert. Aber in dieser Ecke standen noch viele Häuser, die während des ersten kleinen Booms in den späten Sechzigern gebaut worden waren, nachdem die Stadt den Zuschlag für mehrere europäische Institutionen erhalten hatte. Inzwischen war kaum mehr vorstellbar, dass der Boulevard Royal und das Centre Hamilius, an dem Kieffer gerade vorbeilief, einmal die Schokoladenseite der Innenstadt gewesen waren. Der Koch passierte gammelige Betonklötze mit halb erblindeten Scheiben, deren verrammelte Fronten mit Plakaten und Graffiti verunziert waren. Eilig lief er im Regen den Boulevard ein Stück hinauf und bog dann nach rechts in die Grand Rue ab. Hier, in Luxemburgs wichtigster Einkaufsstraße, machten die Fassaden deutlich mehr her. Mit hochgezogenen Schultern lief er durch den Regen bis zu einem Herrengeschäft, in dem er mitunter einkaufte. Grundsätzlich war Kieffer der Meinung, dass es nicht schlimm war, wenn Kleidung abgetragen aussah. Vor allem Cordhosen und T-Shirts konnte man nach seinem Dafürhalten anziehen, bis sie auseinanderfielen. Aber seine Lederjacke, da gab es nichts zu diskutieren, war nach dem unfreiwilligen Ölbad eindeutig hinüber. Valérie würde begeistert sein. Sie hatte das alte Ding nie gemocht. Der Koch hingegen wurde wütend, wenn er nur an die Jacke dachte. Mehr als 15 Jahre hatte er sie getragen, und es würde vermutlich zehn weitere dauern, bis er ihre Nachfolgerin so wunderbar zerschlissen hatte.

Kieffer betrat das Geschäft und probierte verschiedene Lederjacken an. In den langen sah er aus wie ein russischer Schuldeneintreiber, in den Blousons wie Jean-Paul Belmondo in »Der Profi«, nur fetter. Die einzige Jacke, die ihm gefiel, war eine ohne Firlefanz, dafür aber mit vier großen, aufgesetzten Taschen. Als er sie anprobieren wollte, fiel ihm auf, dass sie am Ständer festgekettet war.

»Könnte ich die mal probieren?«, fragte er den Verkäufer.

»Selbstverständlich, Monsieur.«

Der Mann entfernte ein kleines Sicherheitsschloss, zog die Kette heraus und reichte dem Koch die Jacke.

Kieffer betrachtete sich im Spiegel. Er knöpfte die Jacke zu und schloss den Hüftgürtel. Sie war ihm einen Tick zu martialisch. Fehlen nur noch die Stiefel und der Helm, dachte er. Dann siehst du aus wie ein Kradmelder aus dem Zweiten Weltkrieg.

»Steht Ihnen ganz hervorragend, Monsieur«, säuselte der Verkäufer.

Kieffer war sich nicht sicher. Am Ende überzeugten ihn die Taschen. Außerdem hatte es draußen inzwischen richtig zu schütten begonnen, und er wollte ungern wieder in seinem Anzugjackett hinaus ins Freie.

»Ich nehme sie.«

Als er den Preis sah, musste er schlucken, reichte dem Verkäufer aber dennoch seine Kreditkarte. Er würde in der nächsten Zeit eine Menge Biwwelamoud und Frell am Riesling unters Volk bringen müssen.

»Ich ziehe sie gleich an«, sagte er dem Verkäufer.

»Gerne. Darf ich Ihnen noch ein Pflegewachs einpacken? Damit bleibt die Jacke über Jahre so, wie sie jetzt ist und schabt nicht ab.«

»Was? Nein, auf keinen Fall.«

Der Verkäufer schaute etwas irritiert, sagte aber nichts und hielt ihm stattdessen die Tür auf. Statt sofort zurück zu seinem Auto zu gehen, lief er die Grand Rue weiter hinauf und bog dann nach rechts ab. Das Frühstück in Brüssel war für seinen Geschmack entschieden zu mager ausgefallen – aber es war kaum acht Uhr gewesen, eine Zeit, zu der er außer Kaffee und Zigaretten für gewöhnlich noch nichts zu sich nahm. Nun packte ihn jedoch ein enormer Hunger, und so querte er die Place d'Armes und lief zwischen zwei Häusern eine schmale Jugendstilgalerie entlang. Vor ihm öffnete sich der Durchgang auf den Knuedler, wie die Einheimischen Luxemburgs Marktflecken, die Place Guillaume II., nannten. Dort steuerte Kieffer ein Café namens »L'Armada« an. Die Eigentümer waren Portugiesen. Nicht nur lief auf einem Fernseher oben in der Ecke eine portugiesische Telenovela – im Regal hinter der Theke stand zudem ein großes, goldgerahmtes Bild der Maria von Fatima, das von zwei Wimpeln des FC Porto flankiert wurde. Mehr als 15 Prozent der Einwohner Luxemburgs waren portugiesischer Abstammung, was unter anderem eine kulinarische Bereicherung war, vor allem wenn man es morgens so süß mochte wie Kieffer. Er bestellte Galão sowie ein Pastel de Nata. Als er damit fertig war, orderte er noch ein Toucinho do céu. Als er gerade dessen letzte Krümel mit einem Schluck Milchkaffee hinunterspülte, begann sein Handy zu fiepen. Er holte das betagte Gerät aus der Tasche seiner neuen Jacke. Es war eine SMS von Valérie:

»Mit Ulisse gesprochen. Freut sich, dich kennenzulernen. +39 390-272927. Küsse, Val.«

Kieffer ließ sich von der Bardame Zettel und Stift geben und schrieb die Nummer vom Display ab. Dann wählte er.

»Pronto!«

»Guten Tag, Herr di Pietro«, sagte er auf Englisch. »Mein Name ist Xavier Kieffer, Valérie hat mich angekündigt.«

»Si, si, un momento.« Kieffer konnte ein Rascheln und undefinierbare Quietschgeräusche am anderen Ende vernehmen. »So! Herr Kieffer, der Mann mit dem Olivenöl!«

Ulisse di Pietros Stimme war ein erstaunlich heller, klarer Bariton. Hätte Kieffer nicht gewusst, dass es sich um einen Mittfünziger handelte, hätte er auf einen deutlich jüngeren Mann getippt.

»Der bin ich. Valérie sagte mir, Sie seien eine Koryphäe, was das anbetrifft, und ich habe hier ein sehr … seltsames Olivenöl.«

»Das ich probieren soll!«

»Wenn das möglich wäre. Und ich hätte auch noch die eine oder andere Frage zum Ölgeschäft.«

»Ja! Das mit den Koryphaios ist allerdings zu viel der Ehre. Ich bin wahrlich kein Nestor, höchstens ein kleiner Polydamas, wenn Sie verstehen, was ich meine.«

Kieffer hatte keinen Schimmer, was di Pietro damit ausdrücken wollte, sagte aber nichts.

»Wann möchten Sie kommen?«, fragte der Italiener.

»Wann es Ihnen passt.«

»Morgen ist Samstag. Da können wir den ganzen Tag reden und natürlich: Essen! Waren Sie schon einmal in Bologna?«

»Nein, noch nie. Aber ich bin sehr gespannt.«

»Sollten Sie auch«, di Pietros Stimme wurde lauter, »diese Stadt ist der Nullmeridian des guten Essens!«

»La Grassa, richtig?«

»La Grassa, la Rossa, la Dotta! Schreiben Sie mir, wann Sie eintreffen und ich hole Sie vom Flughafen ab. Bis morgen!«

19

Es war kurz vor halb zwölf, als Kieffer mit seinem Koffer die Ankunftshalle des kleinen Flughafens von Bologna betrat. »Sie erkennen mich an meinem roten Schal und meinem roten Zinken«, hatte ihm Ulisse di Pietro in einer SMS geschrieben. Suchend sah sich Kieffer unter den Wartenden um. Er konnte niemanden entdecken, der einen roten Schal trug oder eine Nase dieser Farbe besaß. Gerade wollte der Koch sein Handy aus der Jackentasche kramen, als ihm ein Herr auffiel, der durch einen der Eingänge in die Halle gestürmt kam. Kieffer wusste sofort, dass es sich um seinen Mann handelte. Ulisse di Pietro war in etwa so groß wie er, ließ Kieffer jedoch schlank wirken. Der Professor wog mindestens 100 Kilogramm, und dass er sich angesichts dieser Leibesfülle so behände bewegen konnte, war erstaunlich. Di Pietro trug einen in Künstlermanier locker um den Hals geschlungenen feuerroten Schal, dessen fransige Enden hinter ihm herflatterten, als er durch die Halle eilte. Braune, von weißen Strähnen durchsetzte Locken wallten ihm fast bis auf die Schultern, seine Oberlippe zierte ein buschiger Schnauzer. Der Rest war professoraler: Tweedjacke mit Pattentaschen, Hemd, Cordhose, und ein Paar unmögliche Wildlederslipper, deren kleine Fransenbommel hin- und herflogen, während di Pietro schnaufend auf ihn zukam.

Kieffer ging einige Schritte auf seinen mutmaßlichen Gastgeber zu. »Professor di Pietro?«

»Bitte entschuldigen Sie vielmals meine Verspätung! Ich wollte bereits vor einer halben Stunde hier sein. Aber der Verkehr war entsetzlich, und Pünktlichkeit ist außerdem, ehrlich gesagt, keine meine Stärken. Hatten Sie einen guten Flug?«

»Ganz okay. Aber der Flieger hatte ohnehin Verspätung, insofern sind Sie quasi pünktlich.«

Di Pietro klopfte ihm auf die Schulter und nickte. Schweißperlen standen ihm auf Stirn und Nase, die in der Tat beachtlich war. Farblich konnte sie mühelos mit der Pekka Vatanens konkurrieren.

»Wo wohnen Sie?«

»In einem kleinen Hotel in der«, Kieffer kramte einen Zettel aus der Jackentasche, »Via Fusari. Il Cavallo Rosso«.

»Perfetto! Eine hervorragende Wahl, die Besitzerin ist eine gute Freundin von mir. Mein Vorschlag wäre: Sie werfen dort Ihre Tasche ab, und dann machen wir einen kleinen Orientierungsgang und gehen etwas essen, ja?«

Kieffer hatte keine Einwände. Sie gingen zu Ulisse di Pietros Wagen, einem tannengrünen Alfa, der mindestens zwanzig Jahre alt sein musste, und fuhren los. Als sie sich eine Viertelstunde später der eigentlichen Stadt zu nähern begannen, verstand Kieffer, warum di Pietro sie »La Rossa« genannt hatte. Alle Gebäude, von den Häusern über die Mauern bis zu den mittelalterlichen Türmen in der Stadtmitte waren rot. Jedoch besaß die Stadt keine einheitliche Farbe, sie schien aus Schattierungen von Rot und Orange zu bestehen, mit einigen gelben Tupfern dazwischen. Kieffer erblickte scharlachfarbene Häuserfronten, Mauern in ausgewaschenem Karmesin und Ockertönen. Viele der Farbschattierungen erinnerten ihn an Essen; an hellen Rotwein oder an gekochten Hummer, an Safran oder an frische Butter.

»La Grassa und La Rossa leuchtet mir nun ein«, sagte er. »Aber was heißt La Dotta?«

»Die Gelehrte. Wegen der Uni, der ältesten Europas.«

»Was lehren Sie dort, wenn ich fragen darf?«

»Wirtschaftsgeschichte.«

»So Karl Marx und Adam Smith?«

»Nein, kein so neumodisches Zeugs. Ich erzähle den jungen Leuten etwas über die Organisation des griechischen Oikos, römische Kameralistik oder das Handelssystem der venezianischen Thalassokratie.«

Kurz darauf erreichten sie Kieffers Hotel. Das Gebäude lag in einer schmalen Gasse und war sicher mehrere Hundert Jahre alt. Sie betraten die winzige Lobby. Sobald die Dame hinter dem Tresen di Pietro erblickte, begann sie, diesen überschwänglich auf Italienisch zu begrüßen. Als Kieffer das Gästeformular ausfüllte und sich anschickte, seinen Koffer aufs Zimmer zu bringen, waren die beiden bereits in ein Gespräch vertieft, bei dem es um Restaurants ging, vielleicht auch um das Wetter, er war sich nicht ganz sicher. Normalerweise konnte er dank seiner Französischkenntnisse zumindest den einen oder anderen Brocken aufschnappen, aber diesmal war es hoffnungslos. Die beiden schienen irgendeinen lokalen Dialekt zu verwenden. Einige Minuten später, als er die Treppe wieder hinabstieg, hatte das Gespräch noch nichts von seiner Lebhaftigkeit eingebüßt, eher im Gegenteil.

»Wir diskutieren, wo man einen Grünschnabel wie Sie am Besten zuerst hinschleppt. Zum Essen, meine ich. Ich dachte an ein kleines Juwel, das Bentivoglio in der Via Clavature, ein paar Minuten von hier. Dort gibt es kleinere Sachen. Wir wollen uns ja nicht jetzt schon überfressen, was meinen Sie, Herr Kieffer?«

»Ich bin zu allem bereit, aber für ein wuchtiges Menü ist es in der Tat noch recht früh. Vielleicht nehmen wir uns das für den Abend vor und …«

»Die Signora ist aber dagegen«, fuhr di Pietro ungerührt fort, »dass wir dorthin gehen. Sie sagt, wir sollten stattdessen ins Scarpa Bianca, weil dort das ragú bolognese ganz ausgezeichnet sei. Ich hingegen bestreite das!«

Es folgte ein an die Hotelbesitzerin gerichteter Wortschwall. Diese begann augenblicklich, heftig zu protestieren. Kieffer schmunzelte.

»Was ist denn mit dem Restauranttipp Ihrer Bekannten nicht in Ordnung?«

»Diese Philister vom Scarpa«, di Pietro schnaufte ärgerlich, »strecken das ragù mit Tomaten.«

Der Koch konnte sich ein Grinsen nicht verkneifen. Er war zwar noch nie in Bologna gewesen, hatte von diesem Streit jedoch schon einmal gehört.

»Ja, lachen Sie nur!«, sagte di Pietro. »Für einen Bologneser ist das eine sehr ernste Sache.«

Er warf der Frau einen strafenden Blick zu und wedelte mit einem wurstigen Zeigefinger. »No pomodori nel ragù!«

»Una spuntina!«, protestierte sie.

Ulisse di Pietro machte eine abwiegelnde Handbewegung und wandte sich dann zum Gehen. Kieffer nickte der Besitzerin zum Abschied freundlich zu. Als sie das Hotel verlassen hatten, sagte der Professor: »Carlotta behauptet, ein kleines bisschen Tomate sei akzeptabel. Aber Artusi, ich schwöre es Ihnen, Artusi würde sich im Grab umdrehen, wenn er das wüsste!«

Pellegrino Artusi war der Autor eines der ersten in italienischer Sprache verfassten Kochbücher gewesen und wurde deshalb von vielen seiner Landsleute abgöttisch verehrt. Wenn sich Franzosen darüber stritten, wie man ein Gericht korrekt zubereitete, führten sie als Beleg gerne Rezepte Auguste Escoffiers an. In Luxemburg galt das Kochbuch von Ketty Thull als Code Napoléon der Küche. Und in Italien holte man bei Meinungsverschiedenheiten in der Regel Artusis »La scienza in cucina e l'arte di mangiar bene« aus dem Regal.

»Was sagt der Meister denn?«, fragte Kieffer.

»Zwiebeln, Karotte, Sellerie. Dazu Kalbfleisch, am besten Filet und vielleicht noch ein wenig Herz. Über die Fleischsorten kann man reden, bezüglich der Tomaten erübrigt sich hingegen jede Diskussion. Weswegen wir zu ›Bentivoglio‹ gehen.«

20

Sie liefen durch die schmale Gasse, die vor einem immensen mittelalterlichen Gebäude endete, dem Palazzo Communale, wie di Pietro ihm erklärte. Sie gingen an der alten Backsteinmauer entlang und kamen nach kurzer Zeit auf einen großen Platz, der von weiteren Palazzi und einer Kathedrale gesäumt wurde. Alle Bauten hatten etwas Trutziges, Festungshaftes, selbst die Kirche. Kieffer kannte das aus anderen norditalienischen Städten – man konnte sich vorstellen, wie verfeindete Clans einander hier im Mittelalter über die Jahrhunderte belauert hatten, jederzeit bereit, sich bei Volksaufständen oder Familienfehden in ihre kleinen Burgen zurückzuziehen.

Auf der anderen Seite des Platzes führte di Pietro ihn in eine unscheinbare Gasse, deren Eingang sich zwischen zwei Gebäuden versteckte. Er zeigte auf ein kleines Pastageschäft mit hohen Buntglasfenstern. Sie gingen hinein. In den Vitrinen des Verkaufsraums lagen Bastkörbchen mit Tagliatelle, Tortellini und Gramigna. Davor standen fünf Tischchen nebst Barhockern. Eins war noch frei. Auf der Kreidetafel über den Auslagen waren die Tagesempfehlungen angeschrieben, unter denen sich auch das heftig umstrittene Gericht befand. Di Pietro bestellte an der Theke zweimal Tagliatelle al ragú.

Als Vorspeise bekamen sie Oliven und Mortadellawürfel, rosafarben mit weißen Einsprengseln reinen Fetts. Während sie auf das Hauptgericht warteten und an Gläsern mit Sangiovese nippten, sagte der Koch: »Wie wird man eigentlich Olivenöltester?«

»Ganz einfach. Viel essen! Vor allem natürlich viel Olivenöl. Das ist kaum anders als eine Weinverkostung. Bis zu einem gewissen Grad kann jeder lernen, worauf man zu achten hat. Der Rest ist Talent. Entweder sind Sie ein Brillat-Savarin oder nicht, Sie haben einen sensiblen Gaumen oder einen aus Holz, wenn Sie verstehen, was ich meine.«

Kieffer nickte. »Und was für Öle testen Sie?«

»Vor allem Premiumöle, für meinen Newsletter, ›Pnika‹. Und bevor Sie fragen, Pnika ist der Ort, wo die Göttin Athene den ersten Ölbaum wachsen ließ.«

»Interessant«, sagte Kieffer. »Das wusste ich nicht.«

Di Pietro blinzelte. »Ja, Sie müssen verzeihen, all das Herumgesitze in Bibliotheken! Füllt einem den Kopf mit derlei altem Wissen, Mythologie, tote Heroen und Denker. Und obwohl ich mir alle Mühe gebe, es für mich zu behalten – diese ganzen staubigen Anekdoten, meine ich, also meist gelingt es mir nicht. Wo war ich? Ach ja. Was für Öle wir uns anschauen, richtig. Manchmal überprüfen wir auch Supermarktprodukte und dergleichen. Ich bin der Vorsitzende des Tasting Panels, und wir testen für den Gabin und andere Medien, das bringt etwas zusätzliches Geld.«

»Und wie ist die Qualität des Öls, heutzutage?«

»Im Allgemeinen: Schrecklich! Vor allem die des italienischen.«

»Ich dachte, das wäre eigentlich das beste.«

»Ist es auch! Italienisches und griechisches. Man kann das nicht so verallgemeinern, aber in diesen Ländern gab es insgesamt immer mehr gutes Öl als, sagen wir, in Spanien oder der Türkei. Aber!«

Di Pietro griff nach einer kleinen Flasche Olivenöl, die auf dem Tisch zwischen ihnen stand. Er goss etwas davon auf seinen Teller und tunkte es mit Weißbrot auf. »Bei einem guten Öl«, erklärte er kauend, »ist es am wichtigsten, dass es nach Frucht schmeckt. Alle anderen Öle werden aus Samen gepresst, aber Olivenöl aus der Frucht. Fruchtsaft, verstehen Sie? Und wenn der nicht fruchtig schmeckt, dann stimmt irgendwas nicht. Das hier kommt aus Umbrien, Stefanias Schwager besitzt dort einen Hain. Stefania ist die Hohepriesterin der Pasta, ihr gehört dieses wunderbare Geschäft. Sie ist eine gute Freundin von mir.«

Er blinzelte. »Wo war ich?«

»Italienisches Öl. Nicht mehr das, was es einmal war.«

»Ach ja, richtig. Wir Italiener lieben unser Öl. Wir konsumieren 600 000 Tonnen im Jahr. Das Problem: Wir produzieren nur 300 000.«

»Sie meinen, die andere Hälfte wird aus dem Ausland importiert?«, fragte Kieffer.

»Muss ja wohl, falls Athene, die Blauäugige, keines hinzuzaubert.«

»Und? Gegen ein gutes andalusisches Öl ist doch nichts einzuwenden.«

»Sagen Sie, als Luxemburger! Aber wir Italiener sind kulinarische Patrioten! Wir wollen nur wahre Italianità auf unseren Tellern. Fragen Sie doch mal meine Landsleute, egal wen, was für Öl sie kaufen. Die werden Ihnen alle sagen, sie schwören auf olio italiano, extra vergine, natürlich.«

»Also wird ausländisches Öl umdeklariert?«

»Man ahnt das ja schon länger, aber ich bin davon überzeugt, dass es in viel größerem Maßstab passiert, als sich die meisten Menschen vorstellen können. Sehen Sie«, di Pietro nahm einen Schluck Wein und schaute sehnsüchtig in Richtung des Durchgangs auf der anderen Seite der Theke, hinter dem sich die Küche verbarg, »nicht nur wir Italiener wollen toskanisches extra vergine, sondern auch der Rest der Welt. Weswegen wir weitere 400 000 Tonnen exportieren!«

Kieffer benötigte einen Augenblick, um diese Rechnung nachzuvollziehen.

»Sie meinen, es gibt eine Million Tonnen italienisches Olivenöl, aber nur dreihunderttausend Tonnen davon sind echt?«

»Ja. Und von diesen dreißig Prozent ist der größte Teil laut Etikett zwar extra vergine, aber in Wahrheit von minderer Qualität. Oder er kommt nicht aus der Region, aus der das Öl angeblich stammt. Jedes Jahr fahren Kolonnen von Tanklastern aus Apulien oder Sizilien gen Norden, in die Toskana und nach Umbrien.«

Di Pietro lächelte gequält. Er strich sich mit der Hand über den Schnauzer. Einige Brotkrümel rieselten zu Boden.

»Sie fahren in diese berühmten Olivenölregionen, in denen es in Wahrheit nur sehr wenig Oliven gibt.«

»Wie viel von dem Öl ist denn Ihrer Ansicht nach richtig deklariert?«

»Von dem italienischen? Höchstens, zwei, drei Prozent, würde ich meinen.«

»Und tut da niemand was dagegen?«

»Außer mir und ein paar anderen Olivenöl-Zeloten? Nein, kaum.«

Die Bedienung, eine kleine runzlige Dame undefinierbaren Alters, erschien neben ihrem Tisch, in den Händen zwei große, dampfende Schüsseln. Darin befanden sich selbst gemachte Tagliatelle, die mit einer Fleischsoße vermischt waren. Das Ragú war fließend, aber nicht flüssig, und Kieffer sah auf den ersten Blick, dass es keine Tomaten enthielt.

Di Pietro fächelte sich mit den Händen Dampf in Richtung Nase.

»Ah! Sehen Sie?«

Kieffer probierte. Das Ragú schmeckte ausgezeichnet. Die sehr klein geschnittenen, lange gegarten Stückchen Kalbfleisch und Speck zergingen auf der Zunge, die Karotten verliehen dem Ganzen eine wunderbar süßliche Note.

»Buon appetito«, rief di Pietro. Dann verstummte er und konzentrierte sich ganz auf die Pasta, zu der er fast einen ganzen Korb Brot vertilgte. Immer wieder bediente er sich außerdem der Olivenölflasche. Durch deren silberne Tülle goss sich der Professor beachtliche Mengen auf das Brot und die Nudeln. Als er seinen Teller geleert hatte, sagte er: »Ausgezeichnet. Artusi hätte geweint! Und das alles ohne Tomaten. Mit etwas Tomatenmark ist es einfacher, das Ragú zuzubereiten. Ohne ist es schwieriger.«

Er tupfte sich mit der Serviette den Schnurrbart ab.

»Der große Weg ist sehr einfach, aber die Menschen lieben die Umwege!«

»Zitat von Artusi?«, fragte Kieffer.

»Nein! Laotse. Aber jetzt sagen Sie mal: Warum spüren Sie diesem Olivenöl nach? Aus purer Neugier? Valérie sagte mir, Sie seien ein richtiger Don Pomodoro.«

»Don … ich fürchte, ich kann Ihnen nicht ganz folgen.«

»Diesmal wieder Artusi. In einem seiner Bücher gibt es einen neugierigen Priester, der in alle Soßentöpfe schauen will, eine Spürnase.«

Kieffer spürte, wie er wütend wurde. Er schwor sich, Valérie zur Rede zu stellen, und sie zu fragen, warum sie ihn für einen Schnüffler hielt. Die Vorstellung, er würde sich aus purem Vergnügen ungefragt in anderer Leute Angelegenheiten einmischen, war wirklich absurd.

»Eine Spürnase? Nein, überhaupt nicht. Eigentlich bin ich da eher gegen meinen Willen hineingeraten. Ein guter Freund von mir hat einen Wein- und Ölhandel.«

Er erzählte di Pietro von seinem Ausflug in die Toskana, von den Gangstern, dem abgebrannten Labor und dem Öl in Alessandros Tanks. Der Professor runzelte die Stirn.

»Klingt für mich, als ob Ihr Freund, ohne Ihnen jetzt zu nahe treten zu wollen, in die klassische Betrugskette des Olivenölhandels verstrickt ist beziehungsweise war.«

Kieffer erwiderte nichts, sondern blickte seinen Gastgeber nur auffordernd an. Der goss ihnen Wein nach, nahm einen großen Schluck und sagte dann: »Das Öl kommt aus verschiedenen Quellen. Marokko, Spanien, Türkei. Wenn Sie eine ausländische Firma sind, keine aus der EU, meine ich, dürfen Sie das Zeug in einem italienischen Freihafen weiterverarbeiten oder lagern – vorausgesetzt, Sie führen es nicht in die EU ein, sondern schippern es danach woanders hin. Aber da fälscht man ein paar Zolldeklarationen und schwupp – ist es italienisches Öl.«

»Und weiter?«

»Vielleicht ist es sogar ganz passables Zeug. Wahrscheinlicher ist aber, dass es lampante ist, vielleicht sogar verschimmelt. Oder ein ganz anderes Öl.«

»Ich habe gehört, man mische Haselnussöl bei.«

»Zum Beispiel, oder Soja. Wussten Sie, dass die großen türkischen Olivenölproduzenten fast alle auch Haselnussöl herstellen? Da kann natürlich schon mal was durcheinandergeraten.«

»Ich verstehe. Aber an welchem Punkt kam Alessandro da Ihrer Meinung nach ins Spiel?«

»Na, irgendwann muss man das Zeug natürlich durch eine norditalienische Mühle schleusen, zumindest wenn man es als toskanisches oder ligurisches Öl verkaufen will. Besitzt Ihr Freund eine Abfüllanlage?«

»Ja, für Flaschen und Dosen.«

»Vermutlich haben die ihm einen kleinen Betrag dafür gezahlt, dass sie außerhalb der normalen Produktionszeiten seine Anlagen nutzen dürfen – die Tanks, die Abfüllung, Etikettiermaschinen und so weiter.«

»Und wer sind die?«

»Na, die Mafia, in irgendeiner ihrer Erscheinungsformen! Die Camorra ist hier oben recht umtriebig, ebenso die Ndrangheta.«

Kieffer strich sich mit den Händen übers Gesicht. Er verlor allmählich die letzte Hoffnung, dass Alessandro noch am Leben war.

»Die Polizei hat seinen Wagen gefunden, nahe Bari. Auf einem angeblich von der Mafia kontrollierten Schrottplatz in Conversano. Man muss wohl das Schlimmste annehmen.«

Di Pietro machte ein ernstes Gesicht. »Ja, das muss man.

Ich hatte Ihnen vorhin ja gesagt, dass sich nur sehr wenige Menschen trauen, die Durchstechereien beim Olivenöl anzuprangern. Und einer der Gründe dafür ist die Mafia.«

»Haben Sie denn keine Angst vor denen?«

»Natürlich! Ich bin schließlich nicht lebensmüde. Aber die interessieren sich nicht für dicke Professoren mit Slow-Food-Macke, zumindest nicht per se. Die bringen niemanden um, weil er ein Öl schlecht rezensiert – dazu muss man denen schon ein bisschen fester an den Karren fahren.«

Das hatte Alessandro offensichtlich getan. Wie genau hatte sein Freund die Mafia bloß gegen sich aufgebracht?

»Was ich nicht verstehe«, sagte Kieffer, »ist Folgendes: Sie sagten, diese Vermietung von Mühlen an die Olivenölmafia sei gang und gäbe?«

Di Pietro machte eine zustimmende Kopfbewegung.

»Und wie viel bekommt der Besitzer der Mühle für so was?«

»Keine Ahnung. Ein paar Tausend Euro im Jahr vielleicht? Möglicherweise wird er auch in Öl bezahlt. Oder man legt ihm nahe, dass er es umsonst tun sollte, falls er nicht möchte, dass seine Anlage abfackelt.«

»Alessandros Frau hat mir erzählt, mein Freund stecke in argen finanziellen Schwierigkeiten. Er hat ihr gegenüber angedeutet, durch einen neuen Deal werde er die auf einen Schlag los. Alessandro muss also irgendwas Außergewöhnlicheres getan haben, als ein bisschen Öl umzuettiketieren oder grün einzufärben, würden Sie das auch so sehen?«

»Klingt plausibel, Ihr Gedankengang. Wissen Sie denn etwas über seine Geschäftspartner? Oder darüber, wo das Öl herkam?«

»Ich habe eine Beschriftung auf den Tanks gesehen, DNM. Kennen Sie eine Firma, die so heißt?«

Di Pietro nahm einen Schluck Wein und schaute zur Decke. »DNM, warten Sie ... nein, noch nie gehört, dieses Kürzel.«

Kieffer erzählte di Pietro nun von dem Schiff und von dem mutmaßlichen Besitzer seiner Fracht, Monopoli Foods.

Sein Gegenüber nahm einen weiteren Schluck Sangiovese und griff nach dem letzten Grissino, der einsam in dem ansonsten leeren Brotkorb lag. »Und wo sitzen die?«

»In New Jersey.«

Di Pietro begann, lauthals zu lachen. Nach wenigen Sekunden ging sein Lachen in Husten über, Wein schoss aus seinen Nasenlöchern. Kieffer sprang auf und klopfte dem Professor auf den Rücken, bis dessen Hustenanfall allmählich nachließ.

»Entschuldigen Sie. Verschluckt. An dem Grissino. Als ich so lachen musste, ist mir der ...«

»... keine Ursache. Aber was ist denn eigentlich so komisch?«

»Na, Sie erzählen mir hier eine Geschichte von Olivenöl, von Etikettenschwindel, von sinistren Einäugigen mit Knarre, und nun sitzt die dazugehörige Firma auch noch in New Jersey. Das ist ja wohl filmreif! Wie bei ›Der Pate‹.«

»Sie meinen, New Jersey klingt nach Mafia?«

»Für mich schon. Und dann noch dieser Firmenname! Kann natürlich auch Zufall sein, aber es hat mich ungemein amüsiert, ich bitte um Verzeihung.«

Sie bestellten zwei Espressi, die sie an einem Stehtisch

vor der Tür tranken, damit Kieffer dazu seine Ducal rauchen konnte. Di Pietro hatte sich immer noch nicht völlig beruhigt.

»Monopoly Foods. Fine Olive Oil from New Jersey.« Der Professor sagte es auf Englisch, er ahmte dabei einen amerikanischen Akzent nach, und das nicht einmal schlecht. Danach kicherte er leise. »Olivenöl-Monopoly, das muss man sich merken. Da sage noch mal einer, diese Mafiosi hätten keinen Sinn für Humor.«

»Der Name war allerdings Italienisch geschrieben«, murmelte Kieffer etwas geistesabwesend. Valérie hatte ihn vorgewarnt, dass di Pietro etwas gewöhnungsbedürftig sei. Damit konnte er umgehen, aber ihn beschlich allmählich das Gefühl, der verrückte Professor würde ihm nicht weiterhelfen können, zumindest nicht bei der Suche nach Alessandro. Nun, zumindest ein gutes Ragú-Rezept und einige Geschichten über Küchenhistorie waren ihm vermutlich sicher.

»Auf Italienisch? Wie meinen Sie das?«, fragte di Pietro.

»Das Monopol. Schrieb sich Monopoli, nicht Monopoly.«

»Sind Sie sicher?«

»Ja, wieso?«

Di Pietro schaute ihn verblüfft an. »Monopol heißt auf Italienisch ›il monopolio‹. Monopoli ist eine Stadt.«

»Wie bitte? Und die liegt wo?«

»An der Adriaküste. In etwa dort, wo man den Wagen Ihres Freundes gefunden hat.«

21

Etwas später saßen sie in Ulisse di Pietros Arbeitszimmer. Das Haus von Valéries Freund befand sich südlich des ausgedehnten Universitätsviertels, durch das sie hergelaufen waren. Kieffer hatte auf einem plüschigen, geblümten Sofa Platz genommen, das an der einzigen freien Wand des Raumes stand. Sämtliche anderen waren mit Regalen zugestellt, die bis zu der stuckverzierten Decke reichten. Sie enthielten Enzyklopädien, Fachliteratur sowie klassische Werke von Homer, Cicero oder Stabo. Hinzu kam eine beachtliche Auswahl an Kochbüchern. Kieffer blätterte in einem, das di Pietro ihm gegeben hatte. Es war eine ältere, in karamellfarbenes Leder gebundene Ausgabe der Artusi-Bibel. Fotos besaß das Buch keine, aber einige der Gerichte waren mit Zeichnungen illustriert. Der Koch verstand kaum etwas, aber es machte Spaß, durch den alten Folianten zu blättern. Außerdem vertrieb es ihm die Zeit, bis der Professor fertig war – womit auch immer. Seit etwa zwanzig Minuten hockte er an seinem Schreibtisch und starrte auf einen winzigen Apple-Laptop. Neben ihm lagen eine Kopie von Alessandros Laborbericht sowie einige übervolle Aktenordner, die di Pietro aus einem der Regale herbeigeschafft hatte.

Kieffer war gerade bei dem Eintrag über Maccheroni alla Bolognese angekommen und studierte die Zutatenliste, die tatsächlich keine Tomaten enthielt, als er di Pietro zufrieden grunzen hörte. Kurz darauf begann ein Drucker zu jaulen und rattern. Der Professor erhob sich, holte einige Bögen aus dem Gerät und kam mit den Ausdrucken zu Kieffer herüber.

»Und? Haben Sie was gefunden?«

Di Pietro ließ sich auf das Sofa fallen, der Holzrahmen ächzte.

»Ein paar Dinge. Zunächst einmal das hier, zur Ehrenrettung Ihres Freundes Alessandro Colao. Eine Rezension aus ›Pnika‹, von vor drei Jahren.«

Er reichte Kieffer den Ausdruck. Es handelte sich um einen englischen Text, lediglich zwei Absätze lang. Daneben war das Foto einer Olivenölflasche zu sehen, die Überschrift lautete: »Neue Ernte: Nella Vecchia Chiesa, Familie Barcetti, Pistoia«. Der Koch las laut vor: »Aromen von Artischocke und Grüner Tomate könnte etwas pfeffriger sein, aber im Großen und Ganzen ein überzeugendes Öl. Aus Ponzano (nahe Pistoia), abgefüllt im Oleificio Colao. 89 von 100 Pietro-Punkten.«

»Ich war mir sicher, von diesem Oleificio in Pistoia schon einmal gehört zu haben, und von einem der Öle, die dort gepresst werden. Dieses hat Ihr Freund für Barcetti produziert, einen Olivenbauern aus der Gegend. Ein hervorragendes Öl.«

»Wie hervorragend?«

»Na, sagen wir, wie ein Bordeaux aus einem guten Château, aber kein Spitzenjahr.«

Di Pietro gab Kieffer einen weiteren Bogen. Es handelte sich um den Ausdruck einer Firmenwebseite. Er war in Italienisch verfasst, das Foto über dem Text zeigte ein verwittertes Herrenhaus zwischen sanften Hügeln. Vor dem rötlichen Gemäuer standen Zitronenbäume, er konnte in einer Bildecke außerdem ein Stück azurblaues Meer erhaschen. Der Koch schnalzte mit der Zunge. Alessandro hatte »castello rosso« auf den Laborbericht geschrieben, und nun hatte er ebendieses Bauwerk gefunden. Über dem Foto stand: »Garibaldi Pomace Oils Ltd.«

»Das Foto ist schön«, brummte Kieffer, »wie aus einer Italien-Reisewerbung.«

»Ja. Dabei ist das, was der Tresterbaron veranstaltet, eher ein Albtraum, zumindest für Olivenölliebhaber.«

»Der Tresterbaron? Wer soll das sein?«

»Claudio Garibaldi. Er ist der größte Hersteller von Tresterolivenöl in ganz Apulien, vielleicht sogar in ganz Italien.«

»Mit Trester meinen Sie die Rückstände, die beim Pressen des Öls anfallen?«

»Ja, Fruchtfleisch, Haut, Stücke von Kernen – wenn die Zentrifuge das Öl herausgeholt hat, bleibt eine schwarze Schlacke übrig, die man zu Blöcken presst. Manchmal wird sie in Kraftwerken verfeuert. Oder man löst mit Chemikalien das darin verbleibende Öl heraus.«

»Das Zeug kann man aber nicht verzehren, oder?«

»Wenn es mit weiteren Chemikalien behandelt wird, schon. Es wird außerdem meist mit besserem Öl gemischt. Dann noch eine schöne Flasche, einen Aufkleber mit so einer urigen Villa, vielleicht noch eine sympathische Nonna dazu – fertig ist das Premiumolivenöl.«

»Und so was macht dieser Garibaldi?«

»Na, wenn er sein Tresteröl als Schmiermittel verkaufte, wäre er wohl kaum so stinkreich, oder? Garibaldi veschneidet mieses Öl mit besserem, und dann verkauft er es an irgendwelche Lebensmittelkonzerne, da bin ich mir sicher.«

»Wie sind Sie jetzt überhaupt auf den gekommen?«, fragte Kieffer.

»Nun, eigentlich weiß ich nicht, ob er was mit Ihrer Sache zu tun hat. Aber als Sie vorhin Monopoli erwähnten, fiel mir etwas ein. Ich wusste, dass es da irgendeine große Firma gibt, die mit Olivenöl handelt – aber nicht mehr, welche! In meinem Alter ist das Langzeitgedächtnis quasi identisch mit Notizblock oder Festplatte, im Kopf bleibt kaum noch etwas hängen.«

Er zeigte auf den Laptop. »Also habe ich nachgeschaut und siehe da: Garibaldis Schmierölimperium sitzt in Monopoli. Er zeigte mit dem Daumen hinter sich. Kieffer drehte sich um. An der Wand hing eine große Italienkarte. Mit dem Finger fuhr er die Adriaküste entlang. Kurz bevor der Schaft des Stiefels in die Hacke überging, stieß er auf Monopoli.

»Das könnte auch Zufall sein«, sagte Kieffer. Aber bereits in dem Moment, in dem er es aussprach, wusste er, dass es garantiert keiner war. Eine US-Firma namens Monopoli Foods brachte auf dem Seeweg fragwürdiges Öl nach Bari. Eine halbe Autostunde westlich, in der Stadt Monopoli, befand sich eine andere Firma, die ebenfalls mit minderwertigem Öl handelte. Und östlich von Bari, ebenfalls nur wenige Kilometer entfernt, lag der Ort Conversano, in dem die Polizei Alessandros Auto gefunden hatte.

»Glauben Sie, dass Monopoli Foods in New Jersey vielleicht diesem Garibaldi gehört?«

»Es wäre denkbar, das ist ein beliebter Trick. Er selbst kann als Italiener natürlich kein Öl in hiesigen Freihäfen anlanden. Als Amerikaner dürfte er es jedoch. Und dann könnte er das Öl umdeklarieren und den Zoll foppen. Das allerdings wird nicht ganz einfach herauszufinden sein.«

Der Koch nickte.

»Was haben Sie jetzt vor, Herr Kieffer?«

»Ich weiß es noch nicht. Vielleicht muss ich noch einmal darüber schlafen. Aber danke für Ihre Hilfe, Herr Professor.«

»Keine Ursache.«

Einen Moment lang saßen sie beide nebeneinander auf dem Sofa und brüteten vor sich hin. Dann richtete sich di Pietro auf und schlug mit der flachen Hand gegen seine Schläfe.

»Und ich dachte, ich wäre hier der zerstreute Professor! Aber Sie, mein lieber Kieffer, Sie sind auch nicht viel besser!«

»Was? Wieso denn?«

»Sie waren doch hierhergekommen, damit ich Ihr Öl degustiere. Haben Sie es bei sich?«

»Ja. Ja, in meiner Jackentasche, einen Moment.«

Kieffer nahm seine Lederjacke von dem Haken hinter der Tür, an den er sie gehängt hatte. Dann zog er eine kleine Flasche hervor, in die er einen Teil von Alessandros Öl gefüllt hatte.

»Bitteschön.«

Di Pietro nickte. »Gut. Kommen Sie, kommen Sie!«

»Wo gehen wir hin?«

»In mein höchst geheimes Labor!«

Di Pietros Labor war ein schmuckloser Raum im Untergeschoss. Er enthielt nichts außer zwei Metallregale voller Flaschen, sämtlich mit Olivenöl gefüllt, einem Tisch mit weißer Resopalplatte sowie eine winzigen Küchenzeile.

»Eigentlich«, sagte di Pietro, während er eine der Herdplatten anschaltete, »ist das hier bei Ihrem Öl wohl Zeitverschwendung. Aufgrund der Vorgeschichte, meine ich. Aber wenn schon, dann richtig.«

Kieffer erwiderte nichts, sondern setzte sich auf einen der Klappstühle, die um den Tisch herumstanden und beobachtete di Pietro. Sein Gastgeber stellte das Ölfläschchen in einen Topf, der mit Wasser gefüllt war. Dann entnahm er einer Schublade ein Thermometer und steckte es in den Flaschenhals.

»28 Grad sind das Optimum«, erklärte di Pietro. Einige Sekunden darauf verkündete er: »Da haben wir es schon.«

Er nahm die Flasche aus dem Topf und goss etwas Öl in ein kleines Stilglas, das man auch gut für Grappa hätte verwenden können. Dieses hielt er nun gegen das Licht und kniff dabei ein Auge zu.

»Seltsam«, murmelte er. Dann roch er an dem Öl. Kieffer meinte zu erkennen, dass sich seine Mundwinkel etwas nach unten zogen. Di Pietro setzte den Schwenker an und nahm einen Schluck. Er machte gurgelnde Geräusche, als er das strippagio vollführte. Einen Moment lang sagte der Professor nichts, dann: »Pipi di gatto.«

»Wie bitte?«

»Katzenpisse! Lampante, wenn wir vornehmer sein wollen. Vermutlich mit minderwertigen Ölen verschnitten. Aber was mich eigentlich am meisten irritiert, ist die Färbung.«

»Mein Chemiker in Luxemburg sagte, jemand habe dem Öl Chlorophyll beigemischt.«

»Ja, das wird oft gemacht. Aber dann müsste es eigentlich noch grüner sein. Schauen Sie, vergleichen Sie es mal mit diesen hier.«

Er holte zwei Flaschen aus dem Regal und stellte sie zusammen mit Kieffers Fläschchen auf den Tisch. Dahinter platzierte er ein Stück weiße Pappe.

»Sehen Sie? Ihr Öl hat einen leichten Grünschimmer, mit viel Fantasie, aber es ist, na, viel gelber als die anderen.«

Kieffer beugte sich vor. Di Pietro hatte recht. Zuvor hatte er nicht so genau auf die Färbung geachtet. Erstens, weil er sich zu wenig mit derartigen Details auskannte und zweitens, weil ihm die Farbe unwesentlich erschienen war. Olivenöl gab es schließlich in unzähligen Schattierungen – knallgrünes, goldfarbenes, sogar rötliches. Aber seine Probe hatte in der Tat einen Gelbstich. Das Resultat irgendeiner weiteren chemischen Sauerei, dachte er. Vermutlich leuchtet das Zeug sogar im Dunkeln.

»Vielleicht ein weiterer Farbstoff? Ich meine, Lullinger hätte so was erwähnt.«

»Wissen Sie noch, wie der hieß?«

Kieffer überlegte. Er wünschte, sein Gedächtnis läge auch auf einer Festplatte und er könnte die darauf gespeicherten Informationen ebenso einfach abrufen.

»Phenyl… irgendwas. Ich bin mir nicht sicher.«

»Es müsste ja vermutlich in dem Laborbericht stehen. Einen Moment, ich hole ihn.«

Di Pietro verschwand und tauchte kurz darauf mit einigen Blättern in der Hand wieder auf.

»Es gibt hier ein … N-Ethyl-4-Phenyldiazenylanilin«, sagte der Professor.

»Könnte hinkommen.«

»Ich weiß nicht genau, was das ist. In Zusammenhang mit Olivenöl habe ich auf jeden Fall noch nie davon gehört.«

Di Pietro schaute die Flasche an. »Hat man so was schon gesehen? Schmeckt nicht nur wie pipi di gatto, sondern sieht auch genauso aus.«

22

Da an diesem Sonntag ohnehin kein Flug mehr zurück nach Luxemburg ging, stimmte Kieffer bereitwillig zu, als ihm di Pietro eine kleine kulinarische Exkursion vorschlug. Am frühen Abend verließen sie das Haus des Professors. Kieffer konnte sehen, dass am Himmel Wolken aufgezogen waren, grau und regenschwer. »Gehen wir zu Fuß? Vielleicht sollten wir dann einen Schirm mitnehmen«, sagte er.

Di Pietro schnaubte verächtlich. »Nicht nötig, den brauchen nur Touristen.«

Diese Äußerung erschien dem Koch zunächst rätselhaft, doch nachdem sie von di Pietros Haus nahe der Porta San Vitale ein Stück Richtung Innenstadt gelaufen waren, verstand er, was sein Begleiter gemeint hatte. Fast jedes Gebäude schien Arkaden zu besitzen. Seit sie die Via Zamboni erreicht hatten, spazierten sie fast ausschließlich durch Bogengänge. Von dem Regen, der inzwischen eingesetzt hatte, blieben sie so völlig verschont.

»In was für ein Restaurant gehen wir denn?«, fragte Kieffer.

»Nicht so hastig! Das Restaurant kommt später. Zunächst nehmen wir einen Aperitivo, das ist in Bologna quasi die vierte Mahlzeit. Dazu stuzzicati.«

»Vorspeisen?«

»Unser Art von Tapas oder Mezze, wenn Sie so wollen. Nur besser, natürlich! Ich weiß auch schon, wo wir die kriegen. Danach gehen wir in ein ausgezeichnetes kleines Restaurant, nur wenige Meter von hier. Kommen Sie! Der Besitzer ist ein guter Freund von mir.«

Kieffer war sich nicht sicher, ob di Pietro den Eigentümer des Restaurants meinte oder jenen der Bar, die sie nun betraten. Jeder hier schien den rotnasigen Professor zu kennen, sie hatten kaum die Schwelle überschritten, als ihnen der Mann hinter der Theke bereits etwas zurief. Di Pietro erwiderte etwas. Von dem sich daraufhin ergebenden Gespräch bekam Kieffer wieder nur Fetzen mit, aber die Quintessenz der Ausführungen des Professors war wohl diese: Er, Kieffer, sei ein berühmter Koch, der sich Bologna anschaue, und der Wirt solle seine besten Sachen holen. Von der Decke hingen ganze Parmaschinken und Schnüre, an denen Trauben von Scamorza festgeknotet waren. Im hinteren Teil der Bar war zudem ein beachtliches Buffet aufgebaut. Auf großen Platten türmten sich gegrillte Gemüse, mit Schinken belegte Panini, mit Wurst gefüllte Blätterteigtaschen und Käsewürfel. Außerdem gab es Couscous und Berge von Obst.

»Ist das ein Dinnerbuffet?«

»Das? Nein, das sind nur die Stuzzicati.«

»Das alles? Sieht für mich eher wie eine ganze Mahlzeit aus.«

»Nun, man könnte sagen, dass unsere Appetizerkultur möglicherweise etwas außer Kontrolle geraten ist.«

»Wie meinen Sie das?«

»Zum Aperitivo bekommt man hierzulande Häppchen. Stuzzicati. In La Grassa müssen die natürlich etwas opulenter sein als anderswo.«

»Natürlich.«

»Irgendwann traten Bolognas Bars in einen regelrechten Wettstreit, wer das opulenteste Angebot an Stuzzicati offeriert. Dieser Laden hier hat momentan die Nase vorn, aber wer weiß, wer als Nächstes noch eine Schippe drauflegt.«

Kieffer musterte die verschiedenen Speisen. In einem deutschen oder französischen Restaurant wäre dieser riesige Berg von Essen problemlos als All-you-can-eat-Buffet durchgegangen.

»Was kostet das denn?«, fragte der Koch

»Hmm? Oh, einen Euro Aufschlag auf den Aperitif. Apropos: Was trinken wir?«

»Nun, vielleicht ...«

»Ich sage: Negronis! Mögen Sie Negronis?«

»Ziemlich viel Rumms für den Anfang des Abends.«

»Dann Negroni sbagliato«, sagte di Pietro.

»Sbagliato? Heißt das nicht Fehler?«

»Fast. Ein ›verunglückter Negroni‹. Ohne den Gin, stattdessen mit Prosecco.«

»Einverstanden.«

Sie bestellten die Drinks und häuften sich stuzzicati auf ihre Teller. Kieffer probierte alle. Sie waren vorzüglich. Als der Kellner die verunglückten Negronis vor ihnen abgestellt hatte, hob Ulisse di Pietro sein Glas: »Wäre das nicht der geeignete Augenblick fürs Du? Wer weiß, ob ich mich später noch an deinen Namen erinnern kann!«

Kieffer schmunzelte und hob sein Glas.

»Xavier.«

»Ulisse.«

Etwa drei Stunden später duzten sie sich immer noch, waren aber bereits zu Kosenamen übergegangen – inzwischen nannte er den Professor Uli. Das war weniger die Folge der diversen Verbrüderungsrituale, die mit jeder neuen Flasche erfolgt waren, sondern eher dem Umstand geschuldet, dass Kieffer das scharfe Doppel-S nicht mehr sauber herausbrachte. Es klang stets wie »Ulischisch«, weswegen er der Einfachheit halber Uli sagte.

»Uli«, hob er an, »warum schind dir … die Oliven scho … also wasch ich schagen will … warum schind schie dir lieber alsch Wein?«

»Schafi«, sagte Ulisse di Pietro, »Wein iss schön, aber su einfach. Siss is' im Grunde«, an dieser Stelle stieß er geräuschvoll auf, »wie mit den Frauen.«

»Genau!«, sagte Kieffer und nickte energisch. »Genau. Warum?«

Er griff nach der Weinflasche. Es handelte sich um einen sündhaft teuren Barolo, den sie der Chefin der Osteria abgeschwatzt hatten, als sie bereits auf dem Weg zum Ausgang gewesen waren. Nun saßen sie auf einem kleinen Platz, auf dem Rand eines Barockbrunnens und tranken ihn aus Plastikbechern, auf denen »Birra Peroni« stand. Wo hatten sie die eigentlich her? Er konnte sich beim besten Willen nicht daran erinnern. Es musste schon weit nach Mitternacht sein, sämtliche Läden hatten geschlossen und der Platz war menschenleer.

»Weil«, sagte di Pietro und wedelte dabei mit einem Finger vor Kieffers Gesicht herum, »die Attrassivität von Früch … Früchchen in ihrer … ihrer Unnahbarkeit begründet iss.«

»Wassn für Früchschn? Meinstu Frauen? Trauben? Oliven?«

»Alles!«, rief der Professor. »Weissu, die Traube, is süß, aber es is so einfach, ihre .. hick … ihre Säfte sum Fließn su bringen. Du muss nur ein bissn drücken un quetschn, und schon ergießen sich Ströme von … ah … wenn du verstehss, was ich meine.«

»Natürlisch!«

»Aber die Olive, dass … das keine puttana, keine Schlampe, nein. Eine Heilige! Verstehssu? Sie will sich nich hingeben, sie bewacht eifersüchtig ihrn … Saft. Öl! Kommsu nur durch viel Arbeit ran. Wie manche«, ein weiterer Rülpser entstieg di Pietros Kehle, »manche Frauen, verstessu?«

»Natürlisch!«

Di Pietro erhob sich. Er legte den Kopf in den Nacken und redete nun nicht mehr mit Kieffer, sondern mit jemand anders, den er anscheinend hoch oben im Himmel vermutete. Dafür sprach auch die Tatsache, dass er ziemlich laut brüllte.

»Wein is Bacchus! Aber Olivenöl iss Athene, mysseriös und äh …«

Weiter kam er nicht, denn aus einem der Fenster auf der gegenüberliegenden Seite der verlassenen Piazza drangen laute Flüche zu ihnen herüber.

»Zitto! Idioti ubriachi!«

Es schien das Signal zum Aufbruch zu sein. Kieffer erhob sich. Nachdem er sich eine Zigarette angesteckt hatte, wankten sie gemeinsam in Richtung des Hotels, das der Koch ohne di Pietros Hilfe nie wiedergefunden hätte. Es war nur eine kurze Strecke, für die sie jedoch eine Ewigkeit benötigten. Wieder ging es durch endlose

Bogengänge. Kieffer fiel auf, dass die Arkaden nicht nur den Regen fernhielten, sondern noch einen weiteren Vorteil besaßen, der ihm auf dem Hinweg nicht aufgefallen war: Man konnte sich von Säule zu Säule hangeln.

23

Kieffer fiel in sein Hotelbett, schloss die Augen und stellte einen Fuß auf den Boden, um das Zimmer anzuhalten, das sich munter um ihn drehte. Der Rückflug am nächsten Tag ging erst um 14 Uhr, folglich gab es keinen Grund, sich einen Wecker zu stellen. Mit diesem befriedigenden Gedanken schlief er ein.

Es war noch sehr früh, als ihn das Chopin-Gedudel seines Handys aus dem Schlaf riss. Wie früh, konnte Kieffer nicht genau sagen. Auf dem Nachttisch neben ihm befand sich zwar eine Digitaluhr, aber der Sinn der leuchtend orangenen Ziffern erschloss sich ihm nicht. Kieffer beschloss, die Sache auszusitzen, besser gesagt auszuliegen. Nach dem siebten oder achten Klingeln war Schluss mit Chopin. Er war bereits wieder halb eingeschlafen, als es von Neuem zu dudeln begann. Ächzend stemmte der Koch sich auf die Ellenbogen hoch und schwang die Füße aus dem Bett. Während er zu dem Tisch wankte, auf dem sein Telefon lag, schaute er erneut auf die Digitaluhr. Es war 05:48. Er hoffte für den Störenfried, dass dieser einen verdammt guten Grund hatte, ihn um diese Uhrzeit anzurufen.

»Hmm?«

»Xavier, bist du das?«

Die Stimme gehörte Alessandro. Kieffer war sofort hellwach.

»Alessandro? Wo zur Hölle steckst du?«

Der Koch konnte hören, dass sein Freund keuchte. Außerdem knackte im Hintergrund etwas. Es klang, als ob Alessandro rannte, vielleicht durch einen Wald oder durch Gestrüpp.

»Keine Zeit. Hör zu: Ich hab Scheiße gebaut.«

»Das war mir schon aufgefallen. Mit was für Leuten lässt du dich …«

»Ich bin ihnen entwischt. Aber irgendwie haben sie mich wiedergefunden. Ich hab nur ein paar Sekunden, ich glaube, sie sind gleich …«

Wieder hörte Kieffer Atemgeräusche, dann ein Rauschen, wie wenn etwas über Alessandros Handy streifte.

»Alessandro? Alessandro!«

»… bin ich wieder. Hör zu. Garibaldi … wollte nicht … Rot … das rote …«

»Rot? Castello rosso?«

»Man kann es nachweisen, verstehst du? Geht nicht raus. Sie haben das alles … oh nein.«

Wieder konnte er Alessandros rasselnden Atem hören. Im Hintergrund meinte er außerdem ein neues Geräusch zu vernehmen. Es klang wie das Bellen eines Hundes – nein, mehrerer Hunde.

»Ich bin in Italien«, schrie Kieffer in sein Telefon. »Ich hole dich. Alessandro, wo bist du?«

Einen Moment lang war es still am anderen Ende der Leitung und Kieffer fürchtete bereits, die Verbindung sei abgebrochen. Dann hörte er unvermittelt wieder die Stimme seines Freundes. Alessandro flüsterte.

»Die Frachtunterlagen, die Markierungen, ich kann alles beweisen. Sind auf dem Computer in Pistoia. Hol sie, bevor … die machen kurzen Prozess.«

Kieffer konnte ein Schluchzen hören.

»Schütze Maria und die Kinder.«

»Wo bist du?«

»Ich weiß es nicht. Nicht mehr im Süden, glaube ich. Sieht hier aus wie … eine Fischzucht oder … Scheiße. Ich muss Schluss machen.«

»Alessandro!«

»Ja?«

»Die Festplatte wurde geklaut.«

»Garibaldi. Garibaldi hat Kopien. Er wird aber … nein, das … nein!«

Dann brach die Verbindung ab. Kieffer drückte die Wiederwahltaste und ließ es klingeln, bis die Mailbox ansprang. Fluchend versuchte er es noch einmal, mit dem gleichen Ergebnis. Aufgeregt lief er in dem kleinen Zimmer auf und ab. Er wusste nicht, was er tun sollte. Der Umstand, dass jemand mit einer Kreissäge im Inneren seines Kopfes hantierte, machte das Nachdenken nicht gerade einfacher. Auch sein Magen fühlte sich seltsam … Er schaffte es gerade noch, vor der Toilettenschüssel auf die Knie zu gehen. Als er soweit die Kontrolle über seinen Körper zurückgewonnen hatte, dass er wieder aufstehen konnte, setzte er sich auf die Kante des Betts und rief Lobato an. Es klingelte sechsmal, bevor sie abnahm.

»Hmm? Monsieur Kieffer? Ich hoffe, Sie haben einen verdammt guten Grund, um diese Zeit …«

»Alessandro hat mich gerade angerufen.«

»Alessandro Colao? Sind Sie sicher?«

Es war eine dämliche Frage. Unter anderen Umständen

hätte Kieffer die frühmorgendliche Schlaftrunkenheit der Kommissarin sicherlich als mildernden Umstand gelten lassen. Aber nicht jetzt.

»Ja, Herrgott. Er hat von einer italienischen Handynummer aus angerufen. Ich glaube, er ist in Lebensgefahr. Es klang, als sei jemand hinter ihm her.«

»Haben Sie die Nummer?«

»Im Handy.«

»Dann simsen Sie mir die.«

»Und dann?«

»Ich rufe sofort meinen italienischen Kontaktmann an. Die sollen das Handy orten.«

»Okay.«

Kieffer legte auf und tat wie ihm geheißen. Danach lief er in seinem Zimmer auf und ab. Als er das vierte oder fünfte Mal vor der Zimmertür kehrtmachte, um erneut bis zur gegenüberliegenden Wand zu laufen, sah er sich im Spiegel. Erst jetzt fiel ihm auf, dass er offenbar in seinen Klamotten geschlafen hatte. Sein Hemd war voller Flecken – Barolo, Ragú, andere Dinge. Sein Gesicht sah aus wie ein Pizzafladen, den man zu lange hatte gehen lassen. Kieffer beschloss, dass er, bevor er irgendetwas anderes tun konnte, zunächst unter die Dusche musste. Nachdem er sich gewaschen und frische Kleidung angezogen hatte, fühlte er sich etwas besser, sah man von den sägenden Kopfschmerzen ab. Er nahm einige Aspirin aus seinem Kulturbeutel, schluckte sie und hoffte, dass sie unten blieben. Sie taten ihm den Gefallen. Danach überprüfte er, ob Lobato ihn vielleicht bereits zurückgerufen hatte, aber Fehlanzeige.

Der Koch fluchte leise. Grenzüberschreitende Polizeiarbeit war eine mühsame Angelegenheit, das wusste er aus eigener Erfahrung. Als vor einigen Jahren ein Gastrokritiker in seinem Restaurant tot umgefallen war, hatten die luxemburgischen und französischen Polizeibehörden gemeinsam ermitteln müssen. Das Resultat war ein heilloses Durcheinander gewesen. Und damals hatten die Beamten auf beiden Seiten zumindest dieselbe Sprache gesprochen. In diesem Fall war die Zusammenarbeit vermutlich noch schwieriger. Er wollte gar nicht wissen, wie lange es dauern würde, bis Lobato den Italienern den Ernst der Lage begreiflich gemacht hatte.

Er fasste einen Entschluss. Rasch stopfte er die im Raum verstreuten Kleidungsstücke in seine Tasche und verließ das Zimmer. Fünf Minuten später saß er in einem Taxi gen Flughafen. Als er gerade die Abflugtafel in der Wartehalle studierte, klingelte sein Handy. Es war Kommissarin Lobato.

»Und?«

»Die Italiener sind jetzt dran. Ist irgendein Prepaid-Handy, keine Nutzerdaten.«

»Und dafür haben Sie über eine halbe Stunde gebraucht?«

»Ich habe den italienischen Kommissar aus dem Bett geklingelt. Alle haben so schnell, wie sie konnten …«

»Wissen Sie denn jetzt, wo er ist?«

»Nein, noch nicht. Aber die Ortung läuft, in ein paar Minuten ist klar, von wo er angerufen hat.«

»Da ist noch was. Alessandro erwähnte einen Typen, Garibaldi. Der hängt da irgendwie mit drin.«

»Wie genau?«

»Weiß ich nicht. Ist ein Olivenölhändler aus Monopoli. Das ist 50 Kilometer von dem Schrottplatz, wo sein Transporter gefunden wurde.«

»Ich verstehe. Um den kümmern wir uns später, Monsieur Kieffer. Das Wichtigste ist jetzt, dass wir Colao finden, lebend.«

»Sie verstehen gar nichts. Vielleicht ist er noch in Monopoli. Und er sagte, seine Familie sei in höchster Gefahr. Garibaldi besitze gewisse Unterlagen. Und solange die nicht sichergestellt sind …«

»… eins nach dem anderen. Die Colaos kriegen Polizeischutz, das veranlasse ich. Die Italiener überprüfen diesen Garibaldi. Aber jetzt läuft zunächst eine Großfahndung nach Colao an, das ist ziemlich aufwendig. Können Sie in zwei Stunden zur Police Judiciaire nach Hamm kommen? Dann besprechen wir den Rest.«

»Das wird schwierig. Ich bin in Italien.«

»Wieso denn das?«

»Ist nicht verboten, soweit ich weiß.«

»Monsieur Kieffer, halten Sie sich da raus.«

»Ich habe es ihm versprochen. Und ich glaube, ich bin schneller.«

Er konnte hören, wie sie Luft durch den Mund einsog.

»Sie helfen Colao am meisten, wenn Sie jetzt endlich wieder in Ihre Küche gehen – und nicht uns auf die Nerven! Sie behindern nur die Ermittlungen, wenn Sie auf eigene Faust …«

»Joana?«

»Diese Duzerei ist nicht …«

»Du kannst mich mal.«

Dann legte er auf. Irgendwie hatte er erwartet, dass sie noch einmal anrufen würde, aber da hatte er sich getäuscht. Das Telefon blieb stumm. Kieffer wandte sich wieder der Abflugtafel zu und suchte, bis er den richtigen Flug gefunden hatte. Am Schalter der Fluggesellschaft legte er seine Kreditkarte auf den Tresen.

»Ich möchte ein Ticket kaufen. Für die nächste Maschine nach Bari.«

»Einfach oder Retour?«

Er überlegte einen Moment. »Einfach, bitte.«

24

Kieffer war noch nie in Bari gewesen. Vermutlich gab es dort eine zauberhafte Altstadt mit von der Sonne ausgeblichenen Renaissancegebäuden sowie eine Strandpromenade mit kleinen Cafés. Das zumindest vermutete er. Von der Autobahn aus wirkte die Stadt hingegen abscheulich, sie schien nur aus halb fertiggestellten, dem Verfall anheimgegebenen Betonschachteln zu bestehen, aus gammeligen Hochhäusern und Gewerbeflächen, auf denen sich rostiges Eisen und Fässer voll mit Gott wusste was türmten. Der Koch hatte sich am Flughafen einen Mietwagen genommen und war sofort auf die Autobahn gefahren, gen Süden, Richtung Monopoli.

Nachdem er die Vororte Baris hinter sich gelassen hatte, wurde es etwas besser. Die Autobahn führte an vielen Stellen direkt an der Küste entlang. Er passierte Städtchen mit weißgetünchten Häusern, links von ihm glitzerte die Adria. Für einen Sonntagmorgen herrschte erstaunlich viel Verkehr, und so brauchte er gut anderthalb Stunden bis Monopoli. Er parkte seinen Wagen auf einem Parkplatz am Rande der Altstadt und lief in Richtung eines alle anderen Gebäude überragenden Kirchturms. Nach kurzer Zeit blieb er stehen und fingerte die Ducalschachtel aus seiner Lederjacke. In der Tasche steckten neben den Zigaretten auch mehrere gefaltete Zettel, jene Ausdrucke, die Ulisse di Pietro ihm überlassen hatte. Kieffer steckte sich eine Zigarette an, entfaltete die Papiere und suchte nach dem Ausdruck der Firmenwebseite Garibaldis. Er nahm ihn in die Hand und betrachtete den Bogen einen Moment. Unter dem Foto standen eine E-Mail-Adresse und eine Telefonnummer, aber keine Anschrift.

Kieffer lief weiter in Richtung der Kirche. Sein Plan erschien ihm nun ziemlich dürftig, vielleicht war es auch gar keiner. Mit weinvernebeltem Schädel hatte er heute früh den Entschluss gefasst, so schnell wie möglich nach Monopoli zu reisen, um dort, ja, was eigentlich genau zu tun? Wenn er seinen Schulfreund richtig verstanden hatte, dann war dieser Garibaldi die Schlüsselfigur. Vielleicht handelte es sich bei ihm um den neuen Geschäftspartner, den Alessandro gegenüber Maria erwähnt hatte. Und das rötliche Gemäuer, vermutlich der Firmensitz des Tresterbarons, musste jenes Castello Rosso sein, von dem sein Freund gesprochen hatte und das auch in Alessandros Notizen erwähnt worden war. Garibaldi, daran hatte sein Freund keinen Zweifel gelassen, verfügte über gewisse Unterlagen, die mit dem Betrug in Zusammenhang standen.

In der Nähe der Kirche öffnete sich die schmale Gasse, die Kieffer hinauflief, zu einem kleinen Platz mit zwei einander gegenüberliegenden Cafés. Eines hatte eine blaue Markise, das andere eine rote. Die Cafés schienen sich zu belauern, sie wirkten wie die Hauptquartiere zweier verfeindeter Lager. Es fiel Kieffer leicht, Partei zu ergreifen –

die Tische des blauen Cafés lagen bereits in der Morgensonne. Der Koch bestellte Cappuccino und ein Cornetto.

Während er wartete, ließ er die Ausdrucke durch seine Finger gleiten. Die Frage war, ob Garibaldi überhaupt mit ihm spräche. Die sich daran anschließende lautete, ob der Olivenölhändler irgendetwas zugeben oder gar die Dokumente herausrücken würde.

Der Kellner brachte die Bestellung. Lustlos kaute Kieffer auf dem Hörnchen herum und trank den Kaffee. Was ihn mehr beunruhigte, war die Frage, ob es vielleicht Garibaldi war, der Alessandro jagte. Aber irgendwie ergab das aus Kieffers Sicht keinen Sinn. Das Auto seines Freundes war auf einem Schrottplatz in der Nähe von Bari gefunden worden. War das Garibaldis Werk? Falls der Ölhändler das Auto hatte verschwinden lassen, wieso dann nicht auch dessen Besitzer? Warum war Alessandro sieben Tage nach seiner überstürzten Abreise aus Luxemburg wieder aufgetaucht? Und weshalb hatte er Kieffer am Telefon erzählt, Garibaldi besitze eine Kopie der gestohlenen Unterlagen?

Der Koch erhob sich und betrat das Café. Bei dem Besitzer, einem rundlichen Mann mit Glubschaugen, zahlte er und legte dann den Ausdruck auf den Tisch.

»Das Gebäude«, sagte er auf Englisch. »Wo ist das?«

Der Cafébesitzer zuckte mit den Achseln. Kieffer tippte auf das Foto. »Castello, castello rosso?«

Der Mann schüttelte den Kopf und sagte etwas auf Italienisch. Kieffer meinte zu verstehen, dass es nach Ansicht seines Gesprächspartners in Monopoli kein rotes Kastell gab. Der Koch nickte und zeigte auf die Firmierung.

»Garibaldi. Olio. Claudio Garibaldi.«

»Si. Nella zona industriale.«

»Im Industriegebiet?«

»Si.«

Kieffer bedankte sich und verließ das Café. An einem Zeitschriftenstand in einer Seitenstraße der Piazza kaufte er eine Karte Monopolis und ließ sich darauf von der Verkäuferin das Industriegebiet markieren. Dann ging er zurück zu seinem Wagen.

25

Nach zwei Kilometern auf einer schlecht in Schuss gehaltenen Nationalstraße gelangte Kieffer zu einer Abzweigung, an der die »Zona industriale di Monopoli II« ausgeschildert war. Er bog ab und schlängelte sich eine Weile zwischen karstigen Hügeln hindurch. Links und rechts erblickte er immer wieder Häuser, die vermutlich hübsche Villen hatten werden sollen. Auf halbem Weg war den Bauherren jedoch aus dem einen oder anderen Grund die Puste ausgegangen, die meisten Gebäude besaßen weder Fenster noch ein Dach. Kurz hinter einem Kreisverkehr erreichte er sein Ziel. Das Industriegebiet von Monopoli schien lediglich zwei Arten von Firmen zu beherbergen: Transportunternehmen und Altmetallhändler. Während die eine Hälfte der mit billigem Maschendraht umzäunten Flächen voller rostiger Lkw stand, türmten sich auf der anderen Berge noch rostigeren Schrotts. Es gab weder Straßenschilder noch Wegweiser, und so fuhr Kieffer die gitterförmig angeordneten Straßen ab, eine nach der anderen.

Garibaldis Ölhandel befand sich am nördlichen Rand des Industriegebiets. Das Erste, was Kieffer auffiel, war die Umzäunung. Statt billigen Maschendrahts hatte Claudio Garibaldi in eine gut drei Meter hohe Mauer aus Ziegelsteinen investiert, auf deren schmaler Kante der Koch in Beton eingegossene Glasscherben zu erkennen meinte. Er fuhr weiter und umrundete das Gelände einmal. Ein Kastell gab es hier nicht, so viel war sicher. Stattdessen stand auf dem vielleicht drei Hektar großen Gelände eine enorme Lagerhalle mit Wellblechdach. Neben der Halle sah er eine Reihe großer Tanks oder Silos. Hinter dem Lagerhaus gab es ein weiteres Gebäude, es sah aus wie eine Fabrik. Dort erhoben sich drei Schlote. Aus einem entwich pechschwarzer Rauch, der langsam in den azurblauen Himmel aufstieg.

Er hatte gehofft, die Garibaldi-Firma aufgrund des Sonntags verlassen vorzufinden. Das Qualmen der Schlote deutete allerdings darauf hin, dass Menschen anwesend waren. Einen Moment lang überlegte der Koch, wie er wohl am besten über die hohe Mauer käme. Vielleicht konnte er den Wagen ganz nah heranfahren und auf dessen Dach klettern. Er verwarf diesen Gedanken jedoch zunächst, vollendete seine Umrundung des Geländes und parkte den Wagen auf der gegenüberliegenden Straßenseite. Als er ausstieg, schlug ihm die Hitze entgegen. Es war fast Mittag und der rissige Asphalt der Straße glühte bereits. Kieffer entledigte sich seines Pullovers und schulterte die Lederjacke. Dann marschierte er die Straße hinauf, zum Haupteingang. Dort suchte er nach einer Klingel, fand jedoch keine. Er versuchte, das Tor aufzuschieben. Es bewegte sich keinen Millimeter.

Kieffer zündete sich seine vorletzte Ducal an, suchte sich eine schattige Stelle unter einer knorrigen Pappel und wartete. Es dauerte eine halbe Stunde, bis der erste

Lkw auftauchte. Der Koch hatte einen Tankwagen erwartet, randvoll mit vermutlich minderwertigem Öl unbekannter Provenienz. Und so war er überrascht, als stattdessen ein Kipplaster mit offener Ladefläche vorfuhr. Darauf befand sich eine bröckelige schwarze Substanz, die man aus der Ferne für Kohle hätte halten können. Oliventrester, dachte er. Das, was nach der ersten und zweiten Pressung übrig bleibt, landet hier.

Der Truck hielt vor der Einfahrt. Kurz darauf öffneten sich die Rolltore. Kieffer überquerte rasch die Straße und lief hinter dem Laster her, als dieser auf den Hof fuhr. Der Lkw hielt auf einen Teil des Geländes zu, auf dem sich ein riesiger Berg der schwarzen Substanz auftürmte. Dort wendete er und begann, seine Kippbrücke hochzufahren. Es gab ein Geräusch wie von kleinen Steinen, die einen Hang hinabrieselten, als der Trester herausrutschte.

Noch immer sah Kieffer niemanden. Deshalb ging er zunächst in Richtung der Lagerhalle. Vor dem Gebäude stand ein kleiner Verschlag, vermutlich als Sonnenschutz für den diensthabenden Vorarbeiter gedacht. Er war verlassen. Von einem Wandhaken nahm der Koch einen Schutzhelm und setzte ihn auf. Auf einem Klapptisch lag ein rotes Klemmbrett, das er sich ebenfalls griff. So ausgerüstet lief er um die Halle herum, in Richtung des Fabrikgebäudes. Ein Arbeiter in einem schmutzigen Blaumann kam ihm entgegen. Kieffer nickte und brummte einen unverständlichen Gruß, die Augen auf das Klemmbrett geheftet. Danach ging er einfach weiter. Als er sich der Produktionsstätte näherte, stieg ihm der beißende Geruch von Lösungsmitteln in die Nase, vermischt mit dem Gestank verbrannten Öls. In Kombination mit der Mittagshitze war es kaum auszuhalten. Dann sah er die Fabrik.

Offenbar wurde hier das Öl aus den Olivenrückständen gelöst. Er konnte mehrere müde aussehende, unrasierte Männer erkennen, die mit großen Schippen Trester auf ein Laufband schaufelten. Die teerige Substanz wurde rasch davongetragen und verschwand in einer großen Öffnung in der Wand. Aus der Ferne hörte er das Wummern und Zischen irgendwelcher Maschinen.

Bisher hatte ihn niemand bemerkt. Forschen Schrittes lief er weiter nach rechts, wo sich drei schmutzigweiße Silos erhoben. Der Koch ging hinter einem in Deckung und beobachtete die Arbeiter eine Weile. Während er ihnen zuschaute, fingerte er sich eine Zigarette aus der Jackentasche. Gerade, als er sie anzünden wollte, bemerkte er die Symbole an dem Silo. Drei orangefarbene Gefahrenzeichen klebten darauf: Eines mit einem X, eines mit einem toten Fisch sowie einem verdorrten Baum und eines mit einer Flamme. Er steckte die Zigarette wieder weg.

Zehn Minuten später schaufelten die Männer immer noch Trester auf das Band. Die einzige sichtbare Veränderung schien zu sein, dass inzwischen auch aus dem zweiten der drei Schlote pechschwarzer Qualm quoll. Kieffer beschloss, dass es hier nichts mehr zu sehen gab und lief zwischen der Lagerhalle und der Fabrik hindurch, vorbei an den schwitzenden Arbeitern, die ihm keinerlei Beachtung schenkten.

Der Eingang der Tresterfabrik schien sich auf der ihm abgewandten Seite zu befinden. Gleich würde er dort ankommen. Kurz bevor er sein Ziel erreichte, bekam er Gesellschaft. Sie waren zu zweit. Beide trugen Jeans und T-Shirts, keine Helme, aber teure Designersonnenbrillen. Sie hatten ganz offensichtlich auf Kieffer gewartet. Nun versperrten die beiden Männer den Durchgang zwischen den beiden Gebäuden. Instinktiv sah der Koch sich um. Zwei der Arbeiter, die ihn eben so geflissentlich ignoriert hatten, kamen von der anderen Seite auf ihn zu, die Schaufeln in den Händen. Kieffer hob zum Zeichen der Kapitulation die Hände. Einer der beiden Männer im T-Shirt kam auf ihn zu.

»Du hast Nerven, hier aufzutauchen«, sagte er in brüchigem Englisch. Dann schrie er auf Italienisch: »Questo è il detective! Avanti!«

»Das ist ein Missverständnis«, rief Kieffer. »Ich bin kein Detektiv, ich komme wegen …«

Weiter kam er nicht. Als die Schaufel seinen Hinterkopf traf, verlor er augenblicklich das Bewusstsein.

26

Er musste eine ganze Weile ohnmächtig gewesen sein, denn als Kieffer wieder zu sich kam, befand er sich nicht mehr in dem Industriegebiet. Noch bevor er die Augen aufschlagen konnte, roch er salzige Seeluft. Statt des Zischens und Stampfens der Tresterfabrik vernahm er Meeresrauschen und gedämpfte Musik. Er schaute sich um. Kieffer lag auf einem Sofa, das sich auf der Terrasse eines großen Hauses befand. Unter anderen Umständen wäre es ein idyllisches Plätzchen gewesen. Sein Kopf ruhte auf einem weichen Kissen, ein Sonnenschirm spendete ihm Schatten. Am anderen Ende der mit Töpfen voller Petunien und Stiefmütterchen geschmückten Terrasse konnte er das Meer sehen. Und auf einem Beistelltischchen neben ihm stand ein Eiskübel, in dem sich eine Weinflasche befand.

»Ah, Sie sind wach«, sagte eine tiefe Stimme in stark akzentuiertem, aber brauchbarem Englisch. Sie gehörte einem Mann, der in einiger Entfernung unter einem weiteren Sonnenschirm in einem Korbstuhl thronte. Er war wohl um die fünfzig Jahre alt, trug eine Anzughose und ein weißes Hemd, das sich über einem mächtigen Bauch spannte.

»Wo bin ich?«

»In meinem Landhaus.«

Kieffer setzte sich vorsichtig auf. Er konnte nun weitere Details erkennen. Die Terrasse gehörte zu einer großen Villa, die in den hinter ihnen liegenden Hang gebaut worden war. Neben dem Sofa und zwei Korbsesseln gab es einen Esstisch, eher eine Tafel. Sie waren nicht allein. Neben der gläsernen Terrassentür stand ein weiterer Mann in Hemd und Anzughose. Er trug ein Schulterholster mit einer Pistole. Der Koch berührte vorsichtig seinen Hinterkopf. Er tat weniger weh, als er angenommen hatte. Vermutlich hatte der Helm ihn vor dem Schlimmsten bewahrt. Allerdings war ihm ein wenig schwindelig. Vorsichtig stand er auf. Der Mann mit dem Schulterholster machte einen Schritt auf ihn zu, wurde jedoch von dem Dicken mit einer Handbewegung zurückgehalten.

»Nicht nötig, Ugo. Ich denke, unser Gast ist vernünftig und macht uns keine Scherereien. Stimmt's, Signore Kieffer?«

Der Koch nickte matt und machte einige Schritte auf den Mann im Korbsessel zu. Der wiederum musterte den Koch, seine Augen verrieten eine gewisse Belustigung. In der Linken hielt er ein Glas mit einer roten Flüssigkeit. Die Eiswürfel darin klackerten, als er sich erhob. Mit der Rechten zeigte er auf den Tisch.

»Bitte, setzen Sie sich. Möchten Sie etwas essen? Mein Koch hat frische lampascioni aufgetrieben, Hyazinthenblüten. Er frittiert sie in Teig, mit Orangenhonig.«

»Nein danke, Herr Garibaldi.«

Der Dicke zuckte mit den Achseln.

»Dann müssen Sie mir beim Essen zuschauen, ich

habe nämlich einen Hunger, den ich wegen dieses kleinen Zwischenfalls nun bereits seit zwei Stunden vor mir herschiebe. Wobei ich verstehen kann, dass einem so ein Schlag mit dem Spaten auf den Magen schlägt. Aber ein Wasser nehmen Sie schon?«

»Gerne.«

Sie setzten sich an den Tisch. Kieffer trank einige große Schlucke des geeisten Wassers, das Ugo vor ihm abgestellt hatte. Als er damit fertig war, sagte sein Gegenüber: »Und nun erzählen Sie mir, für wen Sie arbeiten. Ich hatte ja eigentlich gedacht, Sie hätten allmählich aufgegeben. Aber ich habe wohl unterschätzt, wie hartnäckig Sie sind.«

»Verzweifelt trifft es eher.«

Garibaldi hob die Augenbrauen und schaute ihn fragend an.

»Ich glaube ich bin nicht der, für den Sie mich halten.«

»Sie sind ein Privatdetektiv, der hier seit Tagen herumschnüffelt. Ich weiß, dass Sie nicht wirklich Kieffer heißen. Und dass Sie sich am Hafen von Bari nach meinen Schiffen erkundigt haben, außerdem beim Schiffsregister und der Gewerbeaufsicht. Leugnen Sie es nicht, es hat ohnehin keinen Zweck. Für wen arbeiten Sie? Nero? Vermelli? Oder für die Amerikaner?«

Kieffer schüttelte den Kopf – zu energisch, sofort wurde ihm wieder schwindelig.

»Ich bin kein Detektiv.«

»Sondern?«

»Ich bin Koch.«

Einen Moment lang sah es so aus, als ob Garibaldi einen Wutanfall bekommen würde. Seine buschigen Brauen zogen sich zusammen, seine Lippen wurden schmal, die Linke krampfte sich um das Campariglas. Alles deutete auf eine Eruption hin. Dann fing er schallend an zu lachen.

»Ich habe schon viele Ausreden gehört. Aber das ist die bisher originellste.«

»Schauen Sie in mein Portemonnaie«, sagte Kieffer. »Im Kartenfach stecken Visitenkarten.«

Garibaldi machte eine Kopfbewegung, woraufhin Ugo verschwand, um kurz darauf mit Kieffers Geldbörse zurückzukehren. Er gab sie seinem Boss, der eine der Visitenkarten des »Deux Eglises« herausholte und sie betrachtete.

»Luxemburgische Spezialitäten, so so. Privatschnüffler haben immer einen Haufen getürkter Visitenkarten dabei, was soll das beweisen?«

»Auf der Webseite des Restaurants ist ein Foto von mir.«

»Ein weiterer billiger Trick.«

Kieffer überlegte. Dann sagte er: »Haben Sie einen Computer? Wenn Sie meinen Namen eingeben, außerdem Levoir Brillet, dann finden Sie einen Zeitungsartikel über mich. Ich habe letztes Jahr den Preis eines Gastroführers gewonnen, für Regionalküche. Es gibt ein Bild von mir, das der Pressefotograf bei der Preisverleihung gemacht hat. Das kann ich ja wohl kaum gefälscht haben.«

Ugo sah Garibaldi fragend an. Der schüttelte jedoch den Kopf. »Nicht nötig, das zu überprüfen. Ich habe ein Gespür dafür, wann jemand lügt. Sie sagen die Wahrheit, zumindest im Moment.«

Er nippte an seinem Campari.

»Bleibt der Umstand, dass Sie illegal auf mein Firmengelände eingedrungen sind. Wieso?«

»Ich bin ein Freund von Alessandro Colao.«

»Ah.«

»Er ist ein Schulfreund von mir. Ich bin hierhergekommen, weil er Sie erwähnt hat. Vor einer Woche ist er verschwunden, und ich versuche herauszufinden, ob ihm etwas zugestoßen ist. Sie kennen ihn. Wissen Sie, wo er ist?«

Er musterte Kieffer. Der Ausdruck der Belustigung war aus seinen Augen gewichen. »Ich weiß nicht, wo Colao ist. Und schauen Sie mich nicht so erbost an. Ich habe Ihrem Freund nichts getan.«

»Wer dann?«

Garibaldi schüttelte den Kopf. »Nein, so läuft das nicht. Das ist keines dieser Gespräche, bei denen ich ihnen etwas erzähle, und Sie mir, und dann wieder ich. Und wissen Sie, warum nicht?«

»Weil ich Ihnen hilflos ausgeliefert bin?«

»Zum einen. Zum anderen, weil ich Ihnen nicht trauen kann. Vielleicht sind Sie kein Detektiv. Vielleicht sind Sie ein Freund von Colao, der auch mein Freund war, zumindest bis vor Kurzem. Aber vielleicht arbeiten Sie auch für die anderen. Gerade als Koch sind Sie mir da verdächtig.«

»Ich bin kein Pizzabäcker mit Mafiakontakten, wenn Sie das meinen.«

»Die Zeiten, als diese Geschäftsleute lediglich die italienischen Restaurants kontrolliert haben, sind schon lange vorbei, Signore Kieffer. Wie wollen Sie mir beweisen, dass Sie auf eigene Rechnung hier sind?«

»Ich kann Ihnen nur mein Wort geben. Alessandro ist einer meiner ältesten Freunde. Ich habe seiner Frau versprochen, nach ihm zu suchen. Er ist in großer Gefahr, ich würde alles tun, um ihn lebend zu finden.«

»Alles? Das wird sich zeigen.«

Garibaldi winkte seinen Wachhund heran und flüsterte ihm etwas ins Ohr. Der nickte und verschwand im Haus. Kurz darauf erschien ein anderer Bediensteter. Er brachte eine Platte mit den bereits angepriesenen frittierten Hyazinthenblüten, außerdem eine mit Mozzarella und Tomaten. Garibaldi lud sich von allem reichlich auf den Teller. Dann griff er nach einer Flasche, die in der Mitte des Tisches stand und übergoss sein Essen mit reichlich Olivenöl. Er zeigte mit seiner Gabel auf die Antipasti.

»Wirklich nichts?«

»Sehr freundlich, aber nein danke.«

Garibaldi begann mit großem Appetit zu essen. Als er den Teller geleert hatte, tupfte er sich mit seiner Serviette Olivenöl vom Doppelkinn.

»Ich frage mich, wo Ugo mit den Drinks bleibt. Ah, da kommt er ja.«

Der Gehilfe betrat die Terrasse, mit beiden Händen ein rundes Tablett haltend. Darauf standen sechs geeiste Martinigläser. In jedem befand sich eine durchsichtige Flüssigkeit. Als Ugo das Tablett abstellte und die Drinks vor Kieffer aufreihte, stieg dem Koch das Aroma von Gin und Wermut in die Nase. In jedem der Martinis schwamm eine schwarze Olive, in der ein kleiner Holzspicker steckte.

»Wissen Sie, wären Sie dieser verfluchte Detektiv oder so ein Schläger, den mir weiß Gott wer auf den Hals gehetzt hat, dann gäbe es für Sie keinen Drink und auch keine Antipasti. Sondern noch eins mit der Schaufel, aber diesmal mit mehr Schmackes.«

Kieffer zweifelte nicht daran, dass Garibaldi die Wahrheit sagte. Er hatte auch eine düstere Ahnung, was danach mit ihm passieren würde. Der Koch dachte an die

Berge von Trester, die sich auf Garibaldis Gelände im Industriegebiet türmten und an das, was Ulisse di Pietro gesagt hatte: »Eine schwarze Schlacke, die man zu Blöcken presst. Manchmal wird sie in Kraftwerken verfeuert.« Es war vermutlich nicht sonderlich schwierig, jemanden in einem dieser Blöcke spurlos verschwinden zu lassen.

»Aber Sie sind kein Profi«, Garibaldi griff mit der Hand nach der letzten Hyazinthenblüte und führte sie zum Mund.

»Sie haben ganz offensichtlich keine Ahnung, mit wem Sie es zu tun haben. Sie sind ein Tölpel, aber einer mit einem ehrbaren Anliegen, immerhin.«

Zwei schnelle Bisse und die Blüte war in Garibaldis Mund verschwunden.

»Dass jemand so dämlich ist, von Luxemburg bis nach Apulien zu reisen und unangekündigt in meiner Fabrik aufzutauchen, zeugt nicht gerade von Cleverness, aber von Mut.«

»Ich nehme das als Kompliment.«

»So ist es auch gemeint. Wenn Sie wirklich Eier haben, wenn Sie wirklich nur gekommen sind, um Ihren Freund zu retten, dann dürfen Sie wieder gehen, Ihren stümperhaften Einbruch vergessen wir.«

»Das ist sehr freundlich von Ihnen«, sagte Kieffer matt.

»Ich weiß. Aber es ist nicht das, was Sie wollen«, entgegnete Garibaldi. »Ich sehe es an Ihrem Gesicht. Sie wollen mir vorher gerne ein paar Fragen stellen. Ziemlich respektlos angesichts der Gesamtsituation, finden Sie nicht?«

»Ich bedaure, dass Sie das als Mangel von Respekt empfinden. So ist es nicht gemeint.«

»Wie Sie es meinen, ist nicht entscheidend. Was sollen die Leute denken, wenn sie hören, dass man bei Don Garibaldi einbrechen kann und zum Dank auch noch ein Mittagessen und ein paar gute Ratschläge bekommt? Wenn Sie Antworten auf Ihre Fragen wollen, dann müssen Sie mir dafür auch etwas geben.«

»Informationen?«

»Ich weiß bereits alles, was ich wissen muss. Über Olivenöl. Über Alessandro Colao. Über die anderen. Nur dieser Detektiv, der würde mich interessieren.«

»Der bin ich aber nicht, und ich habe leider auch keine Ahnung, wer er ist.«

»Richtig. Weswegen Sie nichts anzubieten haben. Außer Ihrem Mut.«

Garibaldi machte eine dramatische Geste in Richtung der Martinis, die wie eine Ehrengarde vor Kieffer aufgereiht waren. »Die Welt ist voller Feiglinge. Mut ist so ziemlich das Einzige, was einem alten Mann wie mir noch imponiert. Den müssen Sie mir aber erst beweisen. Jeder Martini ist eine Frage wert. Meine Antworten werden kurz sein, aber wahr.«

Kieffer bemerkte, dass ihm der Schweiß den Rücken hinunterzurinnen begann.

»Wo ist der Haken?«

»Die Oliven in den Martinis sind gefüllt, mit gegrillter Paprika. In einer ist außerdem Gift. Genug, um einen gestandenen Mann wie Sie binnen Sekunden zu fällen. Was Ihrer Neugier enge Grenzen setzt. Also?«

Kieffer war froh, dass er saß, denn seine Beine zitterten. Konnte es sein, dass Garibaldi nur bluffte? Natürlich war das möglich, einerseits. Andererseits vermutete er inzwischen, dass Garibaldi ebenfalls ein Mafioso war.

In diesem Fall war ihm alles zuzutrauen. Einen Moment lang schaute der Koch die Martinis an. Die Gläser begannen allmählich warm zu werden, der dünne Eisfilm, mit dem sie beschlagen gewesen waren, hatte sich bereits in Wasser verwandelt. Auf dem Tisch begannen sich kleine Pfützen zu bilden. Die Oliven, die in der transparenten Flüssigkeit schwammen, waren keine der armseligen Cocktailfrüchte, die man gemeinhin aus dem Supermarkt kannte. Diese hier waren größer, sie schimmerten blauschwarz und waren allem Anschein nach gerade erst entkernt und mit Stücken gelber Paprika gefüllt worden.

»Bekomme ich richtige Antworten?«

»Auf jeden Fall wahre. Und mit einem einfachen Ja oder Nein werde ich Sie auch nicht abspeisen. Eine Frage kann ich Ihnen allerdings nicht beantworten.«

»Und die wäre?«

»Wo Colao derzeit ist. Das weiß ich nicht.«

Eine Stimme in seinem Kopf riet Kieffer, das Angebot abzulehnen, sich für die Gastfreundschaft zu bedanken und zur Vordertür der Villa hinauszuspazieren. Er hatte die Hände bereits auf die Lehnen des Stuhls gestützt und war im Begriff, sich hochzudrücken, da vernahm er eine andere Stimme. Sie gehörte Alessandro, er konnte seinen Freund keuchen hören, stellte sich vor, wie er durch den Wald lief, auf der Flucht vor den Bluthunden. Er nahm die Hände von der Lehne, legte sie flach vor sich auf den Tisch und betrachtete die Gläser.

Er konnte fühlen, wie Garibaldi ihn gespannt beobachtete. Einen Moment verharrte er, dann griff er nach dem ersten Glas. Gingeruch stieg ihm in die Nase. Er setzte es an seine Lippen und trank einen großen Schluck. Dann griff er nach dem Zahnstocher, der in der Olive steckte und führte ihn zum Mund. Kieffer fühlte, wie die Frucht gegen seinen Gaumen und seine Zunge drückte. Dann manövrierte er die Olive zwischen seine Backenzähne und biss zu.

Fruchtige, pfeffrige Aromen explodierten auf seiner Zunge, gefolgt von der Süße gerösteter Paprika, gepaart mit einer leichten Essignote. Er schloss die Augen und spürte den verschiedenen Geschmäckern in seinem Mund nach. War da nicht auch ein Hauch von Bitterkeit, der nicht von der Olive herrühren konnte, der irgendwie chemisch war? Und hatte da nicht etwas zwischen seinen Zähnen geknirscht, als sie die Olive zermalmt hatten? Der Schweiß rann ihm in Sturzbächen den Rücken und das Gesicht hinunter.

»Sie können die Augen wieder öffnen«, sagte Garibaldi leise.

»Wenn Sie auf eine giftige beißen, merken Sie das, glauben Sie mir.«

Kieffer tat wie ihm geheißen. Garibaldi beobachtete ihn, seine Augen verrieten Bewunderung, aber auch Belustigung. Dieses apulische Olivenroulette bereitete ihm ganz augenscheinlich Vergnügen.

»Bravo! Und wie lautet Ihre erste Frage?«

27

Kieffer wischte sich den Schweiß von der Stirn.

»Was für krumme Geschäfte hat Alessandro in seinem Oleificio gemacht?«

»Ihr Freund betrieb dort neben seinem normalen Geschäft seit einigen Jahren einen Schattenhandel. Ich kaufe einige, sagen wir, eher mittelmäßige Öle ein und veredle sie. Danach sind sie von ordentlicher Qualität. Nein, jetzt schauen Sie nicht so. Nicht jeder ist ein Gourmet. Ich mache ganz normales Öl für ganz normale Leute. Passable Ware, sie hat una bella bocca, wie wir sagen. Aber die im Norden meinen, sie wären was Besseres. Für die muss es extra vergine aus der Toskana sein. Öl aus Apulien ist nicht mehr gut genug. Colao schleuste deshalb mein Öl durch seine Mühle und deklarierte es um.«

»Das ist aber wohl kaum das, was ihn in solche Schwierigkeiten gebracht hat.«

»Das ist eine Frage.«

»Es ist eine Feststellung.«

»Sie reden wie ein Anwalt. Ich sage Ihnen, wie Ihre nächste Frage lauten wird.«

»Und zwar?«

»Sie wollen wissen, mit welcher anderen Dummheit sich Colao so tief in die Scheiße geritten hat.«

Kieffer nickte kaum merklich. Dann sagte er: »Glauben Sie im Ernst, ich trinke noch einen?«

»Ich bin mir ziemlich sicher, dass Sie es tun werden, denn Sie sind ein verzweifelter Mann, der nicht mehr weiterweiß. Und Sie denken fieberhaft nach, ich kann es sehen. Darüber, ob es die richtige Frage ist. Und darüber, ob ich bluffe.«

Ohne zu antworten, griff Kieffer nach dem zweiten Martini. Er nahm drei Schlucke, ohne abzusetzen. Dann stellte der Koch das Cocktailglas vor sich ab. Seine Hand zitterte, als er nach dem Olivenspießchen griff. Er wollte es zum Mund führen, aber sein Arm verweigerte ihm den Dienst. Nur unter größter Anstrengung gelang es ihm, den Spieß in die Nähe seines Mundes zu bringen. Als sich seine Lippen öffneten, entfuhr seiner Kehle ein Ächzen. Dann biss er zu.

»Ich gratuliere«, sagte Garibaldi. »Sie leben immer noch. Die vereinbarte Frage?«

»Ja.«

»Mein Part bei diesem Geschäft war es lediglich, das Öl zu liefern und es hübsch zu machen – es wird hier desodoriert, von etwaigen Rückständen gesäubert und verschnitten. Danach geht es nach Pistoia, wo Colao es im Auftrag gewisser Mailänder Geschäftsleute in zertifiziertes Premiumöl verwandelt. Dafür wird er bezahlt, aber ihm hat das nicht mehr gereicht. Er wurde zu gierig, wollte diese Leute erpressen. Und da haben die beschlossen, ihn aus der Lieferkette zu nehmen.«

»Wenn Sie diese Leute sagen, dann meinen Sie die Mafia?«

»Das ist eigentlich eine weitere Frage. Die zu beantworten wäre gegen die Spielregeln. Aber weil Sie solch ein furchtloser Bursche sind, spendiere ich Ihnen eine Gegenfrage.«

Kieffer sah Garibaldi erwartungsvoll an.

»Wer ist das, die Mafia? Ist das eine einheitliche Organisation? Oder gibt es viele verschiedene? Und ist diese Mafia, wie Sie sie nennen, eine Bande Krimineller, die Schutzgelder erpresst und Mädchen auf die Straße schickt? Oder ist das vielleicht eine veraltete Vorstellung? Mehr noch: Kann man überhaupt noch sagen, wo die Grenze zwischen ihren Aktivitäten und denen sogenannter ehrbarer Kaufleute verläuft?«

Kieffer erwiderte nichts. Cosa Nostra, Ndrangheta, Camorra – es gab verschiedene dieser Verbrecherorganisationen, und Garibaldi wollte wohl andeuten, dass seine eigene nicht identisch mit jener war, die Jagd auf Alessandro machte. Was er mit der zweiten Andeutung sagen wollte, verstand er nicht ganz. Vielleicht, dass die Mafia mächtiger war, als man gemeinhin glaubte? Oder dass sie von normalen Geschäftsleuten kaum noch zu unterscheiden war?

Garibaldi musterte ihn, dann erhob er sich.

»Soll ich Sie jetzt nach draußen begleiten?«

»Sind wir fertig?«

»Sie auf jeden Fall. Die meisten hören nach dem ersten Martini auf, nur wenige schaffen zwei. Danach wird die Wahrscheinlichkeit, auf etwas anderes als eine Olive zu beißen, einfach zu groß. Und Sie scheinen mir kein Mann zu sein, der um jeden Preis sterben will.«

Bevor Garibaldi weitersprechen konnte, hatte der Koch nach der dritten Olive gegriffen und sie in den Mund gesteckt. Der Italiener schaute ihn mit offenem Mund an. Kieffer fühlte wie die ölige Frucht sich gegen seinen Gaumen drückte. Etwas in ihm hätte nichts lieber getan, als die Olive in hohem Bogen wieder auszuspucken. Ein Zittern ging durch seinen Körper, seine Fäuste ballten sich. Dann schloss er die Augen und biss zu. Noch während er kaute, sagte er: »Wer ist der Mann mit der Augenklappe?«

Langsam erhob Kieffer sich. Der Koch wartete einen Moment, bevor er die Augen wieder öffnete. Er war fast ein bisschen verwundert darüber, dass er immer noch am Leben war. Als er seinen Gegenüber musterte, sah er die Fassungslosigkeit in Garibaldis Gesicht. Er schaute ein wenig, als ob er selbst auf eine vergiftete Olive gebissen hätte.

Garibaldi leckte sich die Lippen. Kieffer meinte, Furcht in seinen Augen aufflackern zu sehen. »Mit der Augenklappe? Es gibt viele Männer, die eine tragen.«

»Aber nur einen, der hinter meinem Freund her ist. Sie schulden mir noch eine Antwort.«

Der Olivenölhändler ging einige Schritte bis zum Rand der Veranda, an dem eine gläserne Balustrade angebracht war. Ihm schien unwohl zu sein. Während er aufs Meer hinausschaute, sagte er: »Sie nennen ihn Occhio Nero, Schwarzauge. Er ist ein Profikiller. Niemand entkommt ihm, niemand. Beten Sie für Ihren Freund. Beten Sie, dass Sie diesem Mann nie begegnen.«

Kieffer merkte, wie dunkle Flecken vor seinen Augen zu tanzen begannen. Er krallte die Hände in die Lehne seines Stuhls. Nur mit Mühe konnte er sich auf den Beinen halten. Panik stieg in ihm auf. Möglicherweise wirkte das Gift doch langsamer, als Garibaldi behauptet hatte. Er konnte das Blut in seinen Ohren rauschen hören. Der Zustand hielt einige Sekunden lang an, dann verschwand das Schwächegefühl urplötzlich.

»Ist Ihnen nicht gut? Das sind diese Martinis auf nüchternen Magen.«

»Wenn ich darf, würde ich jetzt gerne gehen.«

Garibaldi kam zu ihm herüber und klopfte ihm väterlich auf die Schulter. Dann stiegen sie seitlich der Terrasse eine Treppe hinab. Sie führte durch einen aufwendig bepflanzten Garten am Hang, Kieffer passierte Feigenbäume und riesige Rhododendren. Der Olivenölhändler begleitete ihn bis zur Einfahrt. Dort stand eine Limousine mit laufendem Motor.

»Mein Fahrer bringt Sie zurück zu Ihrem Mietwagen. Ihre Sachen finden Sie im Fond.«

»Auf Wiedersehen.«

»Das ist unwahrscheinlich. Vor allem wenn Sie sich mit Occhio Nero anlegen.«

Ohne ein weiteres Wort ging Kieffer auf das Auto zu. Der Fahrer stieg aus und hielt ihm die Fondtür auf. Bevor er einstieg, blickte er zurück auf das Haus am Hang. Er konnte nun erkennen, dass es sich bei der Villa ohne jeden Zweifel um jenes Gebäude handelte, das Garibaldi auf seiner Firmenwebseite verwendete. Nur ein Detail stimmte nicht. Die Villa war nicht rot, sondern schneeweiß.

»Signore Garibaldi?«

»Ja, bitte?«

»Ist dies das Haus auf Ihrer Webseite?«

»Hmm, wieso?«

»Es ist nicht rot, sondern weiß.«

»Natürlich ist es das. In Apulien streicht man Häuser

immer weiß. Aber unsere Werbeagentur hat gesagt, rot sehe besser aus. Deshalb haben sie das Bild verändert. Photoshop.«

Dann wandte er sich ab und lief die in der Hitze flimmernde Einfahrt hinauf, zurück zu seinem castello bianco. Der Chauffeur ließ den Wagen an. Sie rollten auf ein gut vier Meter hohes, gusseisernes Tor zu, das sich langsam öffnete. Kieffer überprüfte seine Habseligkeiten, die auf dem Sitz neben ihm lagen. Seine Lederjacke hatte schneller als erwartet Gebrauchsspuren bekommen, außerdem ein paar Ölflecken. Unter dem Sitz stand seine kleine Reisetasche. In einem der Seitenfächer fand er sein Telefon. Kieffer schaute nach, ob ihn jemand zu erreichen versucht hatte. Ein Anruf von Valérie war verzeichnet, ein weiterer von Lobato, außerdem einer von Ulisse di Pietro. Keiner hatte eine Nachricht hinterlassen.

Am Fenster zog das Meer vorbei. Sie befanden sich auf einer Küstenstraße, einer anderen als jener, auf der er nach Monopoli gekommen war. Das zumindest glaubte er, ganz sicher war er sich nicht. Sein Schädel wummerte immer noch, und die Martinis in seinem leeren Magen machten die Sache nicht besser. Während er noch überlegte, wen er zuerst zurückrufen sollte, bog der Fahrer auf eine Seitenstraße ab. Dem Wegweiser am Straßenrand zufolge führte sie ins Industriegebiet.

»Wie weit noch?«, fragte Kieffer auf Englisch.

»Cinque minuti.«

Er beschloss, mit den Telefonaten zu warten, bis er den Zuhörer los war, auch wenn der Mann anscheinend nur Italienisch sprach. Kurz darauf setzte die Limousine Kieffer vor dem Mietwagen ab, der in der Nachmittagssonne glühte. Er stieg aus und sah dem wegfahrenden

Auto nach. Dann öffnete er die Fahrertür. Hitze schlug ihm entgegen. Er öffnete die restlichen Türen, suchte sich den Schatten eines Baumes und holte sein Handy hervor. Zuerst versuchte er, Valérie zu erreichen, doch wie so oft meldete sich lediglich ihr Anrufbeantworter.

»Val, ich bin's. Hör zu, ich bin in Italien. Wegen Alessandro. Er ist wieder aufgetaucht, aber … es ist ziemlich kompliziert, und ich weiß nicht weiter. Ich brauche deine Hilfe, ruf mich zurück, ja?«

Dann wählte er Joana Lobatos Nummer.

»Lobato.«

»Xavier Kieffer. Es tut mir leid, ich war für einige Stunden komplett ausgeknockt.«

Sie schwieg.

»Ich muss mich bei Ihnen entschuldigen, Kommissärin. Ich wollte Sie nicht anschnauzen, heute Morgen, die Situation hat mich einfach überfordert.«

»Schon gut. Sind Sie immer noch in Italien?«

»Ja, aber ich fliege mit der nächsten Maschine zurück nach Luxemburg. Gibt es was Neues?«

»Wir haben ihn gefunden.«

Alle Schroffheit war aus Lobatos Stimme gewichen. Kieffer merkte, wie seine Beine nachgaben. Er wusste, was nun kam.

»Es tut mir sehr leid«, sagte sie. »Man konnte nichts mehr für ihn tun.«

Kieffer meinte, dass er ihr eine Frage stellte, aber er war sich nicht sicher, was für eine. Lobatos Stimme klang weit entfernt, als sie antwortete.

»Die italienische Polizei konnte das Handy orten. Das Telefonat mit Ihnen kam aus einem Waldstück nahe Ferrara. Die Carabinieri haben sofort die Fahndung eingeleitet und das ganze Gebiet mit Hunden durchkämmt. Das Handy lag in einer Erdkuhle, sie fanden ihn einige Hundert Meter weiter. Er wurde erschossen. Er war erst ein paar Stunden tot.«

Es dauerte einen Moment, bis Kieffer etwas entgegnen konnte.

»Weiß man schon … wer …«

»Bisher nicht. Aber die Art der Tötung deutet auf Profis hin, sagt der Forensiker.«

»Was heißt das?«

»Ich bin mir nicht sicher, dass ich Sie mit diesen Details belasten …«

»Bitte, ich muss es wissen.«

»Drei Schüsse aus nächster Nähe. Außerdem Schnittwunden von einem Messer. Und sein rechtes Auge fehlte.«

»Oh mein Gott. Wie geht es jetzt weiter?«

»Sie müssen nach Hamm aufs Revier kommen, sobald Sie zurück sind.«

»Ja. Ja, natürlich. Gleich morgen früh.«

Dann legte er auf. Kieffer stieg in den Wagen, ließ den Motor an und fuhr zurück nach Bari. Dort kaufte er ein Ticket für den nächsten Flug nach Hause. Es gab keine Direktverbindung, er musste über München fliegen und dort ewig warten, bis die Abendmaschine ins Großherzogtum ging. Doch er ertrug das alles ohne Regung, in grauenhaftem Stupor. Weder las er Zeitung, um sich die Zeit zu vertreiben, noch ging er in dem gigantischen Terminal spazieren. Er fühlte sich wie erstarrt, selbst den Arm zu heben oder seine Tasche hochzuwuchten, schien immens viel Kraft zu kosten.

Es war alles vergeblich gewesen, die Reisen nach Pistoia, nach Bologna, nach Monopoli. Zweimal hatten ihn seine Privatermittlungen beinahe das Leben gekostet, aber Alessandro hatte das alles nichts geholfen. Irgendwo in seinem Kopf war Kieffer zwar bewusst, dass man ihm keinen Vorwurf machen konnte. Er hatte alles in seiner Macht Stehende getan, um seinen Freund zu finden. Aber diese Erkenntnis änderte nichts an seinem Gemütszustand.

Als er gegen zehn Uhr abends an der Ulrichbrücke parkte und todmüde zu seinem Häuschen in der Tilleschgass lief, nahm Kieffer seine Umgebung kaum wahr. Hätte man ihn später gefragt, ob der Trottoir nass oder trocken gewesen sei, ob ihm auf seinem Weg Menschen begegnet waren – er hätte es nicht sagen können. Und so bemerkte er auch nicht den Wagen mit dem Mailänder Kennzeichen, der am Ende der Straße parkte.

28

Es waren mehr Menschen gekommen, als er erwartet hatte. Während der Trauerzug die Aussegnungshalle verließ und den Hauptweg hinuntermarschierte, ließ sich Kieffer etwas zurückfallen, um die Teilnehmer in Augenschein nehmen zu können. Insgesamt mussten es um die sechzig sein. Er erkannte einige Köche: Villiers vom »Salzdëppchen« in Huncherange, Bruckner aus dem »Paërdskutsch« in Esch und jemand, den er für den Sommelier des »Corioli« in Grund hielt. Außerdem war Alessandros ganze Verwandtschaft anwesend, meistenteils ältere Männer und Frauen in formeller schwarzer Kleidung, größtenteils Süditaliener, wie er aufgrund von Teint und Haarfarbe vermutete. Viele von ihnen hielten Rosenkränze in den Händen, während die Prozession gemessenen Schrittes den Luxemburger Liebfrauenfriedhof entlangschritt. Die Grabmäler, vor allem die älteren, waren entschieden französisch. Statt Blumenbeeten herrschten steinerne Monumente vor, mehrere Meter aufragende Familiengrüfte aus schwarzem Marmor, knochenfarbene Klageengel, mit Grünspan patinierte Marienstatuen.

Weihrauchschwaden waberten von der Spitze des Zugs herüber. Der schwere, süßliche Geruch erinnerte ihn an das Cannabis, das Alessandro und er vor fast dreißig Jahren zusammen geraucht hatten. In einer klapprigen alten Ente, einem »Deschewo«, wie man hierzulande sagte, waren sie raus aufs Land gefahren, auf den Ösling. Mitten im Nirgendwo hatten sie sich auf die Wiese gelegt, gekifft und New Model Army gehört, bis die Batterien ihres tragbaren Kassettenrekorders den Geist aufgaben.

Der Priester begann zu singen, auf Französisch, und der Großteil der Trauergäste stimmte sofort ein.

»Gegrüßet seist du, Maria, voll der Gnade,
der Herr ist mit dir.
Du bist gebenedeit unter den Frauen,
und gebenedeit ist die Frucht deines Leibes, Jesus.«

Kieffer kannte den Text auswendig, aber er brachte es nicht über sich, einzustimmen. Alessandro war für einen Süditaliener erstaunlich unreligiös gewesen, und was ihn am meisten angewidert hatte, war der Köhlerglauben seiner Eltern, diese nichts hinterfragende Frömmigkeit, das Nachbeten jeden Unsinns, den Rom vorgab.

»Heilige Maria, Mutter Gottes,
bitte für uns Sünder
jetzt und in der Stunde unseres Todes.«

Das bist nicht du, dachte er. Ein Kreuz hättest du auch gewollt, aber keinen Weihrauch, der Haschschwaden wäre dir lieber gewesen und die dröhnenden Gitarren deiner Lieblingsband: »We are old, we are young, we are in this together, vagabonds and children, prisoners forever.«

Er blickte zu Valérie hinüber, die geduldig hinter ihm wartete. Sie kam zu ihm und nahm seine Hand. Dann gingen sie weiter und schlossen zum Ende der Prozession auf. In der Predigt war es um den fünfundzwanzigsten Psalm gegangen, an den Kieffer sich noch gut erinnerte, weil er ihn als Ministrant teils mehrfach die Woche gehört hatte. Der Fünfundzwanziger war eine jener Allzweckwaffen, die der Zelebrant verwendete, wenn er eigentlich sprachlos war. Und was konnte man schon Tröstliches sagen über einen Familienvater, dem Schwerverbrecher mehrere Kugeln in den Kopf gejagt hatten? »Die Wege des Herrn sind eitel Güte und Wahrheit«? Oder etwa »Zeige mir deine Wege und lehre mich deine Steige«?

Sie passierten ein Denkmal für im Ersten Weltkrieg gefallene französische Soldaten und bogen nach rechts ab.

»Siehe, dass meiner Feinde so viele sind und hassen mich aus Frevel«, murmelte er.

»Was meinst du, Xavier?«, flüsterte Valérie.

»Das ist aus dem Psalm, über den der Priester vorhin gesprochen hat.«

»Die Stelle hat er aber nicht vorgelesen.«

»Und die hier auch nicht: ›Gott, lass mich nicht zu Schanden werden, dass sich meine Feinde nicht freuen.‹«

Statt zu antworten, drückte sie seine Hand noch fester. Als sie an dem mit Blumenkränzen geschmückten Grab anlangten, hatten die Träger den Sarg bereits in die Grube abgesenkt. Der Priester rief: »O Herr, gib ihm und allen Verstorbenen die ewige Ruhe.«

Die Anwesenden antworteten: »Und das ewige Licht leuchte ihnen.«

Kieffer sah Maria, Alessandros Frau. Sie war nach ihrem Nervenzusammenbruch nicht einmal in der Lage zu gehen, und so hatte man sie in einen Rollstuhl gesetzt, der von ihrem Bruder geschoben wurde. Tränen rannen ihre Wangen herab, der Koch konnte sehen, wie die Muskeln in ihrem hageren Gesicht arbeiteten. Der Priester erzählte etwas über das Ewige Leben und die Auferstehung, aber Kieffer achtete kaum darauf. Stattdessen musterte er die Anwesenden. Er erkannte nun weitere Köche und Sommeliers, außerdem einen gemeinsamen Schulfreund, dem er freundlich zunickte. Als er seinen Blick weiterschweifen ließ, trafen seine Augen die eines Mannes. Der andere musste ihn bereits seit einiger Zeit angeschaut haben.

Der Kerl war von gedrungener Gestalt. Alles an ihm wirkte verbogen, von seinen O-Beinen über die etwas zu langen, leicht angewinkelten Arme bis hin zu dem runden Rücken, der in einem vorgereckten Kopf endete. In seinem karierten Blazer sah er aus wie ein Gibbon, den man in Menschenkleidung gesteckt hatte. Kieffer hatte den Mann noch nie zuvor gesehen. Und dennoch kam ihm irgendetwas an ihm bekannt vor. Vielleicht handelte es sich um einen Gast aus dem »Deux Eglises« oder einen Geschäftspartner? Nein, er hatte ihn erst kürzlich gesehen, und sein Bauch sagte ihm, dass etwas mit dem Kerl nicht stimmte. Kieffer nickte dem Mann zu, woraufhin sich dessen Augen weiteten. Nach kurzem Zögern nickte er zurück.

Die Trauergäste begannen, mit einer Kelle Sand auf den Sarg zu schütten und Rosen ins Grab zu werfen. Danach kondolierten sie, jedoch nicht der Witwe, deren Zustand dies wohl nicht erlaubte. Maria war samt ihrem

Rollstuhl bereits verschwunden. Stattdessen hatte eine ältere Frau ihren Platz eingenommen, bei der es sich um Alessandros Schwester Nicoletta handelte. Kieffer reihte sich in die Schlange ein, Valérie zog sich zurück. Während er wartete, beobachtete Kieffer den Affenmann. Der Koch drehte sich um. Hinter ihm stand Villiers vom »Salzdëppchen«. Er lächelte seinem Kollegen zu und gab ihm die Hand. Dann flüsterte er: »Der Typ da, in dem Blazer.«

»Mit den O-Beinen?«

»Ja. Wer ist denn das? Ein Koch?«

»Keine Ahnung. Noch nie gesehen.«

Vielleicht gehörte der Mann zu der Kieffer unbekannten Verwandtschaft und war für die Beerdigung aus Italien angereist? Es erschien ihm unwahrscheinlich. Die meisten Leute aus Alessandros Familie sahen südländisch aus, der Unbekannte hingegen hatte den Teint eines Toastbrots.

Als Kieffer das Grab erreichte, verharrte er einen Moment, bevor er die Schaufel in den Eimer mit dem Sand schob. Als er die Kelle über dem Grab ausleerte, murmelte er: »Äddi, main Frënd.« Dann wandte er sich ab. Er umarmte Nicoletta, sagte einige tröstende Worte und ging danach paar Schritte, um den nachfolgenden Trauergästen Platz zu machen. Als er sich umwandte, um nach dem Mann im Blazer Ausschau zu halten, blickte er plötzlich in Lobatos dunkelbraune Augen.

»Mein aufrichtiges Beileid«, sagte sie.

»Danke.«

Er schwieg einen Moment. Dann fragte er: »Gibt es schon was Neues?«

Lobato wich einige Schritte zurück und bedeutete ihm, ihr zu folgen. Sie stellten sich hinter ein Grabmal, ein imposantes Ding aus schwarzem Marmor, auf dem ein riesiges Kruzifix mit einem von Grünspan überzogenen Jesus aufgepflanzt war.

Kieffer zündete sich eine Ducal an. »Also?«

»Also was, Monsieur Kieffer?«

»Kommen Sie, um nach dem mutmaßlichen Mörder Ausschau zu halten, der vielleicht bei der Beerdigung auftaucht?«

Sie runzelte die Stirn. »Nein. Ich komme, weil ich wusste, dass Sie hier sein würden.«

»Ich habe Ihnen doch bereits gestern auf der Wache alles gesagt, was ich weiß.«

»Es gibt aber inzwischen neue Entwicklungen. Sagen Sie, haben Sie bei Colao, in Pistoia oder Esch, irgendwo größere Mengen Chemikalien gesehen?«

»Was für welche denn?«

»Das Zeug heißt SY-124. Ist ein Farbstoff. In Pulverform, vermutlich in Plastikfässern.«

»Hat er den benutzt, um das Olivenöl zu panschen?«

»Beantworten Sie doch einfach die Frage.«

Kieffer merkte, wie er wütend wurde. Er wusste nicht genau, auf welchen Knopf sie bei ihm drückte, aber Lobato hatte zweifelsohne ein Talent dafür, ihn auf die Palme zu bringen. Vermutlich lag es an dieser betont kühlen Art, mit der sie ihrem Gegenüber stets das Gefühl vermittelte, er sei lästig und dämlich dazu. Kieffer zog an seiner Ducal und versuchte, sich nichts anmerken zu lassen. Stattdessen ließ er vor seinem geistigen Auge seinen Besuch im Oleificio Revue passieren. Das Lager war beinahe leer gewesen, bis auf zwei oder drei Paletten mit Fünfliterdosen Olivenöl und einigen weißen Eimern mit schwarzen Deckeln.

»In Pistoia standen im Lager einige Eimer.«

»Und was war da drin?«

»Keine Ahnung. Ich habe dem keine Beachtung geschenkt. Es könnte Ihr Farbstoff gewesen sein, aber auch Putzmittel oder was anderes.«

»Das macht doch jetzt wirklich keinen Sinn mehr, Monsieur Kieffer. Ich verstehe, dass Sie das Andenken Ihres Freundes bewahren wollen, aber …«

Wäre sie ein Kerl gewesen, hätte er ihr nun einen Haken verpasst. Schnaubend machte er einen Schritt auf die Kommissarin zu.

»Scheiß auf sein Andenken, sein Leben wollte ich bewahren!«

Sie antwortete nicht und wich auch nicht zurück. Stattdessen schaute sie ihn an, mit einer Mischung aus Verwunderung und Verachtung. Er konnte in ihren Augen sehen, dass ihr eine patzige Antwort auf der Zunge lag. Lobato schob ihren Kopf einige Zentimeter nach vorn. Wäre sie ihm noch näher gekommen, hätten sich ihre Nasenspitzen berührt.

»Reißen Sie sich zusammen. Auch in seinem Büro haben wir Spuren des SY-124 gefunden. Und im Laderaum seines Lasters.«

»Ich weiß wie gesagt nicht, ob er welches im Lager hatte. Haben Sie vielleicht Fotos der handelsüblichen Verpackungen des Zeugs?«

»Nein. Aber die besorge ich. Und dann komme ich wieder.«

Kieffer hörte Schritte hinter sich.

»Xavier, wieso bist du … oh.«

Als er sich umdrehte, sah er Valérie, die ihn und Lobato musterte. Er ahnte, wie die Sache für seine Freundin aussehen musste, ihr Gesichtsausdruck verriet es. Hastig trat er einen Schritt zurück, Lobato tat dasselbe.

»Kommissarin, meine Freundin kennen Sie ja bereits.«

Die Polizistin nickte. »Madame Gabin.«

Lobato wandte sich wieder Kieffer zu. »Ich muss jetzt«, sagte sie. Dann drehte sie sich um und lief den Kiesweg hinunter, Richtung Hauptausgang.

Als sie kurz darauf ebenfalls zum Parkplatz liefen, sagte Valérie: »Was war das denn, bitte?«

»Was war was?«

»Xavier, glaubst du, ich bin so blöd?«

»Was? Nein! Du hast da was in den falschen Hals gekriegt. Wir haben uns gestritten. Jedes Mal, wenn ich mit dieser Lobato zu tun habe, bringt sie mich zur Weißglut.«

»Wirklich.«

»Ja, sie …«, er blieb stehen und schaute sie an. »Das glaubst du nicht echt, oder?«

»Dass du diese kleine Politesse fickst? Sag es mir.«

»Val, ich habe nichts mit Lobato. Ich kann sie nicht mal besonders gut leiden.«

Sie antwortete nicht. Nach einer Weile sagte sie: »Weißt du, ich bin da eigentlich gar nicht so schwierig. Ich kann das verstehen, manchmal sehen wir uns wochenlang nicht. Und wenn du zwischendurch mal Appetit hast – das ist kein Weltuntergang.«

»Nein, Val. Ich … ich will doch nur dich und …«

»Aber wenn es mal passiert, dann will ich es nicht wissen, verstehst du?«

Ihm fiel darauf keine gute Antwort ein. Ohne ein weiteres Wort trottete er neben Valérie zum Parkplatz. Dort stiegen sie in Kieffers Lieferwagen. Valérie tippte auf ihrem Smartphone herum.

»Fährst du mich jetzt bitte zum Bahnhof.«

»Aber ich dachte, du bleibst bis morgen? Wir wollten doch noch nach Vianden, uns das Schloss …«

»Lass mich«, ihre Stimme zitterte, »ich möchte jetzt zurück nach Paris.«

Schweigend bog er in die Avenue de la Porte Neuve ein und fuhr Richtung Bahnhof. Als sie vor dem Hauptportal hielten und Valérie sich anschickte, ohne ein weiteres Wort auszusteigen, hielt Kieffer sie am Arm fest.

»Lass mich, Xavier!«

»Valérie, ich schwöre dir: Ich habe nichts mit ihr!«

Sie riss sich los, öffnete die Seitentür und stieg aus. Der Koch beeilte sich, ebenfalls aus dem Auto zu kommen. Er hatte direkt vor dem Eingang gehalten, einige der nachfolgenden Autofahrer hupten bereits. Valérie öffnete die Hecktüren und griff nach ihrer Tasche, die dort verstaut war. Dann marschierte sie auf den Eingang zu.

»Val, jetzt warte doch.«

Sie lief weiter.

»Und was ist mit diesem belgischen Fatzke?«, rief er ihr hinterher. »Das hätte ich auch gerne mal erklärt!«

Valérie wandte sich um, mit Tränen in den Augen. Sie sagte etwas, aber im gleichen Moment ertönte eine Lautsprecherdurchsage, und ihre Worte gingen zwischen Gleisnummern und Umsteigeempfehlungen unter. Kieffer glaubte, das Wort »Idiot« verstanden zu haben. Dann war sie durch die Tür, und die Menge verschluckte sie.

29

Er versuchte es mit Arbeit. Im »Deux Eglises« war viel zu tun, das Reservierungsbuch für den nächsten Abend quoll über, und es gab noch eine Menge vorzubereiten. Kieffer beschäftigte sich den Großteil des Nachmittags mit dem Biwwelamoud, das er einige Tage zuvor eingelegt hatte. Außerdem füllte er ein halbes Dutzend Keramikformen mit der Rohmasse für Pati vum Chef, seiner Hausmacherpastete aus Schwein und Reh. Er versah seine Arbeit gründlich, aber mechanisch. Kieffer fühlte sich wie ein rostiger Küchenroboter, jeder der tausendfach geübten Handgriffe fiel ihm unendlich schwer. Gegen halb sechs waren alle Vorbereitungen abgeschlossen. Der Koch ging in den Schankraum, um nachzusehen, ob Pekka Vatanen bereits an der Bar saß. Etwas Aufmunterung durch den trinkfreudigen Finnen hätte er gut gebrauchen können, aber sein Freund war nicht da. Er versuchte es auf Vatanens Handy, ebenfalls erfolglos.

Kieffer ließ sich auf den Hocker hinter der Bar sinken und beobachtete, wie die ersten Gäste den Schankraum betraten. Er wollte gerade zurück in die Küche gehen, als er Lobato durch die Tür kommen sah. Sie ging schnurstracks auf ihn zu.

»Gudden Owend, Monsieur Kieffer.«

»Sie schon wieder.«

Die Kommissarin verzog das Gesicht.

»Ich habe jetzt einige Bilder. Würden Sie mal schauen?«

Sie legte vier Farbausdrucke auf den Tisch. Es handelte sich um Fotos von Plastikeimern, auf deren Vorderseite jeweils ein Etikett angebracht war.

»Das sind handelsübliche Verpackungen für SY-124 in Pulverform. Erkennen Sie eine davon wieder?«

Nun, da er die Behälter sah, erinnerte Kieffer sich. In einem der Hochregale in Pistoia hatten ein paar Eimer gestanden, die genauso aussahen wie jene auf dem Foto, das links vor ihm auf der Theke lag. Es zeigte einen schwarzen Bottich. Auf dem Etikett stand »SY-124 (Somalia Yellow)«. In der unteren rechten Ecke erkannte er das Logo eines deutschen Chemiekonzerns.

Er tippte auf den Ausdruck.

»Ich bin mir ziemlich sicher, das hier in Pistoia gesehen zu haben.«

»Wie viele davon?«

»Zwei, drei Stück, denke ich. Was hat er mit dem Zeug gemacht?«

»Wissen wir nicht. Vermutlich wurde es verwendet, um dem Öl eine andere Farbe zu geben. Den Spuren in seinem Laster nach zu urteilen, muss er eine beachtliche Menge von dem Zeug transportiert haben.«

»Sie meinen, er hat diese Chemikalien von Pistoia nach Bari gefahren?«

»Vermutlich. Die Forensiker der italienischen Kripo sind sich da ziemlich sicher.«

Sie zögerte einen Moment.

»Auch an seiner Kleidung waren Spuren.«

Kieffer starrte auf die Ausdrucke, die fein säuberlich aufgereiht vor ihm lagen. Warum hatte Alessandro diese Chemikalien nach Apulien transportiert, wenn er das Öl in Pistoia verarbeitete? Es ergab keinen Sinn.

»Hallo? Monsieur Kieffer?«

Lobato war um die Theke herumgegangen und schüttelte ihn behutsam. Er musste einen Moment vor sich hingebrütet haben.

»Ich glaube, Sie brauchen ein paar Tage Urlaub. Danach sieht die Welt besser aus«, sagte die Polizistin.

»Inwiefern? Wird mein Freund irgendwie wieder lebendig, während ich am Strand liege?«

»Sie sind ein schwieriger Mensch.«

»Danke. Wusste ich schon.«

»Es gibt noch etwas.«

»Ja?«

»Die Italiener – es kann sein, dass die sie irgendwann noch vernehmen wollen – die haben mich gebeten, Ihnen noch ein Foto zu zeigen.«

»Noch mehr Plastikeimer?«

Sie schüttelte den Kopf. Dann ging sie wieder um die Bar herum und setzte sich ihm gegenüber auf einen der Hocker. Lobato sammelte die Ausdrucke ein und steckte sie weg. Dann holte sie einen weiteren aus der Innentasche ihrer Endurojacke. Er zeigte das Gesicht eines Mannes, vielleicht Mitte fünfzig. Er hatte die gegerbte Haut eines Fischers und die Augen eines Clowns. Belustigt schien er Kieffer anzublicken.

»Den habe ich noch nie gesehen. Wer ist das?«

»Sein Name ist Yüksel Demir.«

Die Kommissarin blickte ihn fragend an.

»Nein, auch der Name ist mir unbekannt. Hat er was mit Alessandros Tod zu tun?«

»Demir war Kapitän zur See«, antwortete Lobato. »Am 4. April lief sein Schiff Grazia in Bari ein, den Laderaum voller Olivenöl.«

»Grazia? Das ist der Name des Schiffs, der auf dem Laborbericht vermerkt war. Wie sind Sie auf den Mann gestoßen?«

»Seine Leiche wurde gefunden.«

»Jetzt lassen Sie sich nicht alles aus der Nase ziehen.«

»Das sind Ermittlungsgeheimnisse.« Sie blickte zu Boden. »Außerdem sind die Details …«

»Unappetitlich? Jetzt kommen Sie schon.«

»Sie wissen, wo wir Colao gefunden haben?«

»In einem Wäldchen bei Ferrara.«

»Das ist die Version, die wir aus ermittlungstaktischen Gründen verbreitet haben und auch mit Rücksicht auf die Angehörigen. Sind Sie sicher, dass Sie …«

Er nickte stumm.

»Das Wäldchen grenzt an eine Aquafarm.«

Er konnte Alessandros Stimme hören: »Sieht hier aus wie … eine Fischzucht«.

»Was denn für eine Aquafarm?«

»Dort werden Flussaale gezüchtet. Colao lag nicht im Wald, sondern in einem der Kanäle, mit Steinen beschwert. Hätten wir ihn einen oder zwei Tage später gefunden, wäre kaum noch etwas von ihm übrig gewesen.«

Kieffer musste schlucken. Er hatte einmal gelesen, dass die Mafia Leichen verschwinden ließ, indem sie diese hungrigen Schweinen zum Fraß vorwarf. Schweine vertilgten alles. Für Aale galt dasselbe. Ihm wurde flau im Magen.

»Natürlich haben die Carabinieri danach alle Kanäle inspiziert. Und in einem fanden sie Demir. Oder das, was von ihm übrig war.«

»Wie lange war er bereits tot?«

»Knapp eine Woche. Er wurde erschossen. Wie bei Colao gibt es Spuren, die darauf hindeuten, dass der Mörder Demirs rechtes Auge entfernt hat. Bevor die Tiere an ihm dran waren.«

»Dieser Mafiakiller, von dem ich Ihnen erzählt habe – steckt der dahinter?«

Sie zuckte mit den Schultern. »Dieser Occhio Nero? Die italienischen Kollegen haben schon einmal von ihm gehört. Aber niemand weiß, wer er wirklich ist. Ich habe die Personenbeschreibung, die Sie abgegeben haben, nach Rom weitergeleitet. Vielleicht bringt das etwas.«

Kieffer betrachtete das Bild des toten Kapitäns. Er wollte noch etwas sagen, aber das letzte bisschen Kraft schien aus seinem Körper gewichen zu sein. Lobato beobachtete ihn einen Moment, dann erhob sie sich.

»Ich werde Sie verständigen, wenn sich die Italiener melden, wegen Ihrer Aussage. Jetzt muss ich los.«

Sie wartete einen Moment auf eine Antwort. Als Kieffer stumm blieb, ging sie in Richtung Ausgang. Nach einigen Metern drehte sie sich noch einmal um.

»Tut mir leid, wenn Ihre Freundin da was in den falschen Hals gekriegt hat.«

»Geht mir genauso.«

»Sie sollten sich wirklich etwas Ruhe gönnen.«

»Äddi, Kommissärin.«

Sie drehte sich weg und verließ das Restaurant. Kieffer

blieb noch einige Minuten auf seinem Barhocker sitzen, bevor er die steile Steintreppe in die Küche hinaufstieg. Oben angekommen, stellte er sich zunächst an den Pass und begutachtete die ersten Vorspeisen, die der Gardemanger dort abgestellt hatte. Dann wechselte er zu dem noch verwaisten Piano, wie sie die Grillstation scherzhaft nannten. Dort begann Kieffer, in einer Pfanne Schalotten anzudünsten. Er versuchte an nichs zu denken außer ans Kochen. Doch je mehr er sich anstrengte, umso schlimmer fühlte er sich. Der Koch bemerkte, wie seine Augen feucht wurden. Eine Träne kullerte seine Wange hinunter.

»Alles in Ordnung, Xavier?«

Es war Claudine, die ihn von der Seite besorgt anschaute.

»Alles okay«, brummte er. »Sind nur die Zwiebeln.«

30

Es war fast Mitternacht, als Kieffer das »Deux Eglises« verließ und sich auf den Heimweg machte. Für gewöhnlich lief er nach der Arbeit zu Fuß bis zu seinem Häuschen in Grund, entlang der Alzette, an der Abbaye de Neumünster vorbei bis zur Tilleschgass. Aber heute hatte er keine Lust und ließ sich von Jacques, dem Kellner, im Auto mitnehmen. An der Ulrichbrücke stieg er aus. Er wollte noch die Hand zum Gruß heben, aber da hatte sein Kollege bereits Gas gegeben. Kieffer sah Jacques' altem Citroën nach, wie er die Montée du Grund hinaufschoss. Sein Kellner wollte so schnell wie möglich heim. Recht hat er, dachte Kieffer und setzte sich in Bewegung.

Zu Hause angekommen, machte er sich eine Flasche Bofferdinger auf. Nachdem er einige Schlucke des Biers seine Kehle hatte hinabrinnen lassen, schaute er in den Kühlschrank. In seinem Restaurant blieb stets etwas übrig, meist aß er dort oder nahm ein Stück Pastete oder etwas kalten Braten mit heim, aber heute brauchte er etwas anderes. Nach diesem schrecklichen Tag benötigte er comfort food, wie es die Amerikaner nannten, ein kulinarisches Trostpflaster. Glücklicherweise hatte er genau das Richtige im Kühlschrank. Es würde sein gebrochenes Herz nicht heilen, aber die Risse zumindest kitten.

Der Koch nahm eine Rolle Kachkéis aus dem Kühlschrank. Kleister für die Seele, dachte er. Nachdem er den Kochkäse aus seiner Hülle befreit und in Stücke geschnitten hatte, gab er ihn zusammen mit etwas Wasser in einen Topf. Er trank sein Bier und sah dabei zu, wie sich die Käsestücke in eine zähe, blubbernde Masse verwandelten. Kieffer stellte die Flasche ab und gab ein großes Stück Butter dazu. Während sie schmolz, ging er zu einer der Arbeitsplatten und schnitt Bauernbrot in Scheiben.

Er wollte das Töpfchen gerade vom Herd ziehen, um den Kachkéis abkühlen zu lassen, als er aus dem Augenwinkel eine Bewegung wahrnahm. Auf der anderen Seite des Fensters meinte er einen Schatten gesehen zu haben. War da jemand in seinem Garten? Es erschien ihm unwahrscheinlich. Zwischen den Häusern der Tilleschgass gab es keine Durchgänge, und hinter den Gärten floss die Alzette entlang. Wenn man nicht gerade durch den Fluss geschwommen kam und die kleine Steintreppe zum Garten emporstieg, war es nicht möglich, auf sein Grundstück zu gelangen.

Vermutlich war er einfach überspannt. Da der Käse zu heiß wurde und anzuschlagen drohte, wandte er sich wieder dem Herd zu. Er zog das Töpfchen vom Ceranfeld und rührte ein wenig in der Masse. Als er den Kochlöffel herauszog, war dieser mit einer dicken Schicht Kachkéis überzogen. Die Konsistenz war genau richtig – der Käse musste »pechen«, wie man auf Luxemburgisch sagte, er musste kleben wie Pattex.

Ein Quietschen. Jemand drückte die Klinke der Hintertür herunter. Kieffer fuhr herum. Weil sein Grundstück so unzugänglich war, ließ er die hölzerne Tür, die von der Küche in den Garten führte, stets unverschlossen. Nun sah er, wie sie sich langsam öffnete. Hindurch trat ein Mann, er tat das ohne jegliche Eile, und nickte Kieffer dabei freundlich zu. Der Koch hatte ihn schon einmal gesehen, in Pistoia. Das linke Auge des Mannes musterte ihn. Das rechte war hinter einer schwarzen Augenklappe verborgen.

»Buona sera, Signore Kieffer.«

Ohne die Augenklappe, das konnte Kieffer nun besser erkennen als bei ihrem letzten Aufeinandertreffen, wäre Occhio Nero ein außergewöhnlich gut aussehender Mann gewesen. Er war groß, schlank, dabei auf eine sehnige Weise muskulös, mit hohen Wangenknochen und einer Nase, die Kieffer an Büsten römischer Patrizier erinnerte. Heute trug der Mann einen schlammfarbenen Anzug, dazu wieder einen Rollkragenpullover.

»Sie sind Occhio Nero«, sagte Kieffer auf Englisch.

»Ah, Sie wissen bereits, wer ich bin. Das erspart mir langwierige Erklärungen.«

Kieffer sagte nichts. Der Mafiakiller musterte ihn.

»Und Sie wissen, warum ich hier bin.«

»Sagen Sie es mir.«

»Sie haben etwas, das Freunden von mir gehört. Die Kopie eines Laborberichts.«

»Den habe ich nicht mehr.«

»Tss, tss! Das glaube ich Ihnen nicht.«

»Es ist aber so.«

»Wenn es so ist, dann ist es so. Aber da ich Ihnen ja kaum einfach so glauben kann, müssten wir es zusammen herausfinden.«

Occhio Nero holte ein Messer aus der Innentasche seines Jacketts. Es war kein überdimensioniertes Klappmesser, wie man es aus Mafiaklamotten kannte, sondern ein modernes Ding mit einer kleinen, schwarz eloxierten Klinge. Kein Messer, um jemanden aufzuspießen, dachte Kieffer schaudernd, sondern ein Messer, um aus jemandem kleine Stücke herauszuschneiden.

»Also: Wollen Sie das wirklich?«

Kieffer ließ die Schultern sinken.

»Er steckt in meiner Jackentasche.«

»Holen Sie ihn bitte. Vor Ihrer Tür wartet übrigens einer meiner Jungs, nur falls Sie vorhaben sollten, sich aus dem Staub zu machen.«

Kieffer ging in den Flur. Occhio Nero machte keine Anstalten, ihm zu folgen. Er griff in eine der Taschen seiner Lederjacke und fischte die gefalteten Ausdrucke des Laborberichts heraus. Die Papiere vor sich haltend, ging er zurück in die Küche.

»Bitteschön.«

Occhio Nero nahm die Ausdrucke und entfaltete sie.

»Das sieht gut aus.«

Er runzelte die Stirn.

»Sagen Sie, was riecht denn hier so? Irgendwie säuerlich.«

»Kachkéis.«

»Wie bitte?«

»Kochkäse. Eine Luxemburger Spezialität.«

»Wie überaus entsetzlich.«

Er strich sich mit der Hand über die Vorderseite seines Jacketts.

»Danke, dass Sie so kooperativ waren. Kommen wir zu meiner nächsten Frage: Wer hat alles Kopien davon? Ich weiß, dass sich Ulisse di Pietro eine gemacht hat. Aber welche anderen gibt es?«

Kieffer musste schlucken. Er betete, dass di Pietro nichts passiert war. Er hatte den Professor da offensichtlich in etwas Brandgefährliches hineingezogen. Das Gleiche galt für Lullinger. Er versuchte, ein möglichst unbeteiligtes Gesicht zu machen.

»Die Police Grand-Ducale besitzt das Original.«

Sein Gegenüber kratzte sich mit dem rechten Zeigefinger an einer Stelle neben seiner Augenklappe.

»Ich verstehe. Sonst noch jemand?«

Kieffer schüttelte den Kopf.

Occhio Nero ging einige Schritte auf und ab.

»Wissen Sie, warum man mich nicht belügen kann?«

»Was? Ich …«

»Man kann lernen, in Gesichtern zu lesen, wissen Sie. Wenn man die Leute beim Lügen beobachtet, in der Kneipe, auf dem Marktplatz, in der Kirche, im Ehebett und dabei auf bestimmte Dinge achtet – was ihre Augen tun, was ihre Hände machen – dann ist es nicht so schwer.«

Er schaute Kieffer an. Der Koch hatte das Gefühl, hinter der schwarzen Klappe befände sich ebenfalls ein Auge, das ihn unentwegt anstarrte. Ihn fröstelte.

»Aber ein Meister wird man erst, wenn man Lügner in Stresssituationen beobachtet. Wenn sich ihre Gesichter vor Schmerz verzerren, wenn ihnen die Kontrolle über ihre Muskeln, ihre Mienen und ihre Blase entgleitet. Dann blicken Sie in das Innerste der Seele. Wenn Sie das ein paarmal miterlebt haben, kann Sie keiner mehr belügen. Und ich hatte das große Glück, das viel öfter erleben zu dürfen, als die meisten Menschen.«

»Sie sind doch völlig wahnsinnig. Damit kommen Sie nie …«

»Das sagen sie immer. Aber nur am Anfang. Später, da verstehen sie.«

Er steckte das kleine Messer weg. Dann griff er in seine Innentasche und holte eine Pistole heraus.

»Ich frage Sie noch einmal. Wer …«

Nun passierten derart viele Dinge nahezu gleichzeitig, dass Kieffer sich später nicht mehr so genau würde erinnern können, wie alles abgelaufen war. Occhio Neros Stimme erstarb, die Hand mit der Pistole schnellte empor und zielte. Allerdings nicht auf Kieffer, sondern auf den Durchgang zum Flur. Offenbar hatte der Mafioso feinere Ohren als Kieffer oder vielleicht einen sechsten Sinn, denn der Koch hatte weder etwas gehört noch gesehen. Einige Sekundenbruchteile verstrichen, er meinte ein Klacken zu hören. Das Geräusch klang metallisch. Er sah, dass Occhio Nero den Hahn seiner Waffe spannte. Vielleicht wurde das Klacken von der Arretierung des Schlagbolzens verursacht; vielleicht kam es aber auch von der Vordertür, hinter der er nun Stimmen zu hören glaubte. Letztlich war das unwichtig. Wichtig war nur, dass sein Widersacher durch die Geräusche abgelenkt wurde.

Kieffer machte einen Schritt nach vorn. Der Mafioso hatte ihm die Seite mit der Augenklappe zugewandt, und so fand ein Teil der Bewegung außerhalb seines Gesichtsfelds statt. Folglich dauerte es etwas, bis Occhio Nero den Kopf drehte, um erspähen zu können, was der Koch da tat. Kieffer konnte sehen, wie der Mann sein gesundes Auge weit aufriss. Er wirkte erstaunt. Vermutlich hatte er erwartet, dass Kieffer ihm mit einem Chefmesser oder einer Bratengabel gegenübertrat. Stattdessen schwang der

Koch den kleinen Topf, beidhändig riss er ihn nach vorn, wie ein Baseballspieler beim Abschlag. Am Ende der Bewegung ließ er nicht los, sondern hielt das Behältnis fest. Sofort war der siedendheiße Kachkéis in der Luft. Als die Masse Occhio Nero erreichte, hatte sie sich bereits ausgebreitet. Kieffers Gegner schien hinter einer Wand aus geschmolzenem Käse zu verschwinden.

Noch nie hatte er einen Menschen so schreien gehört. Mit beiden Händen versuchte der Mafioso, sich die brodelnde Masse vom Gesicht zu kratzen. Käse und Hautfetzen lösten sich, jaulend ging Nero zu Boden. Irgendwie gelang es ihm, wieder auf die Knie zu kommen, woraufhin Kieffer einen Schritt auf ihn zu machte. Er hob den kupfernen Topf und ließ ihn mit aller Kraft auf den Kopf des Mannes niedersausen.

»Für Alessandro!«, brüllte er.

Kieffer konnte Fußgetrappel hören. Er war sich zunächst nicht sicher, ob es aus dem Garten oder aus dem Flur kam. Es klang, als ob sich aus beiden Richtungen jemand näherte, vermutlich Occhio Neros Männer. Er ging in die Hocke und griff nach der Pistole, die der Mafioso hatte fallen lassen. Als er wieder hochkam, stand jemand in der Küchentür. Es war der Mann von der Beerdigung.

»Kommen Sie«, rief er Kieffer zu.

»Wer zum Teufel sind Sie?«

»Nicht die Mafia.«

Aus dem Augenwinkel konnte Kieffer erkennen, wie sich die Gartentüre erneut öffnete, weswegen er beschloss, dass ihm diese Erklärung fürs Erste reichte. Sie rannten in den Flur und durch die Eingangstür. Fast wäre der Koch dabei über einen Mann gestolpert, der ohnmächtig im Eingangsbereich lag.

»Da runter«, schrie der Affenmann. Er sprach mit amerikanischem Akzent. Als er vor Kieffer die Rue St. Ulric hinunterlief, in einem seltsamen, watschelnden Gang, da wusste der Koch, wo er diesen Kerl schon einmal gesehen hatte. Der Einbrecher in Alessandros Weinhandlung, den er nächtens durch Esch gejagt hatte, war genauso gelaufen. Sie erreichten einen BMW mit italienischem Kennzeichen.

»Nichts wie weg hier«, rief der Mann. »Wer weiß, wie viele das sind.«

Kieffer hatte die Beifahrertür noch nicht geschlossen, da fuhr der Wagen bereits los, holperte über das Kopfsteinpflaster der schmalen Gasse und schoss dann mit jaulendem Motor die Montée de la Petrusse hinauf.

»Einbahnstraße!«, schrie Kieffer.

Als Antwort drückte der Fahrer das Gas weiter durch. Die Montée stieß in der Oberstadt auf eine mehrspurige Straße, wo auch um diese Zeit noch reger Verkehr herrschte. Der Amerikaner schien das entweder nicht zu wissen oder es war ihm egal. Kieffer tippte auf Letzteres. Als sie am oberen Ende der Steigung angekommen waren, machte der Wagen einen Satz. Mit einem Scheppern setzten sie auf der Straße auf, der Fahrer riss das Lenkrad herum. Kieffer konnte wütendes Hupen und Reifenquietschen hören. Dann war alles ruhig. Das Auto bremste auf eine manierliche Geschwindigkeit ab und rollte die Avenue de la Gare entlang. Der Fahrer musterte ihn.

»Sie hätten uns beinahe umgebracht!«, entfuhr es Kieffer.

»Stimmt. Aber da ich Ihnen bereits zweimal das Leben gerettet habe, gleicht sich das aus, finden Sie nicht?«

31

Kieffer dirigierte seinen Fahrer auf einen Parkplatz hinter einigen Lagerhallen nahe der Autobahnauffahrt nach Esch. Die ganze Fahrt über hatte er im Rückspiegel nach Verfolgern Ausschau gehalten, aber keine entdecken können. Sobald das Auto zum Stehen gekommen war, stiegen sie beide aus. Die Flutlichter des nahen Autobahnzubringers tauchten den Parkplatz und sein Gegenüber in honigfarbenes Licht. Der Mann mochte vielleicht 45 Jahre alt sein. Sein rotes Haar war bereits licht, er trug einen billigen Anzug und eine Krawatte, die selbst in den späten Siebzigern Aufsehen erregt hätte. Oberlippe und Kinn zierte ein etwas ungepflegter D'Artagnan-Bart, aus den großen Ohren und dem Hemdkragen krochen ebenfalls rötliche Haare hervor. Kein Gibbon im Anzug, dachte Kieffer, eher ein Orang-Utan.

»Guten Abend, Herr Kieffer. Erlauben Sie, dass ich mich vorstelle. Jack O'Brien. Von Kyle & Sattler.«

»Guten Abend. Vielen Dank, dass Sie mir da rausgeholfen haben. Wer sind Kyle & Sattler?«

»Wir sind eine große Detektei. Aus New York. Wirtschaftssachen.«

Kieffer verschränkte die Arme vor der Brust. Ihn fröstelte, denn er trug nur ein T-Shirt, seine Jacke hing noch im Flur seines Hauses. Ihm war klar, dass er die Polizei verständigen musste. Er schob den Gedanken beiseite.

»Und was haben Sie mit dieser ganzen Sache zu tun, Herr O'Brien?«

»Bin hinter der Olivenölmafia her. Aber wie es aussieht, bin ich nicht der Einzige.«

»Wer noch?«

»Nun. Da wären Sie. Die Ndrangheta. Die Guardia di Finanzia. Habe ich jemand vergessen?«

»Die Police Grand-Ducale.«

»Richtig. Wobei die eher eine Nebenrolle spielen. Scheint mir.«

»Sie sind in das Büro von Alessandro Colao eingebrochen.«

»Was hat mich verraten?«

»Ihr Gang.«

»Verstehe. War Linebacker. Auf dem College. Beide Beine mehrfach gebrochen. Knie total hinüber. Laufe immer wie ein betrunkener Seemann.«

»Sie sagten, Sie hätten mir schon zum zweiten Mal das Leben gerettet.«

»Richtig. Das erste Mal in der Ölmühle«, erwiderte O'Brien.

»Sie haben mir das Seil runtergelassen?«

»Konnte Sie ja schlecht absaufen lassen.«

»Und Sie haben die Festplatte geklaut.«

Der Detektiv legte den Kopf schief. »Ausgeliehen. Am nächsten Tag war ich noch mal da. Habe sie wieder eingebaut.«

»Sie haben also nicht das gefunden, was Sie gesucht haben.«

»Wenn man immer wüsste, was man sucht. Dann wäre unser Job ziemlich einfach.«

»Unser Job? Ich bin Koch.«

»An Ihnen ist ein guter Detektiv verloren gegangen. Und vielleicht auch ein guter Schläger.«

Kieffer verstand nicht sofort, was O'Brien meinte. Als dieser jedoch wie ein Baseballspieler seine beiden Arme hob und Kieffers Kachkéis-Manöver imitierte, musste der Koch gegen seinen Willen schmunzeln.

»Also gut. Sollten wir unser Gespräch nicht vielleicht woanders fortsetzen? Hier ist es dann doch etwas ungemütlich.«

O'Brien war einverstanden. Sie fuhren zurück in Richtung Innenstadt, zu einem Nobelhotel am Boulevard d'Avranches, in dessen Obergeschoss es eine Bar gab. Kieffer war lange nicht dort gewesen, er ging eigentlich nur hin, wenn er ausländische Bekannte im Schlepptau hatte. Durch die voll verglasten Wände konnte man über die gesamte Ober- und Unterstadt schauen: das angeleuchtete Petrussetal, den Pont Adolphe, die Notre Dame, das Kriegsdenkmal mit der Gëlle Fra, der Goldenen Frau – all das war von hier oben gut zu sehen, ein Touristentraum. Der eigentliche Grund, aus dem der Koch die Bar gewählt hatte, war jedoch, dass sie noch offen hatte. In der kleinen Stadt gab es um zwei Uhr nachts nicht mehr allzu viele Orte, an denen man noch einen ordentlichen Drink bekam.

Sie setzten sich an die Bar. O'Brien bestellte schottischen Whisky mit Wasser, Kieffer einen Gin Tonic. Der Barmann servierte die Drinks. Nachdem der Detektiv an seinem genippt hatte, sagte er: »Wie ich schon sagte. Arbeite für eine große Wirtschaftsdetektei. Einer unserer Kunden, eine große Investmentbank, macht Geschäfte mit dem Tresterbaron.«

»Und?«

»Sie glauben, dass er sie bescheißt.«

»Helfen Sie mir: Was haben New Yorker Investmentbanker mit Olivenöl zu tun?«

»Garibaldi macht ja nicht nur in Trester. Er schippert das Öl auch von A nach B. Von Izmir nach Bari. Von Bari in den New York Harbor. Und wie bei allen Schiffstransporten kann man die Ladung verbriefen.«

»Das heißt genau was?«

»Normalerweise kriegt ein Kaufmann sein Geld erst, wenn er die Ware liefert. In diesem Fall das Olivenöl. Die Investmentbank schießt diese Erlöse vor, meistens für ein Jahr. Natürlich mit einem Abzug, etwa zehn Prozent. Garibaldi kommt früher an sein Geld. Die Bank macht einen Schnitt.«

»Quasi ein Darlehen, mit dem Öl als Sicherheit.«

»Quasi. Deshalb ist Garibaldis Gläubigern, also diesen Wall-Street-Jungs, natürlich wichtig, dass mit dem Öl alles in Ordnung ist.«

Seine lange Rede schien O'Brien durstig gemacht zu haben. Er kippte den restlichen Scotch in einem Zug hinunter und bestellte einen weiteren.

»Ich habe bei meinem Freund Alessandro die Laboranalyse eines Öls gefunden, das von einem Schiff stammte. Es war verunreinigt, mit Farbstoffen, und vermutlich gestreckt, vielleicht mit Haselnussöl«, sagte Kieffer.

»Wie hieß das Schiff?«

»Grazia, glaube ich.«

»Das ist eines von Garibaldis.«

»Die Ladung gehörte einer Firma in New Jersey, Monopoli Foods.«

»Auch Garibaldi.«

»Und Ihr Klient ist besorgt, dass in dem Schiff kein Olivenöl war? Sondern Haselnuss- oder Sojaöl?«

O'Brien drehte mit den Fingern seiner rechten Hand den leeren Whiskytumbler und schüttelte den Kopf.

»Das sind Investmentbanker. Die sind gerissen. Denen ist bekannt, dass bei Olivenöl getrickst wird. Ist ihnen egal.«

»Aber«, wandte der Koch ein, »ein Schiff voller Haselnussöl wäre doch viel weniger wert als eines mit extra nativem Olivenöl.«

»Richtig. Deshalb ist es den Bankern natürlich wichtig, dass beim Empfänger, also am Ende der Lieferkette, ein Schiff voll zertifiziertem Olivenöl ankommt.«

Kieffer verstand. »Und was dazwischen passiert, ob das Öl gepanscht oder umetikettiert wird, das ist den Bankern egal. Denen geht es nur um ihren Profit.«

»Für Sie als Koch sicher empörend. Aber so ist es. Eine andere Frage.«

»Bitte.«

»Haben Sie diese Laboranalyse noch?«

»Meine Kopie hat mir dieser Mafiakerl abgepresst. Aber ich kenne jemanden, der noch eine hat.«

»Außer den Cops?«

»Ja.«

»Sehr gut. Können Sie sich noch erinnern, wie der genaue Name des Schiffs lautete?«

»Wie ich bereits sagte, es hieß Grazia.«

»Kein Zusatz?«

»Nein, wie meinen Sie das?«

»Es gibt zwei Schiffe mit diesem Namen. Die Grazia I und die Grazia II.«

»Und beide transportieren für Garibaldi Olivenöl?«

»Mehr oder minder. Der Typ ist ein wirklich ausgekochtes Schlitzohr. Er arbeitet mit der Salatölmethode.«

»Die funktioniert wie?«

In diesem Moment kam der Barkeeper mit O'Briens zweitem Scotch. Als er das leere Glas abräumen wollte, sagte der Detektiv: »Könnten Sie das stehen lassen? Brauche ich noch.«

Zu Kieffer gewandt fügte er hinzu: »Zu Demonstrationszwecken.«

Der Detektiv nahm drei Salzcracker aus einer Schale, die vor ihnen auf der Bar stand und legte sie in gleichen Abständen zwischen Kieffer und sich.

»Das sind die Häfen. Izmir, Bari, New York.«

Er stellte nun die beiden Tumbler neben den Izmir-Cracker. Aus der kleinen Wasserkaraffe, die der Barkeeper ihm zum Verdünnen seines Drinks hingestellt hatte, goss er etwas Wasser in das leere Glas.

»Zwei Schiffe, die Grazia I und die Grazia II. Eines ist randvoll mit Olivenöl«, er tippte gegen das Glas mit dem Whiskey, »das andere nicht. Sondern voller Wasser.«

»Wie bitte?«

»Sie haben richtig gehört, mein Freund. Schnödes Wasser. Nicht nur Wasser, wenn man es genau nimmt. Ein bisschen Olivenöl ist auch in den Tanks.«

»Und dann?«

»Dann verdealt Garibaldi das Schiff voller Wasser an die Investmentbanker, als Sicherheit. Die sind natürlich von Natur aus misstrauisch. Das Gleiche gilt für den Zoll.

Und die Lebensmittelbehörden. Deshalb kommt ab und an ein Inspektor auf das Schiff. Er lässt eine Pütz in den Tankraum hinab, aber macht nichts. Weil das Öl oben schwimmt. Oben drei, vier Fuß Öl. Darunter Wasser.«

Kieffer musste grinsen. »Das ist eine ziemlich ausgebuffte Masche.«

»Ziemlich. Aber nicht ganz neu. Erfunden hat sie ein Salatölhändler. In den Sechzigern. Tino De Angelis.«

»Italiener?«

»Amerikaner. Aus New Jersey. Die Geschichte wiederholt sich.«

»Wie sind Sie Garibaldi auf die Schliche gekommen?«

»Eher durch Zufall. Ich habe ihn schon länger auf meiner Liste. Wir überprüfen für diese Bank regelmäßig Kunden, Backgroundchecks, Routinezeug. Aber dann gab es vor einigen Wochen einen Sturm. In dem einer von Garibaldis Kähnen abgesoffen ist.«

Er goss das Wasser aus dem Tumbler zurück in die Karaffe und stellte das Glas zwischen Izmir und Bari mit der Öffnung nach unten auf die Bar.

»Die Grazia I.«

»Und weiter?«, fragte Kieffer.

»Eine Olivenölpest ist sicher nicht so dramatisch wie eine mit Rohöl. Aber bei der Menge hätte es dennoch einen kleinen Ölteppich geben müssen. Die Guardia Costiera und die EU-Umweltfuzzis haben das auch überprüft. Aber sie haben nicht mal ein paar Fettaugen gefunden.«

»Weil das Schiff voller Wasser war.«

»Weil es voller Wasser war.«

»Und das hat die Behörden nicht alarmiert?«

»Nein. Warum denn? Ein Öltanker geht unter. Umweltverschmutzung geringer als erwartet. Vorgang geschlossen. Wer hat schon Zeit, sich um Probleme zu kümmern, die keine sind?«

Er nippte an seinem Scotch-Schiffchen. »Für mich hingegen fing die Arbeit da erst richtig an. Man hat beschlossen, ich sei der ideale Mann für diesen Job.«

Er musterte Kieffer. »Sie fragen sich: Wieso dieser kleine dicke Ire? Man sieht es mir nicht an. Aber meine Mutter kommt aus der Lombardei. Deshalb spreche ich gut Italienisch. Mein voller Name ist Giacomo Maria O'Brien.«

32

Tränen liefen Pekka Vatanens rotgeäderte Wangen hinunter, während er mit den Händen auf seine Schenkel klopfte.

»Es ist nicht komisch, Pekka«, sagte Kieffer.

»Doch, das ist es. Sehr sogar. Du hast einen Auftragskiller der Mafia gratiniert? Du bist vermutlich der einzige Koch, dem das je gelungen ist.«

»Die Frage ist, ob ich auch der einzige Koch sein werde, der das überlebt.«

Vatanen wischte sich eine Träne aus dem Augenwinkel und griff nach dem Baguette. Sie saßen auf einer Wiese, unweit von Vatanens Bürogebäude. Das Rasenstück lag hinter den Dräi Eechelen, einer alten Befestigungsanlage hoch über dem Alzettetal. Die Drei Eicheln hatten Luxemburg vor Hunderten von Jahren gegen wen auch immer verteidigen sollen. Irgendwann war die Schanze geschleift worden. Aber sie sah noch immer imposant aus, und die angrenzende Wiese war ideal für einen kleinen Lunch im Freien. Hinter den beiden Männern erhoben sich die Eechelen und das Mudam, einige Meter vor ihnen fiel der Fels steil ab und gab den Blick auf die Stadt frei. Der Finne legte einige Scheiben Trüffelsalami auf sein Baguette und biss ab.

»Hervorragend! Ein Hoch auf den edlen Spender, wie heißt er noch gleich?«

»Ulisse di Pietro.«

»Auf Ulisse. Haben deine Freunde von der Polizei die Kerle denn inzwischen geschnappt?«, fragte er kauend.

»Als Lobato und ihre Leute bei mir zu Hause ankamen, war dieser Occhio Nero längst verschwunden. Einer seiner Männer lag ohnmächtig auf meinem Teppich. Der sitzt jetzt im Schrassiger Gefängnis, sagt aber nichts. Der Killer selbst ist irgendwo untergetaucht. Aber möglicherweise kommt er wieder.«

»Wieso? Den Laborbericht hat er doch jetzt.«

»Möglicherweise ist er nachtragend. Er hat die Kachkéis-Ladung voll ins Gesicht bekommen.«

»Zumindest hast du ihn nicht gezwungen, den Kleister zu essen, wie andere Leute. Ist noch von dem Sangiovese da?«

Ohne zu antworten, holte Kieffer die Weinflasche aus dem Korb und goss Vatanen nach. Den Korb hatte am Morgen ein Kurier geliefert, das Fresspaket war ein Geschenk von di Pietro. Es enthielt allerlei emilianische Spezialitäten – Wein, Käse und bolognesische Wurst. Kieffer hatte beschlossen, den Inhalt zusammen mit seinem finnischen Freund zu verzehren. Nun saßen sie nebeneinander und ließen es sich schmecken. Kieffer schlug beim Essen kräftig zu, hielt sich aber beim Wein zurück. Unter anderen Umständen hätte er mit Vatanen die Flasche geleert und danach ein wenig in der Frühlingssonne gedöst. Aber daran war nach den Ereignissen der vergangenen Nacht nicht zu denken. Er wollte lieber einen klaren Kopf bewahren.

»Danke, Leibkoch.«

Vatanen nahm einen großen Schluck und schmatzte geräuschvoll.

»Und dieser Detektiv? Ich habe ja noch nicht ganz verstanden, hinter wem oder was der eigentlich her ist.«

»Na, hinter diesem Garibaldi. Der betrügt seine Geschäftspartner, indem er als Sicherheit für seine Darlehen Wasser statt Öl hinterlegt.«

»Aber wenn ich das richtig verstanden habe, ist diesen Bankern doch nur wichtig, dass am Ende der Lieferkette passables Olivenöl herauströpfelt?«

»Im Prinzip hast du recht. Die verfuhren bisher nach dem Motto ›Was ich nicht weiß, macht mich nicht heiß‹. Aber nun, da sie wissen, dass Garibaldi sie betuppt, müssen sie der Sache nachgehen. Weil sie börsennotiert sind, verstehst du?«

»Du meinst, wenn sie die Sauerei, bei der es um das Geld ihrer Aktionäre geht, ignorieren, klagt ihnen vielleicht irgendwer den Hintern weg?«

»So in etwa. O'Brien soll deshalb lückenlos nachweisen, was Garibaldi mit dem Öl macht. Deshalb interessiert er sich auch für die Laboranalyse und für meine Ölprobe.«

»Im Klartext: Er hat den Auftrag, diesen Garibaldi richtig fertigzumachen. Kann dir ja nur recht sein, oder?«

»Ich weiß es nicht. Dieser Garibaldi ist ein Verbrecher, aber … ich bin mir ziemlich sicher, dass er Alessandro nicht auf dem Gewissen hat.«

»Woraus schließt du das?«

»Mein Freund und Garibaldi waren Geschäftspartner, das hat er mir selbst erzählt. Zumindest, bis Alessandro diese Mailänder erpresst hat.«

»Garibaldi könnte gelogen haben.«

»Möglich. Aber so schätze ich ihn nicht ein. Er hat mich diese Oliven fressen lassen, das habe ich dir erzählt. Angeblich waren sie vergiftet. Im Gegenzug versprach er mir ehrliche Antworten. Ich glaube, er ist ein Krimineller, vermutlich sogar einer, der über Leichen geht – aber das alles mit einem wenn auch verqueren Ehrenkodex.«

Vatanen warf ihm einen schiefen Blick zu.

»Man könnte meinen, dass du zu viel schlechte Mafiafilme geguckt hast.«

»Möglich. Aber nehmen wir mal an, Garibaldi hat die Wahrheit gesagt. Dann sieht es folgendermaßen aus: Alessandro hat gepanschtes Öl weiterverarbeitet, veredelt, wenn man das so nennen will. Das Rohmaterial kam von Garibaldi; von Monopoli ging es nach Pistoia, wo Alessandro es umetikettiert und in zertifiziertes Premiumöl verwandelt hat. Garibaldi behauptet, das Öl sei danach nicht zurück zu ihm gegangen, sondern zu jemand anderem.«

»Und zwar?«

»Er sprach von ›gewissen Mailänder Geschäftsleuten‹. Außerdem deutete er an, dass die Mafiosi, die Alessandro auf dem Gewissen haben, nicht dieselben sind, mit denen er zusammenarbeitet. O'Brien hat mir erzählt, dass der Tresterbaron mit der Sacra Corona Unita verbandelt ist, der apulischen Mafia.«

»Und?«

»Occhio Nero, dieser Mafiakiller, gehört zur Ndrangheta, der kalabrischen Mafia. Andere Gruppe also. Er hat vermutlich auch den Kapitän von Garibaldis Schiff umgebracht. Deutet auf eine gewisse Rivalität hin, oder?«

Vatanen bedeutete ihm, die Weinflasche aus dem Korb zu holen.

»Verfeindete Gangsterorganisationen, meinetwegen. Und dein Freund hat der Ndrangheta auf die Füße getreten? Aber wer sind dann diese Geschäftsleute aus Mailand?«

»Ich habe keine Ahnung. Oder warte mal. Garibaldi hat noch was gesagt, das mir damals kryptisch erschien. Aber vermutlich war ich nach der dritten Olive einfach nicht mehr auf der Höhe.«

»Kannst du dich noch dran erinnern?«

»Er sagte in etwa: ›Ist die Mafia eine Bande, die Schutzgelder erpresst und Mädchen auf die Straße schickt, oder ist das vielleicht eine veraltete Vorstellung?‹ Vielleicht wollte er sagen, dass die Mailänder Geschäftsleute, mit denen Alessandro zu tun hatte, identisch mit der Mafia sind?«

Kieffer goss Vatanen nach. Fast ohne Zutun des Kochs hatte sich die Flasche weitestgehend geleert. Er holte seine Ducal aus der Jackentasche und steckte sich eine Zigarette an.

»Möglich ist das«, sagte Vatanen, »diese Mafiagruppen stehen ja angeblich inzwischen hinter großen Wirtschaftsunternehmen, auch in Norditalien. Aber sag mal: Wenn dieser Wirtschaftsdetektiv Colaos Festplatte kopiert und ausgelesen hat, dann müsste er doch eigentlich wissen, an wen das Öl gegangen ist.«

»Leider nein. Entweder hatte Alessandro für diese Geschäfte eine separate Buchhaltung oder diese Mailänder operieren über Scheinfirmen. Da war laut O'Brien niemand vermerkt, der in Mailand sitzt und das richtige Profil hat, also mehrere Tankladungen Olivenöl bestellt hat.«

»Mein lieber Xavier, es tut mir leid, dir das sagen zu

müssen. Aber das sieht mir nach einer Geschichte aus, die sich vermutlich nie ganz aufklären lassen wird. Oder ist deine kesse Kommissarin da anderer Meinung?«

»Hör mir bloß auf.«

»Und was macht deine andere Freundin?«

»Ich habe nur eine.« Kieffer seufzte. »Ich weiß allerdings nicht, wie lange noch.«

»Ach, die kriegt sich schon wieder ein. Soll ich mal mit ihr sprechen?«

Kieffer war sich nicht sicher, ob das eine gute Idee war. Nein, eigentlich war er sich sicher. Vatanen und Valérie kamen zwar gut miteinander aus, aber das mochte daran liegen, dass sie sich bisher lediglich über Essen und Politik unterhalten hatten. Der Finne wechselte seine Gespielinnen fast so häufig wie das »Deux Eglises« seine Speisekarte und sein Frauenbild war, vorsichtig gesagt, etwas überholt. Er war ganz sicher nicht der Richtige für diese Aufgabe.

»Nett von dir, Pekka. Aber das muss ich selber glattbügeln.«

»Wie du meinst.«

Vatanen griff in den Bastkorb und holte ein Stück Käse hervor, das in Wachspapier eingeschlagen war. Er wickelte es aus und begutachtete es.

»Grana.«

Er brach ein Stückchen ab und ließ es in seinem Mund verschwinden.

»Der ist wirklich ausgezeichnet. Also dieser bolognesische Professor, der scheint ja was von Essen zu verstehen.«

»Das tut er zweifelsohne. Ich habe seinetwegen ein schlechtes Gewissen.«

»Weil du ihm keinen Korb geschickt hast?«

»Nein, weil ich ihn in diese Sache mit hineingezogen habe. Er hatte auch eine Kopie des Laborberichts und etwas von dem Öl. Er scheint deswegen Besuch von den Mafiosi bekommen zu haben.«

»Woraus schließt du das?«

»Aus dem Brief, der dem Fresspaket beilag. Hier, schau.«

Kieffer griff in den Korb und holte eine in der Mitte gefaltete Grußkarte hervor, auf deren Außenseite das Wahrzeichen Bolognas, die beiden Türme, in Tusche skizziert waren. Er klappte sie auf und las Vatanen vor:

»Lieber Freund,

ich hoffe, Sie erfreuen sich ausgezeichneter Gesundheit. In diesem Korb finden Sie einige emilianische Spezialitäten, die Sie unbedingt probieren sollten. Ich hatte gestern Besuch von einigen Herren, die sich für Olivenöl interessierten. Sie überredeten mich, ihnen einige Dokumente zum Thema zur Verfügung zu stellen – wer kann echten Genießern eine solche Bitte schon abschlagen! Man riet mir, fürderhin andere kulinarische Gefilde zu erkunden, eine Anregung, die recht nachdrücklich formuliert war und der ich unbedingt folgen werde. Möglicherweise sollten Sie es mir gleichtun.

Mit den besten und ergebensten Grüßen aus Cuccagna,

Ihr Ulisse«

»Spricht der so gestelzt, wie er schreibt?«, fragte Vatanen.

»Eher noch gestelzter.«

»Also war dieser Occhio Nero auch bei ihm.«

»Sieht ganz so aus, Pekka.«

Der Finne leerte sein Glas und schaute es etwas ratlos an. Dann sagte er: »Ich glaube, jetzt haben wir alles aufgegessen. Von dem Grana Padano hätte ich durchaus noch mehr essen können.«

»Ist gar nichts mehr da?«, fragte Kieffer.

Vatanen wühlte in dem Korb, der voller leerer Verpackungen und Wachspapiere war.

»Nichts mehr. Alles weg. Doch, Moment, da ist noch was.« Triumphierend hielt er ein Glas mit Schraubverschluss in die Höhe. »Pastasoße. Allerdings … seltsam.«

»Was ist los, Pekka?«

»Na ja, du hast doch gesagt, dieser Ulisse ist so ein Slow-Food-Apostel.«

»Ist er auch.«

»Dann hätte ich erwartet, dass er uns eine handgeklöppelte Sugo aus dem Delikatessenladen schickt oder so was. Aber das hier sieht für mich aus wie eine dieser Fertigsoßen aus dem Supermarkt.«

Kieffer war das Soßenglas bisher gar nicht aufgefallen, es musste ganz unten im Korb gelegen haben. Er nahm es in die Hand. Vatanen hatte recht, dies sah tatsächlich nach einer jener Fertigsoßen aus, die ganz Italien versprachen, aber in Wahrheit lediglich aus wässrigen Tomaten, rotem Farbstoff und Glutamat bestanden. Er drehte es, damit er das Etikett besser sehen konnte.

Fast wäre ihm das Glas aus der Hand gefallen.

»Ich will verdammt sein«, entfuhr es ihm.

Das Etikett war aufwendig gestaltet. Der Hintergrund war azurblau, an den Rändern rankten sich Stauden sonnenreifer Tomaten empor, auch Basilikum, Knoblauch und Oliven waren abgebildet. In der Mitte befand sich ein Bild, das lachende Bauern zeigte, die im Freien um eine dampfende Schüssel Pasta pomodoro herumsaßen und es sich schmecken ließen. Hinter den Schmausenden erhob sich ein vermutlich toskanisches Landgut, ein imposantes Gebäude aus rotem Stein. In goldenen Lettern stand darüber: »Castello Rosso. Tradizione italiana dal 1877.«

33

Fünf Minuten später saß Kieffer in Vatanens Büro und starrte ungläubig auf dessen Computerbildschirm. Darauf lief ein Werbevideo der Firma Castello Rosso. In dem Filmchen waren Bauern dabei, Tomaten, Olivenöl und andere Zutaten in die überdimensionierte Version einer Landhausküche zu schaffen. Zu fröhlicher Musik schnippelten Frauen mit Kopftüchern und Schürzen die Gemüse klein. Die Szene schien Anfang des vergangenen Jahrhunderts zu spielen, darauf deuteten die altertümliche Kleidung der Schauspieler und die verwendeten Küchenutensilien hin. In einer Einstellung sah man eine vorsintflutliche Olivenpresse, die von einem Esel angetrieben wurde. Zutat für Zutat wurde in Großaufnahme gezeigt, bevor sie in einen gigantischen kupfernen Kessel wanderte, der über einem offenen Feuer hing. Neben dem Topf stand eine runzlige alte Frau. Die singenden Arbeiter um sich herum ignorierend, rührte sie mit einem riesigen Holzlöffel in der simmernden Soße. Dann schaute sie in die Kamera und sagte etwas in kehligem Italienisch. Ein Voiceover setzte ein. Kieffer verstand »gusto« und »tradizionale«. Dann wurde das

Castello Rosso gezeigt, beschienen von einer tiefstehenden Sonne.

Vatanen klickte das Video weg.

»Ein stinknormales Werbevideo«, sagte Vatanen, »warum ist das wichtig?«

»Der Name dieser Firma«, antwortete Kieffer, »Alessandro hatte ihn mit einem Kuli auf den Laborbericht aus Rom geschrieben.«

»Ah, du hast recht, das war mir entfallen. Wohl kaum ein Zufall, dass dein Professor dir diese Soße schickt.«

»Garantiert nicht. Vielleicht wird er beobachtet. Das war als versteckter Hinweis gedacht.«

Der Finne setzte sich in seinen Bürostuhl. »Und nun?«

Kieffer griff nach der Maus und scrollte. Laut der Webseite von Castello Rosso stellte das Unternehmen seit 150 Jahren italienische Spezialitäten nach traditionellen Familienrezepten her. Es gab ein altes Schwarz-Weiß-Foto des Firmengründers, eines Mannes mit beachtlichem Schnauzer und stechenden Augen. Darunter stand »Orlando Tagalli, 1824–1884«.

»Was hast du jetzt vor, Xavier?«

»Ich weiß noch nicht. Nachdenken. Ich muss noch mal mit O'Brien sprechen. Denn so, wie es aussieht, haben wir gerade die Firma gefunden, an die Alessandros gepanschtes Öl geliefert wurde.«

»Das ist eine Vermutung von dir.«

»Mein Bauch sagt mir, dass es die hier sind. Und schau, hier: Da steht ›fondato a Milano‹. Mailänder Geschäftsleute, das hat Garibaldi doch gesagt.«

»Vielleicht kann dieser O'Brien mehr über dieses Castello Rosso herausfinden. Allerdings wäre ich an deiner Stelle vorsichtig.«

Der Koch nickte, während er sich weiter durch die Seite klickte. »Vielleicht«, brummte er, »sollte man sich dieses rote Kastell einmal vor Ort anschauen.«

»Manchmal bist du ganz schön leichtgläubig, Xavier.«

»Wieso? Das Gebäude in dem Video sah doch ziemlich echt aus.«

»Bestimmt eine Computergrafik. Du glaubst doch nicht im Ernst, dass es das Ding wirklich gibt.«

»Und was ist das hier dann, bitte?«

Kieffer zeigte auf den Bildschirm. Unter der Überschrift »Visitare una leggenda« war das rote Kastell zu sehen. Es handelte sich eindeutig um ein reales Gebäude. Darunter befand sich eine Grafik mit einer Wegbeschreibung.

»Du hast recht. Es existiert tatsächlich. Wo genau liegt es denn?«

»Etwas außerhalb von Mailand. Da stehen sogar Öffnungszeiten.«

Kieffer klickte weiter, aber er fand nichts, was ihn weitergebracht hätte. Der Koch verabschiedete sich und machte sich auf den Weg zum »Deux Eglises«. Als er das Schuman-Gebäude verlassen hatte, schlenderte er am Mudam vorbei. Er kam nun an eine kleine Straße, die sich den steil abfallenden Kirchberg hinunterwand. Nach etwa 500 Metern erreichte er den Malakoffturm, einen Überrest der alten Stadtmauer, und ging durch dessen Torbogen. Nachdem er die schmale Straße noch ein Stück entlanggelaufen war, erreichte er sein Restaurant.

Auf dem Parkplatz fiel ihm ein Auto mit Luxemburger Kennzeichen auf. In dem Wagen saßen zwei Männer mittleren Alters. Während Kieffer auf den Haupteingang zuhielt, beobachtete er das Fahrzeug aus dem Augenwinkel. Er überlegte einen Augenblick, dann drehte er sich um und blickte Richtung Parkplatz. Der Fahrer des Wagens schaute ihn an und nickte ihm zu. Kieffer erwiderte die Geste. Er hatte den Mann schon einmal gesehen und zwar im Hauptquartier der Police Judiciaire in Hamm. Der Koch fischte seine Ducal aus der Tasche und entzündete eine Zigarette. Dann rief er Lobato an.

»Joana Lobato. Monsieur Kieffer?«

»Ja, Moien. Was macht denn die Zivilstreife vor meinem Restaurant?«

»Nach der Episode von letzter Nacht bekommen Sie Polizeischutz.«

»Habe ich aber nicht drum gebeten.«

»Sie sollten froh darüber sein.«

»Ich glaube nicht, dass diese Typen wiederkommen, Kommissärin. Eher schauen die bei Ihnen vorbei, wegen des Laborberichts.«

Kieffer konnte ein wütendes Schnauben hören. »Wissen Sie überhaupt, wer das war?«

»Occhio Nero heißt er. Das habe ich Ihnen doch bereits gesagt.«

»Wir wissen inzwischen etwas mehr über ihn. Sein richtiger Name ist Tebaldo Moretti. Er ist der Topcleaner der Ndrangheta.«

»Ein Cleaner?«

»Ja. Wenn ein Geschäft schiefgeht, schickt die Ndrangheta-Führung in San Luca jemanden zum Aufräumen, jemand der alle Spuren beseitigt – Moretti. Die Italiener bringen ihn mit zahlreichen Auftragsmorden in Verbindung. Allerdings konnte man ihm nie etwas nachweisen, denn er ist so gründlich wie grausam.«

Kieffer merkte, wie sein Hals trocken wurde. »Sie meinen also, der kommt wieder?«

»Gut möglich. Überlegen Sie mal: das Labor in Rom, Colao, Demir.«

Lobato erklärte ihm, eine weitere Streife observiere sein Haus in Grund, zumindest für einige Tage. Ihre italienischen Kollegen seien zuversichtlich, dass man Moretti werde dingfest machen können. Kieffer teilte diesen Optimismus nicht. Zwar bezog er sein Wissen über die italienische Mafia in der Tat vor allem aus Filmen, wie Vatanen scherzhaft angemerkt hatte. Aber unterzutauchen und sich vor der Polizei zu verstecken, war doch vermutlich etwas, dass dieser Occhio Nero aus dem Effeff beherrschte. Trotzdem würde er vorsichtiger sein müssen.

»Ihre Kollegen fahren mir jetzt aber nicht den ganzen Tag hinterher, oder?«

»Genau das ist ihr Auftrag.«

Kieffer versuchte, keinen Wutanfall zu bekommen. Er atmete durch, bevor er sagte: »Sollen die mich denn wirklich beschützen? Oder eher beobachten, was ich den ganzen Tag so treibe?«

»Beides.«

»Und warum lassen Sie mich beobachten? Welcher Straftat werde ich denn bitte verdächtigt?«

»Sie behindern unsere Ermittlungen. Sie schrecken potenzielle Zeugen auf, vereinnahmen Beweismittel.«

»Beweismittel? Das hatten wir doch bereits gekl… hallo, hallo?«

Lobato hatte einfach aufgelegt. Übellaunig betrat Kieffer das »Deux Eglises«. Er schlurfte durch den Speiseraum, antwortete auf das »Moien« Jacques' mit einem undefinierbaren Brummen und verzog sich dann zunächst in sein Büro. Dort setzte er sich in seinen zerschlissenen Ledersessel, legte die Füße auf den mit Rechnungen, Bestellzetteln und leeren Ducal-Schachteln übersäten Schreibtisch und blickte zur steinernen Decke. Zwei Zigaretten lang verharrte er in dieser Position. Dann sprang er auf und stieg die Treppe zur Küche empor. Es ging inzwischen auf halb drei. Ein Vorbereitungskoch war gerade dabei, Hühnerflügel und -beine in einem großen Topf zu bräunen, um einen Fond anzusetzen. Kieffer nickte dem Mann zu und ging weiter zur Kühlkammer. In deren Regal fand er, was er suchte: Einen großen Topf Huesenziwwi vom Vortag. Er stellte den Hasenpfeffer auf den Ofen und stieg wieder die Treppe hinab. Durch die Hintertür verließ er das »Deux Eglises«. Als er die Terrasse querte, reckten die beiden Zivilpolizisten in ihrem Auto die Hälse. Der Koch ging zu ihnen hinüber. Sobald die Scheibe des Fahrerfensters heruntergeglitten war, sagte er: »Moien. Sie müssen aber nicht die ganze Zeit in Ihrem Auto hocken. Kommen Sie gerne rein, ich mache Ihnen auch einen Kaffee, Monsieur …«

»Premier Brigadier Thill, Moien. Und das ist mein Kollege Brigadier Principal Klein. Sehr nett von Ihnen, Monsieur Kieffer, aber wir haben strikte Anweisung, auch die Straße im Auge zu behalten.«

»Ich verstehe. Aber wenn Sie«, er zeigte mit der Rechten über seine Schulter, »sich dort auf die Terrasse setzen, können Sie was zu essen bekommen und die Straße eigentlich noch besser einsehen, wegen der erhöhten Position.«

Die beiden Polizisten sahen einander an. Kieffer konnte sehen, dass oberhalb der Mittelkonsole die zusammengeknüllte Tüte einer Burgerkette lag.

»Nur wenn Sie wollen, natürlich. Das Zeug da macht doch keinen satt. Ich habe noch Huesenziwwi. Müsste ich sonst«, er setzte eines Ausdruck des Bedauerns auf, »wegschmeißen.«

Anstatt zu antworten, stiegen die beiden aus dem Auto und nahmen Kurs auf die Terrasse. Sie setzten sich an einen Tisch am Rand, von dem aus man einen guten Blick über die Rue Jules Wilhelm hatte.

Zehn Minuten später beobachtete Kieffer die beiden durch eines der Fenster des Restaurants. Zwischen ihnen stand ein gusseiserner Topf voller Hasenpfeffer, der bereits halb leer war. Die beiden Beamten schaufelten den Schmortopf in sich hinein, als ob sie seit Tagen nichts Vernünftiges gegessen hätten, was angesichts der Fastfoodtüte in ihrem Auto durchaus denkbar erschien. Als Nachtisch hatte er ihnen Mummentaart versprochen, Luxemburger Apfelkuchen. Die Polizisten würden folglich noch eine Weile beschäftigt sein. Er holte sein Handy aus der Tasche und wählte O'Briens Nummer

»Herr Kieffer?«

»Ja, da bin ich schon wieder. Es kann losgehen.«

34

Das Untergeschoss des »Deux Eglises« als Keller zu bezeichnen, war eine Untertreibung – eher handelte es sich um ein kleineres Höhlensystem. Militäringenieure aus Frankreich oder den Spanischen Niederlanden, so genau ließ sich das nicht mehr feststellen, hatten vor langer Zeit ein System von Stollen und Kavernen in den unter und hinter dem Haus liegenden Fels des Kirchbergs getrieben und gesprengt, es gab ein halbes Dutzend Kammern sowie etliche Gänge. Einige davon waren über die Jahrhunderte eingestürzt, und Kieffer wusste nicht, wohin sie führten. Seine Vermutung war, dass es früher einmal eine Verbindung zwischen seinem Keller und den weiter oben am Hang gelegenen Dräi Eechelen gegeben haben musste, einen Fluchttunnel für die Besatzung der Befestigungsschanze. Nun endete der vom Haupttunnel abgehende, mutmaßliche Verbindungsgang nach zwei Metern vor einem Geröllhaufen. Kieffer passierte ihn, als er, eine Taschenlampe in der Rechten, aus dem mit Moselweinen und Crémants üppig bestückten vorderen Teil der Cave in die äußeren Bereiche vorstieß. Er war nicht allzu oft hier, denn es gab kein elektrisches Licht und an einigen Stellen tropfte es von der Decke. Nun aber würde er einen der Tunnel verwenden, um die beiden Polizisten loszuwerden, die in diesem Moment vermutlich gerade die letzten Krümel ihrer Mummentaartstücke vom Teller kratzten, sich die Münder abwischten und überlegten, ob sie wohl noch einen Kaffee bekommen würden.

Kieffer lief weiter. Der Tunnel hinter dem eingestürzten Verbindungsgang war sehr hoch und breit, außerdem fiel er zum Keller hin sanft ab. All dies ließ den Koch vermuten, es habe sich hierbei einst nicht um einen Fluchtweg gehandelt, sondern um einen Eingang, über den man Pferde oder große Fässer in den Keller bringen konnte. Der Weg führte am Berg entlang, parallel zur einige Meter davor entlanglaufenden Rue Jules Wilhelm. Er endete auf der Wiese von Kieffers Nachbar.

Nach einigen Minuten erreichte er den Ausgang. Der Koch musste sich durch einen struppigen Brombeerbusch kämpfen, dann stand er auf einer Wiese. Wie die meisten Gärten an der Rue Wilhelm lag auch dieser zwei Meter oberhalb der Straße. An seinem Rand fiel das Grundstück steil ab, eine dicke Steinmauer darunter verhinderte, dass der Hang abrutschte. Kieffer blickte zurück. Das »Deux Eglises« war hinter Bäumen verborgen. Der terrassenartige Garten vor ihm war ein Kleinod, mit Blumenrabatten, einem japanischen Springbrunnen sowie einer steinernen Bank. Er schien völlig verlassen. Kieffer linste durch ein Panoramafenster, sah aber auch im Haus niemand – sein Nachbar Didier Weber war anscheinend ausgeflogen. Er ging zur Gartenpforte, hinter der eine steinerne Treppe hinab zur Straße führte. Als er sie öffnen wollte, fiel ihm ein Fahrrad auf, das an der Mauer lehnte – ein älteres

Modell, das an vielen Stellen bereits Rost angesetzt hatte. Es war nicht angeschlossen.

»Entschëlleg, Didier«, murmelte er. Dann schulterte der Koch das Rad und trug es die Treppe hinunter. Wenige Sekunden später rollte er die Rue Wilhelm hinab, querte die Alzette und radelte danach an der Jugendherberge vorbei. Über ihm erhob sich das Bahnaquädukt, Kieffer konnte das Rattern eines Zuges hören, der über seinem Kopf vorbeizockelte. Als er die Montée de Clausen erreichte, war sein Gesicht schweißüberströmt. Seit bestimmt zehn Jahren war er nicht mehr Fahrrad gefahren, und inzwischen war ihm auch klar, warum der Drahtesel seines Nachbarn so unbenutzt gewirkt hatte. Das Ding besaß nur einen Gang, und niemand, der ganz bei Trost war, radelte ohne eine vernünftige Gangschaltung durch Luxemburg-Stadt, denn es ging ständig auf und ab. In seinem Fall vor allem aufwärts: Wie der Name Montée de Clausen bereits andeutete, führte die Straße vom Unterstadtviertel hinauf auf den Bockfelsen. In den Pedalen stehend, quälte sich Kieffer den steilen Weg hinauf. Als er beinahe oben angekommen war, wagte er einen Blick zurück. Sie waren schneller, als er gedacht hätte: Nicht weit hinter sich konnte er den Wagen der Zivilstreife erkennen. Der Beifahrer zeigte auf ihn und rief etwas. Der Koch biss die Zähne zusammen und trat noch verbissener in die Pedale. Eigentlich hatte er erst die Montée hinauffahren und dann durch die Altstadt bis zum Knuedler radeln wollen, wo O'Brien auf ihn wartete. Aber bis dahin waren es noch mindestens 500 Meter. Sie würden ihn einholen. Kieffer riss den Lenker herum und fuhr eine gewagte Linkskurve, durch die er auf ein abschüssiges Sträßchen gelangte, das an einer der

Befestigungsmauern entlangführte. An dem Weg befanden sich mehrere Aussichtspunkte, von denen man auf die Unterstadt hinabblicken konnte. Tauben und Touristen stoben auseinander, als der Koch, die rostige Klingel am Lenker unablässig betätigend, den Weg hinunterschoss. Es handelte sich um eine Einbahnstraße, die er verkehrt herum nahm. Allerdings vermutete er, dass dieser Umstand die beiden Polizisten nicht davon abhalten würde, ihm zu folgen. Als Kieffer zurückblickte, sah er tatsächlich kurz das Polizeiauto hinter sich – dann fuhr er um eine scharfe Biegung und es verschwand. Rechter Hand erhob sich hinter einer mannshohen Mauer der Bockfelsen. Rasch stieg er ab und rollte das Fahrrad durch ein in die Mauer eingelassenes Tor. Dahinter verlief eine Art Freitreppe am Bock entlang. Sie endete vor einer schmucklosen Stahltür.

Kieffer drückte sich so nah er konnte an die Mauer. Er konnte hören, wie das Polizeiauto auf der anderen Seite vorbeifuhr, weiter die Straße hinab. Die beiden Beamten würden ihren Fehler bald bemerken und wenden – ein in der engen Gasse nicht ganz einfaches Manöver. Er hoffte, dass die Zeit ausreichte. Kieffer eilte die Freitreppe empor, bis zu dem Torbogen mit der stählernen Tür. Seine Hoffnung war, dass die Beamten die kleine Abkürzung, die er zu nutzen gedachte, vielleicht gar nicht kannten. Er selbst hatte sie erst vor einigen Wochen zusammen mit Valérie entdeckt.

Kieffer zog am Griff der Tür und trat ein. Er fand sich in einem hohen Raum wieder, in dem mehrere Vitrinen standen. Dies war das Erdgeschoss des Musée d'Histoire de la Ville de Luxembourg, indem allerlei Exponate zur Stadtgeschichte gezeigt wurden. Schnaufend wischte der

Koch sich mit der Hand den Schweiß von der Stirn und aus den Augen. Dann ging er zum Fahrstuhl, stieg ein und drückte auf den Knopf.

Unweit seines Hauses in Grund gab es einen Lift, der von der Unter- in die Oberstadt führte. Nur wenigen war bekannt, dass es noch einen weiteren Aufzug gab, der ebenfalls durch den Fels verlief. Der Lift des Stadtmuseums war voll verglast, er war eigentlich weniger als Transportmittel gedacht, sondern sollte es den Besuchern vielmehr ermöglichen, durch den Bock zu gleiten und die verschiedenen Sedimente und Gesteinstypen in Augenschein zu nehmen. Deshalb fuhr der Fahrstuhl sehr langsam, was Kieffer ein wenig nervös machte. Er griff nach seinem Handy und rief O'Brien an.

»Wo sind Sie, O'Brien?«

»In der Oberstadt. Wie vereinbart. Stehe mit laufendem Motor in der Rue du Fossé.«

»Kleine Planänderung. Fahren Sie los. Nächste rechts.«

»Rue de la Reine. Da darf man nicht. Rue du Curé. Auch nicht.«

»Die dritte geht. Und dann gleich wieder rechts, Rue du Marché aux Herbes.«

»Ist eine Einbahnstraße.«

»Egal, tun Sie's trotzdem.«

Der Lift war inzwischen im Obergeschoss des Museums angekommen. Hier gab es einen Ausgang in die Oberstadt. Kieffer verließ den Aufzug und eilte zur Tür.

»Ihre Rue du Marché … ist das irgendein Palast? Da steht ein Soldat mit Maschinenpistole.«

»Das großherzogliche Palais. Und der Gardist ist harmlos.«

»Und jetzt ist gleich Schluss, hier kommen Poller.«

»Wenden Sie schon mal. Ich bin gleich bei Ihnen.«

Als Kieffer die schmale Gasse hinauflief, konnte er O'Briens BMW bereits sehen. An der Querstraße blickte er zunächst vorsichtig nach links und rechts und hielt nach der Polizei Ausschau. Dann querte er die Rue de l'Eau und stieg in das wartende Auto.

»Probleme?«

»Meine Personenschützer sind mir auf den Fersen.«

»Na dann – nichts wie weg.«

Kieffer blickte den Amerikaner an.

»Und Sie sind sicher, dass Sie mitkommen wollen, zu dem Kastell?«

»Aber ja. Muss ohnehin zurück nach Mailand. Und ich habe eine Schwäche für so was.«

»Für was genau?«

»Für Disneyland.«

»Verstehe ich nicht.«

O'Brien bog ab, auf den Boulevard Roosevelt. Er fuhr viel zu schnell, was Kieffer aber durchaus recht war. Er wollte aus der Stadt, besser noch außer Landes sein, bevor Lobato von der Sache erfuhr.

»Erkläre ich Ihnen auf der Fahrt. Ist eine gute Geschichte.«

Kieffer nickte. Sobald sie über die Grenze waren, schrieb er Lobato eine SMS und teilte ihr mit, er werde mehrere Tage in Italien Urlaub machen. Dann lehnte er sich zurück und schaltete sein Handy aus.

35

Der Wirtschaftsdetektiv verfügte über bessere Recherchemöglichkeiten als Kieffer. O'Brien, genauer gesagt die Londoner Dependance von Kyle & Sattler, hatte bereits ein Dossier über Castello Rosso erstellt, das Kieffer während der Fahrt auf dem iPad des Detektivs durchschaute.

Der schnauzbärtige Herr, den er auf der Webseite gesehen hatte, war offensichtlich der Gründer des Unternehmens. Orlando Tagalli hatte Mitte des neunzehnten Jahrhunderts zunächst mit Wechseln und anderen Kreditgeschäften ein kleines Vermögen gemacht. Später war er auf Termingeschäfte mit Walöl und Rindertalg umgestiegen, was ihm ein noch größeres Vermögen bescherte. Damals waren diese Rohstoffe nicht nur für die Produktion von Seifen, sondern vor allem für die Herstellung von Kerzen und Lampenöl unerlässlich. Als das elektrische Licht sich zum Ende des Jahrhunderts allmählich durchzusetzen begann, ging das inzwischen von Orlando Tagallis Sohn Enzo geleitete Unternehmen beinahe pleite. Der Junior suchte nach einem Ersatz und stieß auf Olivenöl. Eine besondere Beziehung zu den Oliven, wie es die Webseite von Castello Rosso nahelegte, hatte Enzo

Tagalli nicht besessen. Er war ein Stadtkind, Zeit seines Lebens hatte er in Mailand gelebt. Olivenbäume kannte er vermutlich nur vom Hörensagen.

Die Entscheidung des jungen Tagalli, sich auf Olivenöl zu konzentrieren, entpuppte sich dennoch als brillant. Denn das Öl erlebte Anfang des zwanzigsten Jahrhunderts einen ersten kleinen Boom. Vor allem nach Amerika exportierte Castello Rosso seine Blechdosen, in die Little Italys von New York, Chicago und Los Angeles.

Auf den Behältern, so stand es im Dossier, habe damals schlichtweg »Olivenöl« sowie der Name des Abfüllers gestanden: Tagalli. Aber irgendwann kam Giulio Tagalli, der Sohn Enzos, auf eine Idee. Er wollte den Emigranten in Amerika nicht nur eine dringend benötigte Zutat für Pesto alla Genovese oder Spaghetti aglio olio verkaufen, sondern auch ein Stück Heimat.

So war die Idee des Castello Rosso entstanden, eines Landsitzes irgendwo in der Toskana, umgeben von Feldern und kleinen Pinienhainen, dessen Besitzer auf traditionelle Weise italienische Produkte herstellten. Anfangs hatte es nur einen Schriftzug gegeben. Später engagierte Tagalli eine Werbeagentur, die diesen Hort der Italianità zeichnete.

Auf O'Briens Tabletcomputer sah sich Kieffer einige alte Werbetafeln an. Zu Beginn der Sechzigerjahre war das Castello noch ein kleines, schmuckloses Gebäude gewesen. Später hatte es Anbauten erhalten, darunter ein hübsches Türmchen und Stallungen – mit dem Erfolg der Marke war auch der fiktive Firmensitz größer geworden.

Hatten die Tagallis unter dem Namen Castello Rosso anfangs nur Olivenöl verkauft, waren später weitere Produkte hinzugekommen: Fertigpestos, Tomatensugos, Tiefkühllasagnen. Nach ihrem Erfolg in den USA begann die Firma in den späten Sechzigern, die Marke auch in Italien bekannt zu machen.

»Man müsste meinen, dass die Italiener auf so eine Retortenmarke nicht reinfallen würden.«

»Sind sie aber«, entgegnete O'Brien. »Und in gewisser Weise ist das auch ganz logisch.«

In den späten Sechzigern, so erklärte ihm der Detektiv, habe Italiens Wirtschaft einen beispiellosen Boom erlebt. Die letzten Überbleibsel ländlicher Strukturen verschwanden. Was blieb, war die Sehnsucht nach traditioneller Küche, nach dem Geschmack der cucina povera, nach der ebenso einfachen wie unerreichten Minestrone einer runzligen toskanischen Bäuerin. Castello Rosso bediente diese Sehnsucht. Die Italiener schluckten die Fiktion der heilen Welt auf dem Lande, und sie baten sogar um Nachschlag.

Castello Rosso wurde eine beliebte Lebensmittelmarke. Bald kannte jedes Kind das toskanische Landgut mit seinen gelassenen Bewohnern, die sich ganz dem urtümlichen Genuss verschrieben hatten. Verfolgte man, wie die Unternehmensgeschichte verlaufen war, dann hatte der Nachbau des Castello Rosso etwas Unausweichliches. Millionen von Menschen immer wieder ein Märchenschloss vorzuführen, das es nicht gab, war irgendwann zu einem Problem geworden. Kieffer wollte gar nicht wissen, wie viele Konsumenten jede Woche in der Tagalli-Firmenzentrale angerufen hatten, um sich zu erkundigen, wo man das Castello denn besichtigen könne. Rückblickend erschien es somit zwangsläufig, dass die Realität der Fiktion irgendwann unterliegen musste.

Mitte der Achtziger begann man südlich von Mailand

mit dem Bau des Kastells. Das aufwendige Projekt verschlang mehrere Milliarden Lire. Am Ende stand auf einem kleinen Hügel das alte, in Wahrheit brandneue, Tagalli-Wahrzeichen.

»Und heute?«, fragte Kieffer. Sie waren gerade an Como vorbei und schossen auf der Autostrada gen Süden.

»Heute werden dort alle Castello-Werbespots gedreht. Wobei die Firma jetzt noch weniger italienisch ist.«

»Inwiefern?«

»Die Tagalli-Familie hat vor ein paar Jahren alles verkauft. An Hüetli.«

»Hüetli? Den Schweizer Nahrungsmittelgiganten?«

»Genau den.«

Kieffer hatte bereits einmal mit Hüetli zu tun gehabt. Es war eine Episode, an die er sich nicht gerne zurückerinnerte.

»Ein entsetzliches Unternehmen«, sagte er

»Wenn Sie es sagen. Die haben übrigens in den letzten Jahren mehrere Ölproduzenten gekauft.«

»Wen?«

»Zum Beispiel Sıvı Altın, den größten türkischen.«

Kieffer drehte sich in seinem Sitz zu O'Brien. »Wie bitte? Der größte türkische Ölproduzent und einer der großen italienischen Abfüller gehören beide Hüetli?«

»Das überrascht Sie?«

»Ehrlich gesagt schon.«

»Das ist normal. Die zweit- und drittgrößten Abfüller, Bioli und Alighieri, gehören einem andalusischen Ölproduzenten.«

Kieffer wollte gar nicht wissen, wieviel spanisches und türkisches Öl diese Firmen italienisierten. Er musste an Ulisse di Pietros Worte denken: »Wir Italiener lieben unser Öl. Wir konsumieren 600 000 Tonnen im Jahr. Das Problem: Wir produzieren nur 300 000.«

Sie fuhren in Mailand ab. Es ging bereits gegen zehn Uhr abends, weswegen sie beschlossen, sich in der Stadt in einem Hotel einzuquartieren und den Besuch im Castello für den kommenden Tag zu planen. Das Hotel erwies sich als typischer Businessbunker. Alles war neu und proper, hatte aber weniger Charakter als ein Karrierepolitiker. Kieffer wusste, dass seine Erinnerung an das Hotel verblassen würde, sobald er es morgen früh verließ.

Am Morgen gegen halb neun Uhr waren sie bereits wieder auf der Autobahn. O'Brien hatte die Adresse des Castello in das Navigationssystem seines BMW eingegeben, was jedoch nicht nötig gewesen wäre: Schon an der Ausfahrt erwartete sie ein farbenfrohes Schild: »Castello Rosso. Casa della buona tavola. 4 km.«

Weitere folgten. Kieffer schaute auf seine Armbanduhr. Es war kurz nach zehn. Die letzten Kilometer erwiesen sich als ein wenig beschwerlich, denn der Weg zum Castello wand sich einen Hügel empor, Serpentine um Serpentine. Vor ihnen quälte sich ein Reisebus hinauf, immer wieder musste er abbremsen, um durch die spitzwinkligen Kurven zu kommen.

»Der will doch nicht auch da hin?«, fragte Kieffer.

»Sieht fast so aus. Ich glaube, sonst ist hier nichts.«

Nach der nächsten Biegung erreichten sie einen Parkplatz. Kieffer entfuhr ein Fluch. Sie waren keineswegs die Ersten. Und so wie es aussah, würden sie auch nicht die Letzten sein. Während O'Brien Ausschau nach einer freien Bucht hielt, drängten bereits weitere Fahrzeuge den Hang empor – Minivans voller aufgekratzter Familien, Reisebusse, sogar eine Gruppe Rennradfahrer. Aus dem Bus, der vor ihnen gefahren war, quollen Menschen, wohl an die hundert. Es waren Asiaten, Chinesen oder Japaner, da war sich Kieffer nicht ganz sicher. Oberhalb des Parkplatzes, am Ende eines Fußweges, erhob sich das Castello Rosso.

36

Sie stiegen aus und betrachteten einen Moment lang das Gebäude. Es war ohne Zweifel einer der schönsten und besterhaltenen toskanischen Landsitze, die Kieffer je gesehen hatte – sah man davon ab, dass das Kastell in Wahrheit jünger war als sein Gartenschuppen und sich außerdem nicht in der Toskana, sondern in der Lombardei befand. O'Brien hatte das Kastell als Disneyland bezeichnet, aber das traf es nicht ganz. Eine Tiroler Hütte oder ein Pariser Bistro im Magic Kingdom waren zumindest für einen Europäer augenblicklich als Abklatsch zu erkennen. Bei diesem Gebäude lagen die Dinge anders. Als sie sich dem Anwesen näherten, konnte Kieffer die authentisch verwitterten Steine sehen, mit denen der Weg gesäumt war, ferner knorrige Olivenbäume, die rechts des Haupteingangs auf einer Wiese standen. Sie waren alt, sicher dreihundert Jahre oder noch älter. Man musste sie von woanders hierher gebracht haben.

»Wirkt alles sehr echt«, bemerkte Kieffer.

»Ja. Angeblich haben die Tagallis damals mehrere denkmalgeschützte Gebäude in der Nähe von Florenz abreißen und Stein für Stein hierherbringen lassen.«

»Wie bekommt man denn bitte die Erlaubnis für so was?«

»Italien. Achtzigerjahre. Was denken Sie?«

Sie liefen weiter den Weg hinauf bis zum Haupteingang, einem etwa drei Meter hohen Torbogen mit Doppeltüren aus patiniertem Holz. O'Brien musterte ihn.

»Was suchen wir?«

»Wie meinen Sie das?«, fragte Kieffer.

»Sie haben den Verdacht, dass es sich bei den Mailänder Geschäftsleuten, mit denen Colao zu tun hatte, um Castello Rosso handelt.«

»Ja, richtig.«

»Aber was suchen Sie hier?«

»Ehrlich gesagt weiß ich das nicht so genau. Ich verstehe, dass ein Profi wie Sie vermutlich methodischer vorgehen würde. Manchmal findet man bei solchen Besichtigungen aber Dinge, von denen man nicht wusste, dass man sie sucht.«

O'Brien stemmte seine verbogenen Arme in die Hüften und runzelte die Stirn.

»Sehr philosophisch. Wir werden sehen. Ich befürchte ja, dass es hier nur miese Pastasoße gibt. Und jede Menge Chinesen.«

Sie gingen hinein. Der Spaß kostete 15 Euro Eintritt. Im Inneren des Kastells konnte man eine Ausstellung besichtigen, in der erklärt wurde, wie die Experten von Castello Rosso, »nur die besten Oliven und Zutaten« für die Produkte der Firma aufspürten. Außerdem gab es eine Ölmühle, keine moderne, sondern eine hölzerne Presse, wie sie vermutlich zuletzt verwendet worden war, als Norditalien noch zum Deutschen Kaiserreich gehörte. Auf der Rückseite des Gebäudes befand sich eine Cafeteria, in der man Pastagerichte kaufen konnte. Sie sahen für Kieffer so aus, als kämen sie aus der Mikrowelle. Dennoch saßen eine Menge Touristen an den Tischen und aßen trotz der frühen Stunde mit großem Appetit Spaghetti Bolognese.

Nachdem sie sich alles angeschaut hatten, gingen die beiden Männer in den Shop. Neben allerlei Merchandise gab es hier sämtliche Produkte von Castello Rosso. Kieffer ging zu einem Regal mit Olivenölen.

»Wollen Sie eines davon kaufen? Als Mitbringsel?«, fragte O'Brien.

Kieffer betrachtete die Flaschen. Er meinte, eine davon schon einmal in einem deutschen Supermarkt gesehen zu haben. Es gab vier verschiedene Sorten, laut Etikett alle extra vergine. Der Koch griff sich eine Flasche nach der anderen und begutachtete sie. Castello Rossos Sortiment bestand offenbar aus drei Standardölen, in den Geschmacksrichtungen mild, kräftig und feurig. Auf allen klebten Etiketten, die das Kastell zeigten. Ihm fiel jedoch auf, dass nirgendwo auf der Flasche das Wort Italien zu finden war. Auf den Rückseiten stand am unteren Rand in sehr kleiner Schrift: »Öle aus der Europäischen Union«.

Die vierte Flasche besaß ein aufwendiger gestaltetes Etikett. In Golddruck stand darauf: »Del nostro meglio«. Es schien sich um eine Premiumversion zu handeln. Das deutete nicht nur das Etikett an, sondern auch der Preis. Statt acht kostete das Öl 29 Euro. Die Rückseite zeigte den Firmengründer. Darunter befand sich ein längerer Text.

»Können Sie das für mich übersetzen?«, fragte Kieffer und hielt O'Brien die Flasche hin.

»Natürlich. Vorne steht: ›Del nostro meglio‹, also ›Unser Bestes‹. Und hinten: ›Als unser Firmengründer Orlando Tagalli begann, italienische Öle abzufüllen, behielt er der Legende nach stets einen Teil der ersten Pressung für sich und verschenkte dieses Öl an Freunde und Familienmitglieder‹. ›Für die meinen ist nur das Beste gut genug‹, soll Tagalli gesagt haben. Dieser Tradition folgend haben wir ›Del nostro meglio‹ kreiert, ein Öl aus den allerbesten toskanischen Oliven. Es ist Ausweis jener handwerklichen Tradition, für die Castello Rosso seit über 125 Jahren steht. Ein Öl, auf das Orlando Tagalli stolz gewesen wäre.«

O'Brien rümpfte die Nase. »Marketingblabla. Ohne Erkenntnisgewinn würde ich sagen.«

Kieffer bedankte sich und nahm dem Detektiv die Flasche ab. Einen Moment lang starrte er das Etikett an. Dann ging er mit der Flasche unter dem Arm zur Kasse. Als sie zurück zum Parkplatz liefen, brummte O'Brien:

»Disneyland. Wie ich gesagt habe. Hier gibt es nichts zu entdecken.«

Kieffer schüttelte den Kopf. »Da irren Sie sich.«

»Jetzt bin ich gespannt.«

Der Koch hielt die Flasche hoch. »Die Ölmühle in Pistoia. Erinnern Sie sich noch an die Beschriftung der Tanks?«

»Ehrlich gesagt, nein.«

»Unten, neben der Stiege des Bottichs, in dem ich fast ersoffen wäre, hing ein Zettel. Darauf stand ›DNM‹.«

O'Brien überlegte einen Moment, dann pfiff er anerkennend durch die Zähne.

»Donnerwetter! Del. Nostro. Meglio.«

Kieffer nickte. »Jetzt wissen wir nicht nur, bei welcher Firma das gepanschte Öl gelandet ist – sondern auch in welchem Produkt.«

37

Nach dem Besuch des Kastells fuhren sie zurück nach Mailand. In einem Café nahe des Palazzo Mezzanotte genehmigten sie sich einige frühe Aperitifs. O'Brien hatte seinen Laptop auf einen der freien Stühle gestellt. Von Zeit zu Zeit setzte er eine sehr hässliche Supermarktlesebrille auf, beugte sich über das Gerät und konsultierte seine Aufzeichnungen.

»Ich glaube, ich habe alles. In meinem Namen und im Namen von Kyle & Sattler darf ich mich bei Ihnen bedanken, Herr Kieffer.«

»Keine Ursache. Wofür genau denn eigentlich?«

»Für das fehlende Puzzlestück. Ich hatte die Daten von Colaos Festplatte. Und ein paar andere Anhaltspunkte aus verschiedenen Datenbanken. Aber dank der Kopie Ihres Laborberichts kann ich jetzt alles lückenlos belegen. Dass Garibaldi auf der Grazia II die Salatölmethode angewendet hat. Und dass in der Grazia I minderwertiges Öl war.«

»Ich dachte, Letzteres schert Ihre Banker nicht besonders.«

»Jetzt schon. Garibaldi hat sie betrogen. Das mögen

diese Leute nicht. Die haben einen Ruf zu verlieren. Köpfe müssen rollen. Man hat uns gebeten, nicht nur den Salatölskandal zu dokumentieren. Sondern genug Material über den Tresterbaron zu sammeln, damit er nie wieder ein einziges Fläschchen Olivenöl verkaufen kann.«

O'Brien nippte zufrieden an seinem Averna. Kieffer hatte nichts dagegen, dass Garibaldi aus dem Verkehr gezogen wurde, die Welt war ohne ihn vermutlich eine bessere. Dennoch konnte er sich nicht über diesen Umstand freuen. Der Detektiv schien es ihm anzusehen.

»Ihre Geschichte hingegen ist noch nicht zu Ende.«

»Das Gefühl habe ich auch.«

»Vielleicht hat sie keins.«

»Wie meinen Sie das?«

»Ich mache diesen Job seit zwanzig Jahren. Es gibt Fälle, bei denen kommen Sie nie dahinter. Mangels Spuren. Mangels Beweisen. Sie wissen, für wen Ihr Freund das Öl frisiert hat. Aber das wird Ihnen nichts nutzen.«

»Wieso nicht?«

»Wenn es stimmt, was mir unsere Rechercheure über Olivenöl erzählen, dann ist es quasi unmöglich, zu beweisen, dass Öl aus Colaos Tanks in den Castello-Rosso-Flaschen gelandet ist. Rein chemisch gesehen.«

»Vermutlich haben Sie recht. Außerdem gehören die zu Hüetli«, sagte Kieffer und seufzte. »Ein harter Brocken.«

»Ach ja?«, fragte O'Brien. »Sie erwähnten, dass Sie schon mal mit denen zu tun hatten.«

Kieffer nickte und steckte sich eine Ducal an.

»Vor einigen Jahren ist in meinem Restaurant ein Gastrokritiker des Guide Gabin zu Tode gekommen. Ein hochrangiger Manager von Hüetli war darin verwickelt.«

O'Brien lächelte dünn. »Lassen Sie mich raten. Einzeltäter. Handelte nicht auf Weisung von Hüetli. Konzern distanzierte sich in aller Form.«

»Genauso war es. Später hetzten die mir dann immer wieder ihre Anwälte auf den Hals.«

»Was wollten die? Sie verklagen?«

»Nein. Mich für die ›erlittene Unbill kompensieren‹.«

»Für den Koffer voller Geld sollten Sie vermutlich eine Verschwiegenheitserklärung unterzeichnen.«

Kieffer zog an seiner Zigarette und nickte stumm.

»Und? Haben Sie?«

»Als diese Advokaten im ›Deux Eglises‹ auftauchten, habe ich ihnen gesagt, sie könnten mich mal. Die haben daraufhin eine doppelt so hohe Summe genannt. Ich habe dann etwas nach ihnen geworfen.«

O'Brien lachte. »Was denn?«

»Verschiedenes. Einen Aschenbecher, glaube ich. Außerdem Gemüse und einen kleinen Topf, was gerade zur Hand war. Insgesamt waren sie vier- oder fünfmal da.«

»Wie gesagt, es tut mir leid, dass ich Ihnen bei Ihrer Sache nicht weiterhelfen kann. Falls Sie noch etwas brauchen, lassen Sie es mich wissen.«

»Danke. Eine Sache fiele mir sofort ein. Diese zwischenzeitlich verschwundene Festplatte aus Pistoia – meinen Sie, ich könnte davon eine Kopie bekommen?«

»Wenn Sie niemandem verraten, woher Sie die haben.«

»Einverstanden.«

O'Brien hantierte an seinem Rechner herum. Nach einigen Minuten überreichte er Kieffer einen kleinen silbernen Gegenstand.

»Was ist das?«

»Ein USB-Stick.«

»Wie benutzt man den?«

Der Detektiv schnaufte belustigt.

»Sie haben es nicht so mit Computern, was?«

»Nicht besonders.«

»Das ist ein Datenspeicher. Können Sie in jeden Rechner stecken. Darauf befinden sich die relevanten Dateien von Colaos Festplatte – Korrespondenz, Buchhaltung und so weiter.«

Kieffer bedankte sich und ließ den USB-Stick in seiner Hosentasche verschwinden. O'Brien klappte seinen Laptop zu. Die Geste hatte etwas Finales. Dann erhob er sich.

»Ich muss jetzt. Telefonkonferenz mit New York. Rapport erstatten. Hat mich gefreut, Sie kennenzulernen. Passen Sie auf sich auf.«

Der Detektiv streckte ihm seine behaarte Pranke entgegen. Kieffer nahm sie. Dann löste O'Brien seinen Griff, nickte ihm noch einmal zu und verschwand in seinem seltsam watschelnden Gang zwischen den Passanten. Kieffer trank seinen Averna aus, rauchte die letzte Ducal in der Packung und lief dann die Straße hinunter, auf der Suche nach einem Taxistand. Er sah keinen Grund, noch länger in Mailand zu bleiben. Wenn er gleich zum Flughafen fuhr, konnte er vielleicht noch einen Flug nach Luxemburg ergattern. Am Ende der Fußgängerzone parkten mehrere Taxen. Kieffer stieg in das erste und ließ sich nach Malpensa fahren. Dort angekommen, studierte er zunächst die Abflugtafel. Die gute Nachricht war, dass es noch einen Direktflug nach Luxemburg gab – die schlechte, dass dieser erst in drei Stunden ging. Der Koch kaufte sich ein Ticket und schlenderte danach etwas orientierungslos durch den Flughafen. Es gab einen Haufen Geschäfte, aber er hatte keine Lust, sich etwas zu kaufen. Vielleicht, dachte er bei sich, solltest du etwas für Valérie erstehen, ein Versöhnungsgeschenk. Er ging in eine Filiale von Bulgari, dann in eine von Cartier, schaute sich die Auslagen mit den Ketten und Ohrringen an, kaufte jedoch nichts. Vatanen hätte ihn vermutlich gescholten und erläutert, dass man mit Schmuck bei Frauen nie verkehrt lag. Aber er hatte Valérie noch nie extravagante Colliers oder Broschen tragen sehen, obwohl sie vermutlich genügend Geld besaß, um ein ganzes Juweliergeschäft leerzukaufen. Außerdem bezweifelte er stark, dass Diamanten, egal welcher Karatzahl, geeignet waren, sie davon zu überzeugen, dass er nichts mit Lobato hatte.

Er setzte sich auf eine Bank, um Valérie anzurufen. Die Sache musste doch in einem vernünftigen Gespräch unter Erwachsenen zu klären sein. Als er die Telefonbuchtaste drückte, blieb das Display dunkel. Am Akku konnte es eigentlich nicht liegen, den hatte er heute morgen im Hotel noch geladen. Möglicherweise handelte es sich um eine Spätfolge des Olivenölbads. Er versuchte mehrfach, das Gerät einzuschalten, jedoch erfolglos.

Er erhob sich wieder und inspizierte aus purer Langeweile den Ferrari-Store gegenüber sowie ein Souvenirgeschäft, das auf Inter-Mailand-Devotionalien spezialisiert zu sein schien. Es gab Trikots, Poster, Kaffeebecher – einfach alles. Kieffer musste unvermittelt an Lullinger denken, der Maskottchen europäischer Vereine sammelte. Er konnte sich nicht erinnern, eines von AC Mailand in seinem Regal gesehen zu haben, und so kaufte er einen roten Plüschteufel namens Milanello. Er war fast einen halben Meter hoch, in der Rechten hielt er einen furchterregenden schwarzen Dreizack aus eloxiertem Metall, der so aussah, als hätte man ihn auch als Grillgabel verwenden können. In den nächsten Tagen würde er ihn bei dem EU-Chemiker vorbeibringen, als kleines Dankeschön. Die Verkäuferin schlug die Puppe in rot-schwarz gestreiftes Geschenkpapier ein. Kieffer kaufte außerdem eine Packung Gauloises, notgedrungen, da es keine Ducal gab, sowie einen Stapel Zeitungen. Es blieben immer noch über zwei Stunden bis zum Boarding, und er konnte bereits jetzt keine Geschäfte mehr sehen.

In einem Café arbeitete er sich zunächst durch die »Frankfurter Allgemeine« und die »Süddeutsche«. Wie immer bei der Zeitungslektüre las er zunächst den Politikteil, eher aus Pflichtbewusstsein denn aus Interesse. Vieles darin langweilte ihn, aber der Koch hoffte, eine kontinuierliche Auseinandersetzung mit der Welt da draußen würde ihn vor jener präsenilen Verblödung bewahren, die er bei einigen seiner Altersgenossen zu bemerken meinte. Nach einem flüchtigen Blick ins Feuilleton widmete er sich ausgiebig dem Sport. Die Wirtschafts- und Finanzteile stapelte er ungelesen auf dem Barhocker neben sich. Nach den deutschen Blättern nahm Kieffer »Le Monde« zur Hand. Gerade hatte er das Blatt in seine einzelnen Bücher zerlegt und wollte den noch jungfräulichen Wirtschaftsteil zu den anderen legen, da sprang ihm eine Überschrift ins Auge: »Polizei verstärkt Kontrollen gegen Dieselbetrug«.

Dem Bericht zufolge ging die Brigade nationale de répression de la délinquance fiscale, die französische Steuerfahndung, seit Beginn des Monats in einer groß angelegten, landesweiten Kampagne gegen Pkw-Besitzer vor, die mit Heizöl fuhren. In ganz Frankreich habe die Polizei einer Order des Innenministeriums folgend die Kontrollen auf Autobahnen und Nationalstraßen drastisch ausgeweitet.

Kieffer las den Artikel aufmerksam. Das erklärte vermutlich, warum er neulich auf dem Rückweg von Pistoia in eine Kontrolle geraten war. Illustriert war der Artikel mit einem Foto. Es zeigte einen Chemiker in einem weißen Kittel, der mit zwei Bechergläsern hantierte. Beide waren mit Öl gefüllt, eines farblos, eines rostrot. Kieffer schaute das Bild eine ganze Weile an. Er fühlte, wie seine Hände zu zittern begannen. Dennoch zwang er sich, den Artikel bis zu Ende zu lesen, und einige Passagen mit dem Kugelschreiber zu markieren, bevor er sich dem Barista zuwandte. Der Mann lächelte ihn an.

»Noch einen Espresso, Signore?«

»Nein, vielen Dank. Aber sagen Sie, gibt es hier im Flughafen ein Internetcafé?«

»Hmm. Soweit ich weiß, nicht mehr. Früher ja, aber seitdem alle Smartphones haben …«

Kieffer nahm sein mausetotes Tastentelefon mit dem schwarz-weißen Display aus der Tasche. Der Barista gab sich Mühe, nicht laut loszuprusten, allerdings vergeblich.

»Ich verstehe. Also, keine Ahnung, vielleicht in den Lounges der Fluggesellschaften?«

Kieffer bedankte sich und bezahlte. Den Wirtschaftsteil der »Le Monde« steckte er in die Jackentasche. In den Lounges der Fluggesellschaften – er runzelte die Stirn. Der Koch war noch nie Businessclass geflogen, und er war auch noch nie in einer dieser Vielfliegerlounges gewesen, anders als Valérie, die dort übers Jahr gerechnet vermutlich mehr Zeit zubrachte als er im Büro. Valérie. Selbst wenn die Sache mit Lobato nicht passiert wäre … nein, dachte er, sie ist ja tatsächlich nicht passiert. Das Problem war, dass sie sich zu selten sahen. Da war es kein

Wunder, dass sie sich einbildete, er habe noch eine andere. Und dann das ständige Hin und Her. Ihre Pendelbeziehung wäre anstrengend genug gewesen, hätte sie sich ausschließlich zwischen Paris und Luxemburg abgespielt. Es schien Kieffer jedoch, als ob die Zahl der Städte, die er Valéries flächendeckendem Terminkalender zuliebe an den Wochenenden besuchte, immer mehr zugenommen hatte. Dass er nach Brüssel fahren musste, um sie an ihrem Geburtstag zu fassen zu bekommen, war bizarr genug. Aber er war auch schon in Bordeaux und Lyon gewesen, nur um ein paar Stunden mit ihr verbringen zu können, außerdem oft in Berlin und Hamburg, weil die Groupe Gabin gerade in Deutschland expandierte. Er hatte ihre Jetsetterangewohnheiten übernommen, obwohl er lieber in seinem Garten in Grund gesessen und den Maschinen nachgesehen hätte, die über den Kirchberg flogen. Irgendwann im vergangenen Jahr hatte er einen Brief der Luxair erhalten, in dem ihm mitgeteilt worden war, er erhalte aufgrund seines hohen Flugaufkommens den Frequent-Traveller-Status – ausgerechnet er. Kieffer erinnerte sich daran, wie er die Karte samt Begrüßungsschreiben in den Mülleimer geschmissen hatte.

Nun schlich er wie ein reuiger Sünder zur Lufthansa-Lounge. Die Dame hinter dem Tresen sah ihn erwartungsvoll an.

»Wie kann ich Ihnen helfen?«

»Guten Tag. Ich, äh … ich würde gerne in die Lounge. Das geht doch mit einer Luxair-Karte?«

»Natürlich. Wenn Sie mir die Karte und das Ticket kurz zeigen würden …«

»Tja, also … die Karte ist mir … irgendwo abhandengekommen.«

Die Dame griff nach seinem Ticket und tippte etwas in ihren Computer.

»Ja, Herr Kieffer, Sie sind hier verzeichnet. Soll ich veranlassen, dass Ihnen eine neue zugesandt wird?«

»Ja, ja bitte.«

Sie gab ihm sein Ticket zurück und ließ ihn passieren. Als er die Lounge betrat und sich umsah, war er etwas enttäuscht. Er wusste nicht genau, was er erwartet hatte – Magnumflaschen mit Champagner, Kaviarhäppchen oder vielleicht beeindruckendes Interieur. Stattdessen fand er sich in einem schmucklosen Raum mit abgehängten Decken und grauen Ledersesseln wieder. Auf einer Theke stand ein Topf, in dem einige traurig aussehende Frankfurter Würstchen schwammen, außerdem waren Pils der Marke Ritterbräu und Gummibärchen im Angebot. Von Letzteren nahm er sich eine Handvoll und durchquerte die Lounge. An ihrem anderen Ende fand er, was er suchte: Dort standen vier PCs. Einen okkupierte ein jüngerer Geschäftsmann im Anzug, die anderen waren verwaist. Kieffer setzte sich an einen Rechner und kramte O'Briens USB-Stick aus der Jackentasche. Es dauerte ein wenig, bis er den zugehörigen Steckplatz ausfindig gemacht hatte. Zu verstehen, wie man an die Daten auf dem angedockten Stick herankam, nahm noch viel mehr Zeit in Anspruch.

Die Zahl der Dateien war gigantisch, es mussten Hunderte sein. Darunter befanden sich Rechnungen, E-Mails, Tabellen voller undurchdringlicher Zahlenkolonnen. Kieffer stieg nicht durch. Gerne hätte er nun eine Zigarette geraucht, aber das durfte man offenbar auch mit Vielfliegerstatus nicht.

Er brach seine Suche ab und öffnete die Seite einer

Suchmaschine. Dann holte er den »Le Monde«-Artikel hervor und begann, einige der Wörter einzutippen, die er unterstrichen hatte. Kieffer fand mehrere Einträge und konnte kaum glauben, was er da las.

»Alessandro, du bass en Spëtzbouf!«

Er musste sehr laut gesprochen haben, denn der Mann am Computer neben ihm musterte ihn belustigt. Er war höchstens dreißig Jahre alt. Für sein Alter hatte er allerdings zu wenig Haare auf dem Kopf und zu viele Kilos auf den Rippen. Vermutlich lag es an den Vielflieger-Gratiswürstchen.

»Was hend Sie noh für oin Dialekd«, schwäbelte der Mann. »Kölsch?«

»Fast. Luxemburgisch«, antwortete Kieffer.

»Inderessande Mundard. Hab i no nie gehörd.«

»Na ja, wir sind nicht sehr viele. Streng genommen ist Luxemburgisch aber eine eigene Sprache.«

»Verschdehe. Kölsch abr au. Und Schwäbisch allemal.«

»Die Schwaben haben aber keine Armee und keine Flagge. Wir schon.«

Er lächelte. »Des schdimmd nadürlich.«

»Sagen Sie mal, kennen Sie sich aus mit diesen PCs?«

»Najoo, halbwegs. Wieso?«

»Kann man die durchsuchen?«

»Sie moin Gugl?«

»Nein, ich meine … also ich habe da einen USB-Stick reingesteckt. Das sind sehr viele Dateien drauf. Und ich würde gerne nach einem Suchbegriff …«

Der Mann nickte. »Isch leichd. Darf i kurz?«

»Bitte.«

Der junge Geschäftsmann griff nach der Maus und klickte mehrfach. Er war zu schnell, als dass Kieffer ihm hätte folgen können, aber nun war wieder jenes Fenster zu sehen, in dem die Dateien auf dem Stick angezeigt wurden.

»Hir, im Menü. Sehe Sie des hir, gell?«

Kieffer nickte.

»Da könne Sie was oigäbe.«

»Vielen Dank.«

»Koi Ursache.« Der Mann ging zurück zu seinem Computer und begann noch im Hinsetzen, sich einige der Gratisgummibärchen in den Mund zu stopfen, die in einem Schälchen auf dem Tisch vor ihm lagen.

Kieffer tippte den ersten Begriff ein. Irgendetwas passierte. Was immer es war, es dauerte. Nach gut einer Minute erklärte ihm der Rechner, er habe keine Treffer gefunden. Unverdrossen probierte der Koch weitere Wörter aus. Beim vierten fand er, was er suchte.

»Wie viel? Alessandro, was hast du dir bloß dabei gedacht?«

Diesmal sprach er so leise, dass ihn der Mann am Nebentisch nicht hören konnte.

38

Kieffer fühlte sich abgeschlagen und zerknittert, als er die Tür seines Hauses aufschloss. Die Maschine hatte Verspätung gehabt, aus den drei Stunden am Mailänder Flughafen waren am Ende fünf geworden. Als der Flieger endlich in Luxemburg-Findel aufgesetzt hatte, war es bereits dunkel gewesen. Bevor er eintrat, blickte er die Rue St. Ulric auf und ab, auf der Suche nach den Kletten der Police Grand-Ducale. Sie waren nirgends zu entdecken. Er ging durch den Flur in die Küche. Als Erstes hängte er seine Jacke über einen Stuhl und kramte sein Ladegerät aus einer der Taschen. Nachdem er das Telefon angeschlossen hatte, wartete er einen Moment. Nichts passierte. Kieffer stöpselte das Gerät wieder ab und öffnete mit dem Fingernagel die Verschalung. Nun sah er, dass offenbar doch etwas Olivenöl in das Innere des Geräts gedrungen war. Auf der Batterie zeichnete sich ein dünner glänzender Film ab. Der Koch säuberte das Telefon so gut er konnte mit Küchenpapier, legte den Akku wieder ein und schloss das Ladekabel ein weiteres Mal an. Nach einigen Sekunden flackerte das Display auf und zeigte einen Ladebalken. Zufrieden ging er zum Kühlschrank, öffnete ihn und griff sich eine Flasche Riesling. Einer Vitrine in der Ecke entnahm er ein Glas. Kurz überlegte er, dann holte er noch ein zweites. Kieffer setzte sich an den Küchentisch und stellte die beiden Gläser ab. In das eine goss er lediglich einen Fingerbreit, das andere füllte er fast bis zum Rand. Der Koch holte den Milanello aus der Duty-Free-Tüte und setzte den kleinen Teufel neben dem fast leeren Weinglas auf den Tisch.

»Du bist ja nur eine halbe Portion. Da wird das ja vermutlich reichen«, brummte er. Der kleine Rote entgegnete nichts und es sah auch nicht so aus, als ob der Wein seine Zunge lockern würde. Kurzum, er war genau jene Art von Trinkkumpan, die Kieffer nach so einem Tag brauchte. Mit dem vollen Weinglas prostete er dem Maskottchen zu. In diesem Moment hörte er, wie jemand die Vordertür aufsperrte.

Es gab außer ihm nur zwei Menschen, die einen Schlüssel für das Haus besaßen. Der eine war seine Mutter. Aber die wohnte in Saarbrücken und machte nie Überraschungsbesuche. Der andere war Valérie. Wenige Sekunden später lugte die Französin durch die Küchentür.

»Guten Abend, Val. Das ist … eine Überraschung. Eine schöne«, fügte er eilig hinzu.

»Hallo. Du warst nicht zu erreichen.«

»Mein Handy ist defekt.«

»Aha.«

Eine Pause entstand. Sie schien eine Ewigkeit zu dauern. Valérie blickte in der Küche hin und her, so als suche sie etwas. Als sie das zweite Weinglas sah, legte sich ihre Stirn in Falten.

»Wo ist sie, Xavier?«

»Ich bin allein. Wer soll denn … oh bitte, Val, du hast dich da total verrannt.«

Sie lachte ungläubig.

»Was mich am meisten erstaunt, ist ja gar nicht, dass du eine andere hast, sondern dieser ganze Affenzirkus drumherum.«

»Ich habe keine …«

»… schaltest dein Handy tagelang aus und behauptest, du trinkst hier allein.« Sie zeigte auf das Weinglas.

»Das Glas habe ich zum Spaß hingestellt. Für den Teufel.«

Mit einer Handbewegung fegte Valérie die Puppe vom Tisch und das Glas gleich mit. Es klirrte, als es auf dem Steinboden der Küche aufschlug und in Tausende Stücke zersprang. Tränen rannen ihre Wangen herab.

»Erzähl keinen Scheiß. Du bist echt so ein Arsch! Ich hab sie doch eben gesehen, als ich gekommen bin!«

»Lobato? Was? Wo?«

»Oben. An deinem Schlafzimmerfenster!«

Sie warf ihm noch einen Blick voll tiefster Verachtung zu. Dann machte Valérie Gabin ohne ein weiteres Wort auf dem Absatz kehrt und schickte sich an, die Küche zu verlassen. Sie kam jedoch nur bis zur Schwelle, dann erstarrte sie mitten in der Bewegung. Sie taumelte einen Schritt zurück.

»Signora, ich kann Ihnen glaubhaft versichern, dass sich keine schönen Frauen im Obergeschoss befinden«, sagte eine Kieffer nur allzu bekannte Stimme. »Ich bin schon eine Weile hier, und schöne Frauen kann ich auf hundert Meter riechen.«

Valérie machte einige Schritte rückwärts. Occhio Nero

schob sich in die Küche. In seiner Rechten hielt er eine Halbautomatik. Sein Outfit, diesmal handelte es sich um einen kastanienbraunen Cordanzug nebst Rollkragenpulli, war wie immer tadellos. Von seinem Gesicht konnte man das nicht behaupten. Die Kieffer zugewandte Seite sah aus wie ein misslungenes Omelett.

»Hände auf den Tisch, Kieffer. Und du, Bellissima, komm mal näher.«

Valérie machte einen zögerlichen Schritt auf den Mafioso zu. Mit einer schnellen Bewegung riss er die rechte Hand hoch. Es gab ein hässliches Geräusch, als die Pistole ihre Schläfe traf. Die Wucht des Schlags ließ sie durch die halbe Küche fliegen. Dann brach sie ohnmächtig vor der Terrassentür zusammen. Ohne nachzudenken sprang Kieffer auf. Bevor er jedoch aus der Sitzecke heraus war, hatte Occhio Nero die Pistole bereits auf ihn gerichtet. Das Kaliber war nicht sehr groß, vermutlich eine .22er, aber aus seiner Perspektive wirkte die Mündung wie die eines Kanonenrohrs. Kieffer konnte sehen, dass an dem eloxierten Lauf frisches Blut klebte.

»Keine Mätzchen. Langsam hervorkommen.«

»Mieses Schwein!«

Der Killer bedeutete Kieffer, sich neben den Ofen zu stellen.

»Auf die Knie.«

Der Koch kniete sich auf den Boden. Occhio Nero holte ein Paar Handschellen aus der Tasche seines Jacketts und warf sie vor ihm auf den Boden.

»Anlegen. Und vorher durch den Ofengriff fädeln.«

Kieffer wollte etwas sagen, aber bevor er dazu kam, kassierte er einen Tritt in die Rippen. Keuchend ließ er die Fessel um sein linkes Handgelenk schnappen, zog die zweite Schelle hinter dem Ofengriff hindurch und fesselte damit sein anderes Handgelenk.

»Lass sie gehen, sie hat nichts damit zu tun.«

Der Mafioso holte sich ein Weinglas aus der Vitrine und schenkte sich ein. Dann zog er sich einen Küchenstuhl heran und setzte sich.

»Normalerweise vermeide ich Kollateralschäden, das erregt nur unnötige Aufmerksamkeit. Aber seit dieser Nummer mit dem Käse ist es eine persönliche Angelegenheit.«

Er nippte, stellte das Glas neben die Spüle, stand wieder auf. Ohne ein weiteres Wort begann er, den Koch mit Tritten zu bearbeiten. Er trat ihn in den Bauch und in die Seite, in die Nieren und in die Brust, Letzteres mit seinen Holzabsätzen. Kieffer versuchte, nicht laut aufzuschreien, bis ihm durch den Nebel aus Schmerz und Panik dämmerte, dass Schreie vielleicht seine Nachbarn auf den Plan rufen würden. Danach brüllte er, was seine Lunge hergab.

Irgendwann musste er ohnmächtig geworden sein. Als er wieder zu sich kam, bemerkte er als Erstes die Schmerzen in seinen Schultergelenken, die das gesamte Gewicht seines nicht gerade leichten Körpers hatten tragen müssen, während er bewusstlos vor dem Ofen gehangen hatte. Er versuchte, sich zu orientieren. Nero saß ihm gegenüber und rauchte. Er hatte eine weiße Küchenschürze angelegt – eine von Kieffers, wie der Koch an dem kleinen »Deux Eglises«-Logo auf der Brust erkennen konnte. Durch die Stuhlbeine sah er die bewusstlose Valérie. Eine hässliche Platzwunde verunzierte ihre Schläfe, neben ihrem Kopf hatte sich eine kleine Pfütze tiefroten Blutes gebildet. Mittendrin lag der Plüschteufel und grinste Kieffer maliziös an.

Der Mafioso bemerkte seinen Blick. »Süßes Ding, deine Freundin. Beinahe schade drum. Aber man hat schließlich einen Ruf zu verlieren. Ich hab mir schon eine Liste gemacht.«

»Wovon zur Hölle redest du?«, keuchte er.

Mit einer pedantischen Geste zog sein Gegenüber ein schwarzes Moleskine-Notizbuch aus der Innentasche seines Jacketts und blätterte es auf.

»Neben der Schnecke habe ich hier: deine Mutter, eine Schwester, außerdem zwei Neffen und einen Onkel. Hab ich irgendwen vergessen?«

Kieffers Augen weiteten sich. »Mein Gott, keiner von denen hat ...«

»Das hättest du dir früher überlegen sollen. Dio è fa e lu riavlu la cucchia, sagt man bei uns in Kalabrien. Gott erschafft sie und der Teufel kocht sie.«

Er ließ das Notizbuch verschwinden und griff nach einem Filetiermesser, das an einer Magnetleiste über dem Ofen hing. Er nahm es und prüfte die Klinge.

»In der Küche wären wir ja. Und der Teufel?«

Er sah sich um, so als suche er nach jemandem. Dann tippte er sich mit der Hand an die Stirn.

»Ich Dummkopf! Der Teufel, das bin ja ich.«

Wieder trafen den Koch Tritte, einer, noch einer, Kieffer wusste nicht, wie viele es waren. Dann ließ der Mann plötzlich von ihm ab. Der Koch wollte etwas sagen, aber es gelang ihm nicht. Er versuchte, so weit wie möglich von dem Mafioso wegzukriechen.

»Normalerweise mache ich das mit dem Auge immer ganz zum Schluss«, sagte Occhio Nero, »ist sonst eine wahnsinnige Sauerei. Aber bei dir mache ich eine Ausnahme.«

Er machte einige Schritte auf Kieffer zu. Außer seinem Peiniger konnte der Koch kaum noch etwas erkennen. Er sah, wie sich das Filetiermesser auf ihn zubewegte. Es existierte nichts mehr, außer der Hand mit dem Messer. Kieffer erstarrte. Dann sauste das Messer hernieder. Nein, das war nicht ganz richtig, es fiel. Die Hand, die es eben noch gehalten hatte, war verschwunden. Er hörte einen bestialisch klingenden Schrei. Das Messer klirrte auf den Küchenboden. Kieffer hob den Kopf, ein Manöver, das ihn unendlich viel Kraft kostete. Was er sah, konnte er kaum glauben. Occhio Nero stand in der Mitte der Küche, sein Gesicht und sein Hals waren blutüberströmt. Auf seiner Schulter saß ein grässliches Monster, ein Dämon mit Mordlust in den gelben Augen. Er hatte sich mit messerscharfen Klauen an dem Mafioso festgekrallt und schlug seine spitzen Zähne fauchend in dessen Fleisch.

Es gibt keine Dämonen, sagte eine Stimme in Kieffers Kopf. Und auch keine Teufel, du halluzinierst. Es liegt an den Schmerzen und am Adrenalin. Er blinzelte und wagte einen erneuten Blick. Was da auf Neros Schulter saß, war nicht irgendein Dämon, sondern der Teufel aus Mailand. Er war so leblos, wie es sich für ein Plüschmaskottchen gehörte. Zwar tanzte der Milanello auf der Schulter des Mafioso auf und ab wie ein Reiter auf einem bockigen Rodeogaul. Aber das lag daran, dass der Mann schreiend und gestikulierend durch die Küche hüpfte, während im Rhythmus seines verständlicherweise erhöhten Pulses Blut aus seiner Halsschlagader schoss. Der kleine Teufel krallte sich natürlich auch nirgendwo fest. Dass er dennoch fest im Sattel saß, lag an dem metallenen Dreizack, der fast bis zur Pfote des Teufelchens in Occhio Neros Hals steckte.

Etwas dahinter sah Kieffer verschwommen die ebenfalls blutüberströmte Valérie. Ihr Gesicht war voller Zorn, aber auch voller Verwunderung darüber, was ihr teuflischer Piekser für eine Wirkung entfaltete.

Ihre Augen trafen sich.

Es gibt nicht nur Teufel, dachte Kieffer benommen. Sondern auch Engel. Racheengel. Dann wurde es dunkel.

39

Als Kieffer erwachte, lag er in einem Bett, das nicht sein eigenes war. Die Decke über ihm bestand aus schwarzen und grauen Platten mit dazwischen eingelassenen Neonröhren. Kaltes Licht schien ihm in die Augen. Das Bettgestell sah nach Krankenhaus aus. Der Koch versuchte, sich aufzusetzen. Das war etwas mühsam, aber weitaus weniger schmerzhaft, als er befürchtet hatte.

»Hallo, Xavier.«

Die Stimme gehörte Valérie. Er drehte den Kopf und sah, dass sie in dem Bett neben ihm lag. Ihre Haut wirkte in dem Neonlicht wächsern, eine Bandage war um ihren Kopf gewickelt.

»Val. Wie geht es dir?«

»Könnte schlimmer sein. Leichte Gehirnerschütterung, sagt der Arzt. Platzwunde an der Schläfe, sonst ist noch alles dran.«

Auf die Ellbogen gestützt, sah er an sich herab. Kein Gips und keine Bandagen, allerdings hing er an einem Tropf. Ohne dass er fragen musste, sagte sie mit leiser Stimme: »Bei dir ist es ähnlich. Eine angebrochene Rippe. Und sehr viele Prellungen.«

»Was ist mit dem Killer, Val?«

»Er wurde mit dem Krankenwagen abtransportiert, glaube ich. Ich kann mich nicht mehr so genau erinnern. Alles war voller Blut. Irgendetwas mit diesem Maskottchen? Ich weiß es nicht mehr.«

»Hast du die Polizei angerufen?«

»Auch da bin ich mir nicht sicher, Xavier. Sie waren einfach plötzlich da. Sanis, Schupos«, ihre Stimme stockte, »und die Kommissarin.«

»Lobato?«

»Ja. Xavier, es tut mir leid. Das mit Lobato ... ich ...«

»Ist schon okay.«

Er versuchte, weiter hochzukommen, was einen Hustenanfall zur Folge hatte. Als sich seine Rumpfmuskulatur zusammenzog, begannen seine lädierten Rippen zu schmerzen. Ächzend ließ er sich zurückfallen. Alles fing an sich zu drehen, die Quadrate an der Decke verwandelten sich in ein monochromes Kaleidoskop. Er schloss die Augen.

»Spätestens, als ich gesehen habe, wie sie dich angeschaut hat, als du da ohnmächtig auf dem Boden lagst, da wusste ich, dass da nichts ist.«

Ihre Stimme verstummte. Kieffer öffnete die Augen und wendete seinen Kopf in ihre Richtung. Valérie streckte ihre Hand nach ihm aus. Er tat dasselbe. Ihre Betten standen gerade nahe genug beieinander, dass er ihre Fingerspitzen berühren konnte.

»Wer war dieser entsetzliche Kerl, Xavier?«

»Er heißt Occhio Nero und ist ein Auftragskiller der kalabrischen Mafia. Er hat Alessandro auf dem Gewissen.«

»Dein Freund hat Geschäfte mit der Mafia gemacht?«

Wieder musste Kieffer husten. Als er sich beruhigt hatte, antwortete er: »Ja, nein. Ich bin mir nicht sicher, ob er es wusste.«

»Dass es die Mafia ist?«

»Mmh. Er hat mieses Öl durch seine Mühle geschleust und die Herkunftsbezeichnungen gefälscht. Dann hat er es an Castello Rosso verkauft.«

»Und die Firma wird von der Mafia kontrolliert?«

»Vom Hüetli-Konzern.«

»Und die arbeiten mit der Ndrangheta zusammen?«

»Sieht ganz so aus.«

»Lässt sich das beweisen?«

»Keine Ahnung. Möglicherweise, wenn du mir hilfst. Ich habe Daten von einer Festplatte, die Alessandro gehört hat.«

»Ich kann die unseren IT-Leuten geben.«

»Val, ich könnte verstehen, wenn dir diese Episode gereicht hat und du nichts mehr damit zu tun haben willst.«

»Natürlich helfe ich dir. Aber was ist mit der Polizei?«

»Die hat den Mörder von Alessandro und vermutlich auch den von Yüksel Demir.«

»Wer ist das schon wieder?«

»Der Kapitän eines Olivenöltankers. Ich erklär's dir später. Der Punkt ist, dass es für beide Morde einen Mörder gibt. Nero hat Verbindungen zur Ndrangheta. Und dass der Handel mit gepanschtem Olivenöl von verschiedenen Mafiagruppen kontrolliert wird, ist auch offensichtlich.«

»Aber du glaubst, in Wahrheit steckt Hüetli dahinter.«

»Niemand wird es mir glauben. Dass Alessandro der Mafia beim Ölpanschen in die Quere gekommen ist und deshalb von einem ihrer Auftragskiller ermordet wurde, erklärt ja fast alles. Warum sich mit einem Schweizer Großkonzern anlegen?«

»Du hast keine sehr hohe Meinung von eurer Polizei.«

Er schwieg einen Moment und musterte die gegenüberliegende Wand. Über einem hässlichen Aquarell mit einer Postkartenansicht Luxemburgs hing ein ebenso hässliches Kruzifix aus Plastik.

»Alessandro lebte noch, als ich die Polizei benachrichtigt habe. Vielleicht könnte er immer noch leben, wenn die schneller gewesen wären.«

»Das kann sein«, erwiderte sie. »Aber sicher ist das nicht.«

»Nein. Sicher ist hingegen, dass sie meine Hüetli-Geschichte als Hirngespinst abtun werden.«

»Und was hast du jetzt vor?«

»Erinnerst du dich an diese Hüetli-Anwälte?«

»Diese Typen aus Frankfurt, die dir einmal im Jahr Geld anbieten, damit du eine Verschwiegenheitserklärung unterzeichnest? Wie viel wollten sie dir zuletzt zahlen?«

»100 000. Ich hab's natürlich nicht gemacht. Aber vielleicht könnte ich meine Meinung ändern.«

Sie stemmte sich ein Stück hoch und schaute ihn erstaunt an. »Ist das dein Ernst?«

»Schauen wir mal. Ich habe den Eindruck, dass mein Schweigen gerade sehr viel wertvoller geworden ist.«

40

Einen Monat später

Der Hauptsitz der Hüetli SA befand sich in einem etwas in die Jahre gekommenen Hochhaus in Zürich-Oerlikon. Valérie und Kieffer meldeten sich in der Lobby an. Während sie auf ihren Gesprächspartner warteten, beäugte der Koch eine mannshohe Weltkarte, die neben den Aufzügen hing. Die Kontinente darauf waren jeweils aus Hunderten kleiner Mosaiksteine zusammengesetzt. Als er näher herantrat, konnte Kieffer erkennen, dass jedes der Elemente das Logo einer Lebensmittelmarke war. Er hatte gerade begonnen, nach dem von Castello Rosso zu suchen, als sich eine der Fahrstuhltüren öffnete und ein Enddreißiger mit kurzem Vollbart heraustrat.

»Herr Kieffer?«

»Guten Tag, Herr Berninger.«

Berninger war der Kommunikationschef von Hüetli. Zunächst hatte er sich nicht mit dem Koch treffen wollen. Als Kieffer den Anwälten jedoch signalisiert hatte, er werde die von Hüetli seit Langem angestrebte Vereinbarung nur unterzeichnen, wenn er zuvor kurz persönlich mit Berninger reden könne, hatte dieser widerwillig zugestimmt.

Nun lächelte der Kommunikationschef jedoch, und zwar derart breit, als habe er sich nichts sehnlicher gewünscht als dieses Treffen.

»Toll, dass das jetzt endlich geklappt hat mit uns, Herr Kieffer.«

Er klopfte dem Koch auf die Schulter und nickte Valérie zu.

»Ich nehme an, das ist Ihre Anwältin?«

»Fast. Meine Freundin. Darf ich vorstellen: Urs Berninger, Valérie Gabin.«

»Ah! Gabin, so wie der berühmte Gastroführer?«

Sie gab ihm die Hand und lächelte eisig.

»Ich bin der Gastroführer.«

Berninger schaute irritiert, fing sich jedoch rasch wieder.

»Ja, also gut, dann, bitte. Kommen Sie, wir gehen in mein Büro.«

Der Manager geleitete sie zum Lift. Sie fuhren in den siebenunddreißigsten Stock, dort ging es einen langen fensterlosen Gang entlang, bis zu Berningers Büro. Kieffer sah sich um. Der Raum hatte alles, was man von einem Büro erwarten konnte, außer vielleicht einen Swimmingpool. Durch die Fenster schaute man auf die Alpen. Berninger geleitete sie zu einer Sitzecke mit italienischen Designersofas. Auf einem saß eine Dame im dunkelblauen Businesskostüm, die sich nun erhob.

»Veronique Stihl, aus unserer Rechtsabteilung. Bitte, setzen Sie sich doch. Kaffee?«

»Ein Wasser vielleicht«, sagte Valérie. Kieffer schüttelte den Kopf. Sie setzten sich auf eines der Sofas. Berninger holte eine Flasche nebst Glas, dann ließ er sich in einen Sessel sinken.

»Herr Kieffer, im Namen der Hüetli SA möchte ich mich dafür bedanken, dass Sie bereit sind, einen Schlussstrich unter diese unglückliche Geschichte von damals zu ziehen. Es ist uns sehr wichtig, dass da kein anhaltender Groll zurückbleibt. Frau Stihl«, er zeigte auf eine Mappe auf dem Couchtisch, »hat bereits alle Schriftsätze vorbereitet. Aber man sagte mir, Sie wollten zuvor noch eine Art persönliche Erklärung abgeben?«

»Wenn Sie das so nennen wollen. Es gibt da noch ein kleines Problem«, sagte Kieffer.

»Ah. Und das wäre?«

»Die Konditionen erscheinen mir, ehrlich gesagt, nicht mehr angemessen.«

Berninger und die Anwältin tauschten Blicke aus. Der Manager schien nicht überrascht zu sein, im Gegenteil. Offenbar hatte er damit gerechnet, dass Kieffer versuchen würde, ihm mehr Geld abzupressen, als ursprünglich abgemacht.

»Die 100 000? Nun, sicher gibt es da noch etwas Spielraum. An wie viel hatten sie denn gedacht?«

Kieffer verschränkte die Arme.

»Sie kennen sich mit den Geschäften der Hüetli SA doch bestens aus, oder? Vor allem mit denen, die für schlechte Presse sorgen könnten?«

»Äh, natürlich. Das ist ja mein Job.«

»Dann haben Sie bestimmt davon gehört, dass es im Umfeld des Hüetli-Tochterunternehmens Castello Rosso polizeiliche Ermittlungen gibt.«

Wieder suchte Berninger die Augen der Justiziarin. Sie nickte kaum vernehmlich.

»Ja, nun, im Umfeld ist allerdings nicht ganz richtig. Ein Lieferant, dem wir schon seit Längerem wegen erheblicher Qualitätsmängel kein Öl mehr abgenommen hatten, war da wohl in etwas verwickelt.«

»Er hieß Alessandro Colao«, sagte Kieffer mit gepresster Stimme, »er wurde ermordet.«

»Hmm, ja, ich glaube, so hieß der Mann. Eine schlimme Sache, zweifelsohne. Die italienische Kripo ist der Ansicht, er habe irgendwelche Geschäfte mit der Mafia gemacht. Aber was haben wir damit zu tun?«

»Ich muss dazu etwas ausholen.«

Berninger runzelte die Stirn.

»Wenn es nicht zu lange dauert. Ich habe in 20 Minuten den nächsten Termin.«

Kieffer ignorierte den Einwurf. »Ihre Tochterfirma Castello Rosso verkauft Olivenöl. Eine Menge Olivenöl. Sie ist im Premiumsegment der …«, er schaute hilfesuchend zu Valérie hinüber.

»… zweitgrößte Anbieter Italiens.«

»Richtig. Zweitgrößte Anbieter Italiens. Und auch in den USA sowie in etlichen anderen Ländern der EU präsent. Da passt es ganz gut, dass der Inhalt Ihrer sehr schönen Flaschen ein Verschnitt von Ölen aus ganz Europa ist. Viele von zweifelhafter Herkunft.«

»Wir verwenden nur beste …«

»Sie müssen sich nicht rechtfertigen. Drittklassige Öle solange verschneiden, bis sie zweitklassig sind und sie in erstklassige Verpackungen stecken – alle machen das.«

»Aber?«

»Aber Sie haben auch noch ein angebliches Superpremiumprodukt, ›Del nostro meglio‹. Seit fünf Jahren auf dem Markt und wie man hört, äußerst erfolgreich.«

»In der Tat ist ›Del nostro meglio‹ ein Verkaufsschlager. Weil es nur beste toskanische Öle enthält.«

»Weil es die am besten gefälschten Öle enthält.«

»Also, Herr Kieffer – das ist wirklich … ein unhaltbarer Vorwurf!«

»Das Öl, das Sie unter dieser Marke verkaufen, stammt von Alessandro Colao und einigen anderen kleinen Abfüllern, die für ihre Qualität bekannt sind.«

»Was ja für uns spricht.«

»Keineswegs. Diese Abfüller verwenden für ›Del nostro meglio‹ nicht ihre guten, handverlesenen Öle, sondern Billigware. Es lässt sich belegen, dass Ihr Öl größtenteils aus der Türkei stammt. Es wird von der Firma Garibaldi in Tankern von Izmir nach Bari gebracht, mittelmäßiges Olivenöl, dem Haselnussöl beigemischt wurde. Dieser Garibaldi, das weiß jeder in der Branche, ist darauf spezialisiert, Öle aufzupeppen. Er desodoriert sie, falls sie schimmelig sind und stinken, er mischt Chlorophyll bei, wenn sie kein sattes Grün haben. Und er verschneidet sie mit seinem eigenen Tresteröl, um die Marge zu erhöhen. Das alles tut er über ein Firmengeflecht, das von der Türkei bis nach New Jersey reicht.«

Berninger legte die Fingerspitzen aufeinander und schaute zur Decke.

»Ich kann mir nicht vorstellen, dass das so ist.«

»Wenn Sie mir nicht glauben, dann lesen Sie es doch nach.«

Seiner Jackentasche entnahm Kieffer einen von einem Hefterstreifen zusammengehaltenen, zusammengerollten Ausdruck und knallte ihn auf den Tisch.

»Was ist das?«

»Das ist eine Klageschrift. Die Investmentbank Silverstein Green hat sie vor einer Woche in New York gegen die Grupo Garibaldi und deren Tochterfirma Monopoli Foods eingereicht. Das hier ist nur die Kurzversion, insgesamt sind es über 800 Seiten. Darin wird haarklein dokumentiert, wie das Öl von Izmir nach Bari, von Bari nach Monopoli und von dort nach Pistoia kam.«

»Und darin sollen wir verwickelt sein? Das ist doch lächerlich.«

»Nicht Sie selbst. Aber Ihre Geschäftspartner von der Ndrangheta.«

Berninger schnappte nach Luft. Bevor er etwas sagen konnte, fuhr Kieffer fort.

»Ja, ich gebe zu, das klingt noch unglaublicher als die Geschichte mit dem Olivenöl aus der Türkei. Aber der Mann, der Alessandro Colao ermordet hat, ist ein Cleaner der kalabrischen Mafia, Spitzname: Occhio Nero. Er hat übrigens auch versucht, mich umzubringen. Sein Auftrag war, alle Spuren zu beseitigen, die belegen, dass das gepanschte Öl bei Hüetli gelandet ist.«

»Was für ein Unsinn! Wie ich eingangs schon sagte, wir haben von Colao seit drei Jahren kein Öl mehr bezogen.«

»Das ist eine Lüge.«

»Wir haben Papiere, die das belegen.«

»Und ich habe Papiere, die das Gegenteil beweisen. Außerdem habe ich gesehen, dass auf Alessandros Öltanks ›DNM‹ stand.«

»Für ›Del nostro meglio‹, ich verstehe schon. Ihre Verschwörungstheorie ist ja ganz originell, Herr Kieffer, das gebe ich zu. Aber sie ist ziemlich unglaubwürdig. Die Schweizer Wirtschaft arbeitet nicht mit der Organisierten Kriminalität zusammen.«

Valérie kicherte. Berninger warf ihr einen bösen Blick zu.

»Ich glaube«, fuhr Kieffer fort, »dass Sie einige zwielichtige Geschäftsleute engagiert haben, die Ihnen die Ölpanscherei im großen Stil abnehmen sollten. Hauptsache das, was am Ende in Ihrer Fabrik ankam, war zertifiziert und schmeckte nicht allzu grässlich. Wussten Sie, dass diese Panscher Mafiaverbindungen hatten? Vermutlich haben Sie nicht so genau hingeschaut. Was man nicht weiß, und so weiter.

Aber als Alessandro Colao Sie dann erpressen wollte, da haben Ihnen Ihre Geschäftspartner angeboten, das Problem aus der Welt zu schaffen. Irgendjemand bei Hüetli hat daraufhin ›ja, bitte‹ gesagt und keine weiteren Fragen gestellt. Aber spätestens nach dem Tode Yüksel Demirs hätten die verantwortlichen Manager wissen müssen, was diese Verbrecher mit ›aus der Welt schaffen‹ tatsächlich meinten.«

Berninger lachte. Es klang gekünstelt. Die Rechtsanwältin hatte sich einen Laptop gegriffen und tippte hektisch darauf herum.

»Wer ist denn jetzt bitte Yüksel Demir?«, fragte Berninger.

»Der Erste, den Occhio Nero verschwinden ließ. Demir war der Kapitän eines Schiffs namens ›Grazia I‹. Es lief am 1. April im Hafen von Bari ein, mit einer ganz besonderen Fracht an Bord.«

»Olivenöl?«

»Ja. Das Öl war für Garibaldi bestimmt, von dort ging es zu Alessandro Colaos Oleificio, und dann zu Castello Rosso.«

»Den letzten Teil, ich muss mich da wiederholen, den bestreiten wir.«

»Das würden Sie gerne, aber das können Sie nicht.«

»Und wieso nicht?«

Aus einer anderen Tasche seiner Lederjacke holte Kieffer einen kleinen Plastikbeutel. Darin befand sich ein gelblichweißes Pulver. Er legte es auf den Tisch und schob es zu Berninger herüber.

»Was ist das? Koks?«

»Nein, das ist ein Phenylanilin. Den vollständigen chemischen Namen kann ich mir nicht merken. Man kennt es auch unter den Bezeichnungen SY-124, Solvent Yellow oder Somaliagelb.«

»Also ein Farbstoff. Und?«

»Den Daten auf Alessandros Festplatte zufolge hat er bei einem Chemiegroßhändler am 24. Februar eine größere Menge davon bestellt, über 500 Kilo. Die hat er dann Anfang März in seinen Laster geladen und nach Apulien gefahren – die Polizei hat das anhand der Mauttickets rekonstruiert.«

»Zu diesem Garibaldi, vermute ich.«

»Nein, zum Hafen von Bari. Dort hat er das SY-124 Kapitän Demir übergeben. Die beiden standen in regem Mailverkehr.«

Berninger schüttelte den Kopf.

»Aber Sie sagten doch gerade, dieser Demir sei erst Anfang April in Bari gewesen.«

»Das stimmt auch. Er fuhr die Route jeden Monat. Als er am 2. März in Bari war, nahm er Alessandros halbe Tonne Somaliagelb mit zurück nach Izmir. Und als Demir am 1. April erneut in Bari einlief, da hatte er die Chemikalie auch wieder an Bord. Nur befand sie sich diesmal aufgelöst in dem Olivenöl, das die ›Grazia I‹ gebunkert hatte.«

An seinen Augen konnte der Koch erkennen, dass dem Kommunikationschef etwas dämmerte.

»Sie meinen«, Berninger beugte sich vor, »Demir und Colao haben dem Öl diesen Farbstoff beigemischt, damit sie nachverfolgen konnten, wo es am Ende landet?«

»Es ist bei Ihnen gelandet.«

»Das ist eine ziemlich unglaubliche Geschichte, Herr Kieffer.«

»Ich weiß. Und ich weiß auch, was Sie jetzt denken.«

»Und das wäre?«

»Ihre Anwältin überprüft wahrscheinlich gerade die Echtheit der Klageschrift und weiterer Details. Eine Formsache – Sie wissen eigentlich schon, dass ich das alles belegen kann. Aber Sie fragen sich, ob das bisschen Farbstoff, und angesichts der großen Produktionsmengen von Castello Rosso ist es nur ein bisschen, tatsächlich in den Flaschen nachzuweisen ist.«

Berninger musterte ihn, sagte aber nichts.

»Da Alessandro und sein Komplize nur Ihr Premiumprodukt ›Del nostro meglio‹ mit Somaliagelb verseucht haben, war die Zahl der Flaschen gar nicht so groß. Aber was wichtiger ist: Das Zeug ist kein gewöhnlicher Farbstoff. Es ist ein Euromarker.«

»Ein was?«

»Sie wissen, dass Heizöl rot eingefärbt wird, aus steuerlichen Gründen?«

»Natürlich.«

»Ich wusste es auch. Was ich aber nur durch Zufall aus einem Zeitungsartikel erfahren habe, ist, dass die Chemikalie in Ihrem Olivenöl exakt dieselbe ist, die sich auch im Heizöl befindet. Der Name Somaliagelb ist dabei etwas irreführend, das Zeug färbt sich nämlich nur bei einem bestimmten pH-Wert rot. Ansonsten ist es goldgelb, fällt somit in Olivenöl kaum auf.

Für Euromarker wie SY-124 gibt es enge gesetzliche Bestimmungen. Der Farbstoff ist chemisch so gestrickt, dass selbst winzigste Mengen davon nachweisbar sind. Es ist quasi unmöglich, einen Euromarker wieder aus einem Öl zu entfernen, wenn er einmal beigemischt wurde.«

»Okay. Nehmen wir mal an, die Geschichte stimmt. Warum gehen Sie damit nicht zur Polizei?«

»Weil ich glaube, dass Ihnen das im Ergebnis weniger wehtut.«

»Als was?«

»Als wenn die Presse Sie öffentlich auseinandernimmt, zum Beispiel. Valérie ist schon ganz begierig darauf, die Geschichte über ihre Pressekontakte in ganz Europa zu lancieren.«

»Was sie aber bisher noch nicht getan hat. Wie viel wollen Sie?«

Kieffer sagte es ihm. Berninger schluckte.

»Das ist ja … das …«

»Sie müssen ja nicht darauf eingehen. Ist Ihre Entscheidung.«

»Sie verstehen, dass ich das nicht selbst entscheiden kann. Ich muss dazu mit dem Vorstand sprechen.«

»Tun Sie das. Rufen Sie mich an, wenn Sie sich entschieden haben. Ich geben Ihnen bis Freitagmittag.«

Der Koch erhob sich. Valérie tat es ihm nach. Ohne Berninger die Hand zu geben, verließen sie den Konferenzraum.

41

Als sie aus der Hüetli-Zentrale ins Freie traten, netzte ein feiner Nieselregen ihre Gesichter. Valérie Gabin und Xavier Kieffer liefen bis zur nächsten Kreuzung und winkten einem vorbeifahrenden Taxi.

»Zum Flughafen«, sagte der Koch, nachdem sie im Fond des Wagens Platz genommen hatten. »Fliegst du jetzt nach Paris, Val?«

»Nein, erst mal geht es nach Brüssel.«

Als er darauf zunächst nichts erwiderte, wandte sie sich ihm zu und beobachtete ihn einen Moment lang fragend.

»Triffst du dich in Brüssel … also, triffst du dich wieder mit diesem Restaurantmanager?«

Er versuchte, es möglichst unbeteiligt klingen zu lassen. Aber noch während er die Frage aussprach, wusste er bereits, dass ihm dies misslang.

»Mit Guy? Ja, genau.«

Ihre grünen Augen verrieten ihre Erheiterung. »Mir scheint, ich bin nicht die Einzige, die ein bisschen eifersüchtig ist. Auch hier grundlos eifersüchtig, übrigens.«

»Sorry, Val. Ich hatte nur … na ja, er ist ein ziemlich

gut aussehender Kerl, sehr weltgewandt, ihr seht euch anscheinend oft …«

Sie nickte. »Durchtrainiert, braun gebrannt, wahnsinnig erfolgreich. Guy De Clercq ist Gottes Geschenk an die Gastroszene. Auf Hochglanzfotos zweifelsohne ein Traum, als Mann eine entsetzliche Figur.«

»Und warum triffst du dich dann andauernd mit ihm?«

»Ach Süßer, weil er der brillanteste Restaurantmanager weit und breit ist. Er kriegt die besten Köche, Architekten, Serviceleute – warst du mal in einem seiner Läden?«

»Ich glaube nicht.«

»Sind nicht gerade sterneverdächtig, aber gutes Essen und umwerfendes Ambiente. Guy weiß einfach, wie es geht. Und deshalb soll er unser Bistro bauen.«

Sie nahm seine Hand. »Insofern solltest du dich darauf vorbereiten, dass er demnächst öfters in Paris auftaucht«, sie zwinkerte ihm zu, »und dass du mich manchmal mit ihm teilen musst. Das ist ein sehr aufwendiges Projekt.«

»Moment mal – der Guide Gabin eröffnet ein eigenes Restaurant? Wieso denn das? Verleiht ihr euch dann selbst ein paar Sterne?«

»Quatsch, Xavier. Wir sind natürlich außer Konkurrenz. Außerdem wird das kein Restaurant, sondern eher ein Flagshipstore, also ein Markentempel.«

»Und da wird was geboten?«

»Das Ganze soll aussehen wie ein klassisches französisches Bistro um die Jahrhundertwende. Im Stockwerk darüber wird es ein kleines Gabin-Museum geben, außerdem eine Bibliothek mit allen bisher erschienenen Ausgaben des Guide.«

Wenn Kieffer sich richtig erinnerte, gab es den von Valéries Großvater Auguste Gabin ins Leben gerufenen Restaurantführer mit dem blauen Ledereinband seit 1910. Rechnete man zu den Frankreichausgaben die Guides für das Ausland hinzu – Benelux, Japan, USA, Deutschland und viele andere – dann kam wohl in der Tat eine kleine Bibliothek zusammen.

»Außerdem«, fuhr Valérie fort, »verkaufen wir dort unseren Merchandise. Reproduktionen alter Werbeplakate, Mützen mit Gabin-Logo und unser Maskottchen.«

»Du meinst Georges, le p'tit Chef? Als Plastikfigur?«

»Oder aus Plüsch. Für die Kinder.«

»Und gibt es auch was zu essen?«

»Klar. Aber nicht von uns. Wie du schon angemerkt hast, wäre es etwas seltsam, wenn die Gastrokritiker jetzt anfingen zu kochen. Das wäre ja, wie wenn …«

»… der TÜV selbst Autos herstellt?«

»So in der Art. Stattdessen laden wir jeden Monat einen berühmten Koch ein, bei uns ein Gastspiel zu geben.«

»Und wo soll dieser Gabin-Tempel errichtet werden?«

»In einem hinreißenden alten Gebäude auf der Rue Marbeuf.«

»Ist das im Achten?«

»Ja, in einer Seitenstraße der Champs-Elysées.«

»Stelle ich mir teuer vor.«

»Ist vermutlich noch teurer, als du es dir vorstellst. Aber ich verspreche mir viel davon, für die Marke.«

»Wenn ich gemein wäre …«

Sie schaute ihn herausfordernd an. »Na? Raus damit.«

»Wenn ich gemein wäre, würde ich sagen, dass das für eine französische Traditionsmarke ein ziemlich amerikanischer Ansatz ist. Flagshipstore! Erinnert mich fast ein bisschen ans Castello Rosso.«

»Ach Xavier, mir ist schnurz, ob das amerikanisch ist oder französisch oder meinetwegen chinesisch. Hauptsache es funktioniert und bleibt dabei authentisch. Anders als deine italienischen Ölpanscher, mit denen ich übrigens nur ungern verglichen werde, ist unsere Unternehmensgeschichte nämlich echt und unsere Liebe zum Essen auch.«

Sie sah ein bisschen beleidigt aus, vermutlich nicht ganz zu Unrecht.

»So war's nicht gemeint, Val. Ich bin gespannt darauf, ehrlich. Und wenn ich irgendwie helfen kann, dann tue ich es gerne. Mit Bistros kenne ich mich nämlich ein bisschen aus.«

Seine Worte schienen sie etwas zu besänftigen. Ihr Taxi hatte inzwischen den Flughafen Kloten erreicht. Valérie bezahlte und ließ sich vom Fahrer ihren Rollkoffer aushändigen. Dann ging sie einige Schritte bis zum nächsten Aschenbecher, stoppte dort und zündete sich eine Zigarette an. Kieffer tat es ihr nach. So verfuhren sie am Flughafen immer, bevor sie getrennte Wege gingen. Wir haben das so oft gemacht, dass es schon ein Ritual ist, dachte er, ein Fernbeziehungsritual.

»Apropos Castello Rosso«, sagte sie. »Glaubst du, dass die Hüetlis es tun werden?«

»Mein Bauchgefühl sagt mir, dass sie einknicken. Das Risiko eines PR-Desasters ist zu groß, man könnte auch sagen: unkalkulierbar.«

»Als du dem PR-Fuzzi erzählt hast, ich könne in der Presse einen gigantischen Sturm der Entrüstung erzeugen, hast du aber ziemlich dick aufgetragen, Süßer.«

»Findest du?«

»Ja, finde ich. Natürlich habe ich Kontakte, und ich würde nicht zögern, sie zu nutzen. Aber ob sich die Öffentlichkeit dann am Ende wirklich für diese Olivenölgeschichte interessiert und ob Hüetlis Börsenkurs einbricht – das weiß man vorher nie. Kann auch sein, dass Putin am gleichen Tag irgendein Land annektiert, und schon interessiert das Olivenöl keine Sau mehr.«

»Ist klar, Val. Wir wissen nicht, was passieren wird. Aber die auch nicht. Deshalb musste ich besonders dick auftragen, ein Drohszenario aufbauen. Das war Verkaufe.«

»Verkaufe, so so. Xaviers Marketing Strategy. Wer benutzt hier jetzt die verpönten amerikanischen Methoden?«

Er blies Rauch aus und schmunzelte. »Touché.«

Seine Abflugzigarette neigte sich dem Ende zu. Wie stets war sie viel zu kurz gewesen, er hätte noch ewig mit Valérie hier stehen und rauchen können. Die Anfahrtszone des Zürcher Flughafens war zwar nicht gerade der schönste Ort, den er sich für ein tête-à-tête mit seiner Freundin vorstellen konnte. Andererseits war jeder Ort, an dem sie zusammen waren, für ihn schön. Er überlegte, ob er ihr das sagen sollte, aber er wusste nicht, wie er es so formulieren konnte, dass es nicht total bescheuert klang. Und so warf er stattdessen seine Kippe weg und nahm sie in den Arm. Sie umschlang seine Hüften und drückte ihn an sich. Eine Weile standen sie so, dann löste sie sich von ihm.

»Ich muss los. Der Flieger wird schon aufgerufen. Wir sehen uns kommendes Wochenende, okay? In Luxemburg oder Paris?«

»Ja. Luxemburg oder Paris.«

Valérie lächelte ihm zu. Dann lief sie los. Bevor sie durch die Drehtür verschwand, warf sie ihm noch einen Handkuss zu.

Epilog

»La Repubblica«, 19. Juli

Castello-Rosso-Erbe tot aufgefunden
Mailand – Arturo Tagalli, der Urenkel des legendären Mailänder Unternehmers Orlando Tagalli, ist am Freitag tot aufgefunden worden. Ein Bediensteter fand die Leiche auf dem Landgut der Tagallis nahe Monza. Die Polizei geht von Selbstmord aus.

Der 47-jährige Tagalli war einer der bekanntesten Geschäftsleute der Lombardei. Mit italienischen Fertigprodukten der Marke Castello Rosso war seine Familie im zwanzigsten Jahrhundert reich geworden. Nachdem die Tagalli-Gruppe Anfang des Jahrzehnts in finanzielle Schwierigkeiten geraten war, hatte die Eigentümerfamilie die Firma 2010 an den Schweizer Lebensmittelriesen Hüetli veräußert. Arturo Tagalli fungierte dort seitdem als Italienchef, war aber vor zwei Wochen »aus familiären Gründen« zurückgetreten. In der Branche war spekuliert worden, Tagallis Abgang hänge mit einem Weiterverkauf von Castello Rosso an eine US-Firma zusammen.

»Il Resto del Carlino«, 12. August

Roter Odysseus sagt Olivenölpanschern den Kampf an
Bologna – Der Wirtschaftsprofessor Ulisse di Pietro, vielen in Bologna aufgrund seiner lokalpolitischen Kampagnen besser als der »Rote Odysseus« bekannt, will mit einer neuen Initiative die Qualität des italienischen Olivenöls verbessern.

»Wir müssen der Panscherei endlich Einhalt gebieten«, sagte di Pietro dieser Zeitung. »Olivenöl ist ein nationales Kulturgut, und wir lassen es zuschanden kommen, das ist ein Skandal.«

Di Pietro verlegt seit Jahren ein obskures, aber in Gourmetkreisen geschätztes Fachblatt namens »Pnika«, das Olivenöle testet und bewertet. Nun will der umtriebige Gelehrte Ölpanschern noch stärker zu Leibe rücken. Nach eigenen Angaben hat di Pietro dazu zusammen mit Mitstreitern aus der Slow-Food-Bewegung eine Stiftung gegründet.

»Wir werden alles testen, was in italienischen, deutschen oder französischen Supermärkten steht, immer wieder, auf Geschmack und Zusammensetzung. Wir klären Europas Verbraucher auf. Wenn ich ein Panscher wäre, würde ich jetzt zittern!«, so di Pietro.

Nach seinen Angaben wird die sogenannte Athena-Stiftung über ein eigenes, mit modernsten Geräten ausgestattetes Labor verfügen, in dem Olivenöl chemisch überprüft und zertifiziert werden soll. Nach der Finanzierung befragt, sagte di Pietro, ein wohlhabender Mäzen habe für die Stiftung Grundkapital in siebenstelliger Höhe zur Verfügung gestellt. Aufgrund der »beträchtlichen Summe« könne man völlig unabhängig arbeiten.

Den Namen des Spenders wollte di Pietro nicht nennen. Er stamme aus Luxemburg, ziehe es aber vor, anonym zu bleiben.

Stark County, North Dakota, 27. August

Von seinem Traktorsitz sah Ethan Sundstrom die Staubwolke, lange bevor er die Trucks erkennen konnte. Als die Fahrzeuge an ihm vorbeidonnerten, hielt er an und stellte den Motor ab.

»Süßer Jesus, ich will verdammt sein«, murmelte der Farmer. Sundstrom nahm seine Baseballkappe ab und blickte zu dem an sein Feld angrenzenden Highway 21 hinüber. Es musste Monate her sein, dass er einen Riesentruck auf dieser Straße gesehen hatte. Die großen Freightliner fuhren nicht über diese abgelegene Piste, es sei denn, ihr Navi hatte sie in die Irre geführt. Wer von Westen kommend durch North Dakota wollte, von Dickinson über Bismarck in Richtung Fargo, nahm die Interstate 96.

Sundstrom setzte seine Kappe wieder auf. Während er das tat, zählte er. Sieben Trucks waren bereits an ihm vorbeigerauscht, weitere folgten, acht, neun, zehn. Was auch immer sie geladen hatten, ihr Ziel befand sich irgendwo in der Nähe. Aber wo? Es gab eigentlich nur einen Ort, der ihm einfiel: die Nudelfabrik.

Als Ethan Sundstrom den Zündschlüssel herumdrehte, sprang der Traktor mit einem Rattern an. Der Farmer wendete und rollte auf dem schmalen Weg zwischen den beiden Weizenfeldern hindurch, Richtung Highway. Die Trucks waren inzwischen verschwunden. Insgesamt waren es fünfzehn gewesen, falls er sich nicht verzählt hatte. An der Straße bog er nach links ab. Es waren etwa dreieinhalb Meilen bis zur Nudelfabrik. Sundstrom war sich sicher, dass er die Trucks dort wiedertreffen würde.

Außer Farmen und ein paar Molkereien war die Nudelfabrik der einzige Betrieb hier draußen. Er gehörte Deli Delights, dem größten Nahrungsmittelproduzenten im Mittleren Westen. Der eigentliche Firmensitz befand sich, soweit Sundstrom wusste, drüben in Bismarck, aber die Fabriken standen alle irgendwo hier draußen in der Prärie. In dieser wurden aus örtlichem Weizen Spaghetti hergestellt, außerdem Makkaroni und andere Sorten. Der Farmer wusste von einem Bekannten, dass die Fettucine Alfredo, die er abends gerne vor dem Fernseher aß, ebenfalls von Deli Delights stammten, obwohl auf der Packung »La Dolce Vita Mikrowellendinner« stand. Sundstrom war das egal. Hauptsache das Zeug schmeckte und machte satt.

Sein Traktor schaffte kaum mehr als zwanzig Meilen die Stunde, und als er an die nächste Kreuzung kam, war von den Lkws nichts zu sehen. Allerdings konnte er in der Ferne eine Staubwolke erkennen. Sundstrom stutzte. Die Trucks waren nicht in Richtung Fabrik gefahren, sondern hatten offenbar die andere Abzweigung genommen. Die Sache wurde immer mysteriöser. Er folgte der Staubwolke, bis er nach weiteren zwei Meilen die Fahrzeuge vor sich sah, auf einer großen sandigen Fläche neben der Straße, säuberlich in einer Reihe geparkt.

Er war nicht der Einzige, dem die Lkw-Karawane aufgefallen war. Am Rande der Straße standen bereits zwei Autos. Der rote Ford F-150 gehörte Jimmy Svensson, einem Erntehelfer aus der Gegend; das andere Fahrzeug war ein Polizeiwagen. Neben Letzterem stand Deputy

Sheriff Canute Myers und unterhielt sich mit Svensson. Währenddessen beobachteten die beiden das Spektakel, das sich auf einer Fläche gut hundert Yards entfernt abspielte. Mindestens zwei Dutzend Männer waren dort damit beschäftigt, die Verschläge der Trucks zu öffnen. Sundstrom stellte seinen Trecker ab, kletterte herunter und ging zu den beiden hinüber. Er tippte an den Schirm seiner Mütze. »Morgen, Deputy, Jimmy. Was zum Teufel wird das denn?«

»Ist 'n ziemlich großes Bauvorhaben«, antwortete Myers, an seinen Polizeiwagen gelehnt. »Deli Delights baut hier was.«

»Noch eine Nudelfabrik?«

Der Deputy schüttelte den Kopf. »Darf ich nicht sagen. Vertraulich.«

Jimmy Svensson grinste Sundstrom blöd an. Das war an sich nichts Besonderes, denn Jimmy war so dämlich wie ein getrockneter Maiskolben. Aber heute grinste er irgendwie frech, wie ein kleiner Junge, der ein Geheimnis kennt.

»Spuck's schon aus, Jimmy.«

Svensson versuchte ein ahnungsloses Gesicht zu machen, aber auch dafür war er zu blöd. Sundstrom unternahm keine weiteren Versuche, den anderen zum Reden zu bringen. Das war unnötig, er musste nur warten. Jimmy Svenssons Schwatzhaftigkeit würde den Rest erledigen. Und tatsächlich hielt er nur ein paar Sekunden durch, bevor es aus ihm herausbrach.

»Sie bauen ein Schloss! Ein Schloss, Ethan, kannst du dir das vorstellen?«

»Was denn für ein Schloss? So wie das Zauberschloss in Disneyland? Oder mehr so eine Burg wie in Schottland?«

Jimmy Svensson überlegte. Sundstrom wartete. Der Junge brachte es kaum fertig, die unterschiedlichen Weizensorten auseinanderzuhalten. Verschiedene Typen mittelalterlicher Schlösser zu benennen, lag weit außerhalb seiner Möglichkeiten.

»Mein Cousin Gus arbeitet bei Deli Delights«, sagte Svensson. »Und der hat gesagt, sie bauen ein Schloss.«

»Was für eines?«, wiederholte Sundstrom geduldig seine Frage. »Hat Gus dazu was gesagt?«

»Kommt aus … aus Europa, hat er gesagt.« Er überlegte einen Moment. »Italien. Das ist doch in Europa, oder?«

»Du meinst, es ist ein Schloss im italienischen Stil?«

Jimmy Svensson sah ihn hilflos an. Der Erntehelfer schaute zu Deputy Sheriff Myers hinüber.

»Deputy«, sagte Sundstrom. »Jetzt erzählen Sie schon. Die Katze ist doch eh aus dem Sack.«

Der Polizist schien abzuwägen, wie viele seiner hochgeheimen, dienstlichen Informationen er preisgeben durfte. Dann sagte er: »Jimmy hat recht. Deli Delights baut hier ein Schloss.«

»Aber warum, um Gottes willen?«

Myers zuckte mit den Achseln. »Werbung oder so was. Für ein neues Produkt, sagt man. Der Bürgermeister ist ganz aufgeregt. Er hofft, das Ding wird 'ne Touristenattraktion, sagt man.«

»Deshalb die Trucks?«

»Hm. Da kommt noch mehr. Kräne, Bagger und so weiter. Das Schloss soll übrigens echt sein, sagt der Sheriff.«

»Wie, echt?«

»Na ja, nicht wie das in Disneyland. Echt halt. Da haben früher richtige Ritter oder Prinzen drin gewohnt, was weiß ich. Kommt aus Italien.«

Sundstrom nahm seine Mütze ab und strich sich mit der Handfläche über den Scheitel.

»Sie meinen, die haben das Ding irgendwo in Europa abgerissen und ziehen es jetzt hier wieder hoch? Ist es das, was Sie meinen, Deputy?«

»So sieht's wohl aus, oder, Jimmy?«

Jimmy Svensson nickte eilfertig.

Sundstrom war einen Moment lang sprachlos. Ein Schloss aus Italien, in Stark County. »Süßer Jesus, ich will verdammt sein«, entfuhr es ihm. »Hat das Ding auch einen Namen?«

Der Deputy zuckte mit den Achseln. Jimmy guckte angestrengt. Diesmal konnte man allerdings erkennen, dass er keine Information zurückzuhalten versuchte, sondern vielmehr Schwierigkeiten hatte, welche von seinem Hundehirn auf seine Zunge zu befördern.

»Na, Jimmy?«

»Gus hat es mir gesagt. Aber es war … es war in einer anderen Sprache.«

»In Italienisch, nehme ich an.«

»Keine Ahnung, Ethan. War auf jeden Fall kein Englisch.«

»Versuch, dich zu erinnern, Jimmy.«

Svensson begann zu schwitzen. Sein Gesicht wurde puterrot. Es sah aus, als ob seine John-Deere-Kappe gleich samt Schädeldecke abheben würde.

»Uhh, ich … also …«

»Na, komm schon.«

»Krawallo? Irgendwas mit Krawall. Oder vielleicht Kapelle«, stammelte Jimmy Svensson. Dann fügte er sinnloserweise hinzu: »Bin mir aber nicht ganz sicher. Diese ausländischen Sachen … na ja, ihr wisst schon.«

In Wahrheit waren weder Sundstroms noch Myers' Italienischkenntnisse besser als die Svenssons. Aber nach einigem Hin und Her kamen sie darauf, dass er wohl das Wort Castello gehört hatte.

Nun, da die Sache geklärt schien, schaute Svensson sichtlich erleichtert.

»Und weiter?«, fragte Sundstrom.

»Wie weiter?«

»Castello heißt, das nehme ich zumindest schwer an, ›Schloss‹, Jimmy.«

»Ja. Aber dann stimmt es doch, oder?«

»Mensch, Jimmy, diese Italiener, die reden viel und schnell und gerne.«

Deputy Myers bedachte diese Feststellung mit einem bedeutsamen Nicken.

»Und wenn so ein italienischer Fürst oder Prinz oder was weiß ich eine Burg baut«, fuhr Sundstrom fort, »wie glaubst du, nennt er die dann? Einfach nur Schloss?«

»Äh, warum nicht?«

»Weil du deinen Schäferhund auch nicht Hund nennst. Sondern Danny. Also, was hat dein Cousin noch gesagt? Castello …?«

Wieder schaute Svensson hilflos und kratzte sich am Kopf. Dann begannen seine wasserblauen Augen zu leuchten.

»Ich hab's! Es heißt Castello Bossi. Das war's, was Gus gesagt hat.«

»Castello Bossi? Was zur Hölle soll das bedeuten?«, fragte Sundstrom.

»Offensichtlich, oder?«, wandte Deputy Sheriff Myers ein. »Bossi bedeutet vermutlich Boss oder Chef. Das Schloss vom Boss.«

»Ziemlich großkotziger Name«, sagte Sundstrom.

»Na ja, es sind Italiener.«

Sundstrom nickte versonnen. In hundert Yards Entfernung konnte er beobachten, wie Arbeiter mithilfe eines Gabelstaplers die ersten Trucks entluden. Auf den Paletten, die nun zum Vorschein kamen, befanden sich Steinquader, die eine rötliche Färbung besaßen.

»Schönes Rot«, bemerkte Sundstrom.

»Passt verdammt gut zur Prärie«, sekundierte Myers.

»In der Tat. Ich glaube«, sagte Sundstrom, »dieses italienische Schloss wird ein Riesending.«

Glossar Küchenlatein

Bistecca alla fiorentina	T-Bone-Steak nach Florentiner Art
Biwwelamoud	Luxemburgisch für Boeuf à la mode: Sauerbraten
Boeuf à la mode	siehe Biwwelamoud
Brillat-Savarin	legendärer französischer Gastrokritiker des 19. Jahrhunderts
Coniglio arrosto	geschmortes Kaninchen
Coratina	Olivensorte aus Apulien
Coucou de Malin	siehe Mechelner Kuckuck
Crémant	Luxemburgischer Champagner
Cuberdon	kegelförmige belgische Praline mit Himbeerfüllung
Entrecôte Bercy	Steak mit Weißwein-Schalotten-Soße, Petersilie und Kresse
Frell am Riesling	Forelle in Riesling
Galão	Portugiesischer Milchkaffee
Gardemanger	Kaltmamsell; Koch der Kalten Küche
Gramigna	kurze maccharoniartige Nudel
Grana	Parmesan
Huesenziwwi	Luxemburgischer Hasenpfeffer
Kachkéis	Luxemburgischer Kochkäse

Klappschmant	Schlagsahne
Lampante	Olivenöl-Güteklasse; nicht zum Verzehr geeignet
Mechelner Kuckuck	seltene gesperberte Hühnerart, in Flandern heimisch
Moraiolo	Olivenart aus der Toskana
Mummentaart	Luxemburgischer gedeckter Apfelkuchen
Negroni	Aperitif, der zu gleichen Teilen aus Gin, Wermut und Campari besteht
Negroni sbagliato	Negroni, bei dem der Gin durch Prosecco ersetzt wurde
Panzanella in Agrodolce	Süß-saurer Brotsalat
Pastel de Nata	Portugiesisches Vanilletörtchen
Pati vum Chef	Pastete nach Art des Chefs
Polenta col cavolo nero	Maisgrieß mit Grünkohl
Quetscheflued	Luxemburgischer Zwetschengenkuchen
Ribollita	italienischer Eintopf mit Broteinlage
Rieslingspaschtéit	Rieslingspastete
Roux	Mehlschwitze
Sauce Choron	Variante der Sauce Béarnaise mit Tomatenmark
Scamorza	Geräucherter Mozzarella
Steak de cheval	Pferdesteak
Strippagio	Verkostungsmethode für Olivenöl
Taggiasca	Olivensorte, in Ligurien und Südfrankreich heimisch
Tarte Tatin	Apfelkuchen, der umgedreht gebacken wird
Toucinho do Ceu	Portugiesische Mandeltorte
Vol-au-Vents	Blätterteigpastetchen
Wäinzoossiss	Luxemburgische Bratwurstpezialität

Zwei Autoren haben mich zu »Tödliche Oliven« inspiriert. Zum einen der Schriftsteller Willi Wegner mit seiner gleichnamigen Kurzgeschichte, zum anderen der Sachbuchautor Tom Mueller. Sein »Extra Vergine: Die erhabene und skandalöse Welt des Olivenöls« beschreibt minutiös den Handel mit Öl und die damit einhergehenden Panschereien. Ohne die beiden gäbe es »Tödliche Oliven« nicht.